我的家國閱讀

・當代台灣人文精神・

陳芳明 著

目錄

推薦序

板塊與潮汐

哈佛大學東亞系暨比較文學系講座教授　王德威

陳芳明教授在台灣文化界有三重身分。他是台灣文學及歷史研究的重量級學者，從《謝雪紅評傳》、《左翼台灣》到晚近的《台灣新文學史》都是史識宏大、立論寬廣的巨作。他也是台灣活躍的公共知識分子，近二十年來在各種政治、文化議題的論辯上，不曾缺席。他的批判力道所至，甚至不惜以今日之我否定昨日之我，擇善固執的精神令人敬畏。

陳芳明教授在學人之姿外，更有著一個詩人的靈魂。試看他部分作品集如《含憂草》、《美與殉美》、《昨夜雪深幾許》，已經可以感受他的抒情懷抱。這些年他致力實踐政治信念，追求文學美學，在「革命與詩」的憧憬間來回衝刺。我們的時代充滿喧囂與躁動，相形之下，陳芳明教授所流露的熱切與浪漫尤其顯得彌足珍貴。

《我的家國閱讀：當代台灣人文精神》是陳教授最新力作。這本文集起源自二〇一三年的「眾聲喧『華』」國際會議，陳教授以〈當代台灣人文精神〉為題發表閉幕演講，感動不少與會聽眾。之後他以三年時間將所思所見形諸文字，以專書發表，期待能引起更多注意。

本書開宗明義，叩問什麼是人文精神。對陳教授而言，人文精神無他，最基本的信念就是「把人當作人看待，同時也強調自己要活下去，也必須讓別人活下去。」這樣的宣言無比素樸簡單，卻在在隱含深意。陳教授所想像的人是脫離神權極權，充滿啟蒙信念的個人主體，也是抗爭殖民統治與資本主義的自覺團體。人飽含七情六慾的能量，也充滿求知耽美的渴望；是思考者，也是行動者。歸根究柢，人不應是工業革命以來的原子人，而應是饒富「不忍人之心」的有情人。人與人之間的互為主體性是人文精神的根本。

陳教授認為，人與人之間的互動起於日常生活的穿衣吃飯，也延伸到社會生活裡對身體、性別、階級、族群、信仰的認知與尊重。由是類推，人與物——器物、環境、天地——的交相融匯，一樣豐富了人文精神。而能對這樣的人文精神作出深切體會、思考與實踐者，莫過於知識分子。傳統知識分子獨善其身，當代的知識分子則必須深入社會人生，成為「知行合一」的示範。

陳教授對人文精神的定義呼應了東西方近世人文主義的信念，歐美學者從阿倫特（Hannah Ardent）到薩依德（Edward Said）應是他樂於對話的對象。而陳教授也有得自現代中國的資源。三十年代李長之論魯迅，力陳魯迅不是一般所謂「世故的老人」。魯迅的敢言和鬱憤來自他不能對世事無感；他有話要說。而魯迅最根本的思想就是「『人得要生活』的單純的生物學信念。」[1]當陳教授強調我們必須「把人當人看待」，「自己要活下去，也必須讓別人活下去時」，他有意無意的呼應魯迅，將知識分子的關懷下放到生命最基本、最卑微的層面。

當陳教授觀察「台灣的」人文精神時，更將這一「要生活」的信念發揮的淋漓盡致。四百年來台灣所遭遇的考驗，從重層殖民統治到民主運動，從族群性別權力抗爭再到生態環境的保衛，無非都是從不同生命層面呼籲「要生活」、「自己要活下去，也必

[1] 李長之，《魯迅批判》（北京：北京出版社，2003），頁153。

須讓別人活下去」的迫切性和物質性。權力者無論來自哪個國族黨派，如果不能體會這最簡單卻也最深刻的道理，都難以代表台灣人文精神。

《我的家國閱讀：當代台灣人文精神》回顧先民開墾台灣的艱辛以及歷代殖民者的統治，歷數各種社會運動的消長，以迄世紀之交的變貌。台灣孤懸大陸之外，歷來是移民、遺民、與（被）殖民的社會。這三種主體性此消彼長，但都與中國所象徵的正統、帝國、霸權截然不同。陳芳明教授強調，比起彼岸千年形成的龐然大物，台灣雖然在文明和歷史的發展有所不及，但憑藉一股「要生活」的勇氣，竟然衝過重重險阻，兀然屹立海角一隅。

陳教授對台灣的歷史政治論述當然是當代台灣主體意識崛起的表徵，也可以視為近年全球「島嶼論述」的在地反響。這一論述沿襲後殖民主義思考，強調歐、美、亞大陸以外的海洋上，島嶼星羅棋布，互動頻仍，構成另類政治和文化傳承。許多島嶼（群）如加勒比海群島，東印度群島等都曾為殖民勢力長期統治，以致失去本土根源。但儘管島上人文生態已經改變，卻不能阻礙土著自覺與自決的意識。而島嶼與島嶼之間的往還，更凸顯海洋文化的互動關係和大陸文化截然不同。

葛力桑（Édouard Glissant）的「群島論」（Archipelagic theory），巴斯威特（Barbadian Kamau Brathwaite）的「潮汐論」（Tidalectics）都是其中較為人所知的論述。[2] 兩人都有加勒比海島群背景，也都具有詩人身分。尤其巴斯威特的「潮汐論」以海洋潮汐韻律為靈感，想像島嶼（和島群）文化非線性的，反軸心的開放律動，正與源自歐洲大陸的、無限上綱的「辯證法」（dialectics）針鋒相對。

這類論述立基海洋與島嶼，的確為我們思考台灣定位帶來豐富潛能，近年所謂「新南向政策」儼然是遲來的附和。不論是「群島論」還是「潮汐論」都因作者的詩人情懷，為晦澀堅硬的陸地論述帶來意外的抒情風格。然而我們也看到是類論述有待對話之處，海洋並不永遠風平浪靜，島嶼難以永遠自給自足；何況島嶼之內、島嶼之間也未必總是和衷共濟。潮起潮落的彼端，颶風海嘯，暗潮漩渦的威脅總已存在，更何況大陸虎視眈眈。

[2] Édouard Glissant, *Poetics of relation.* Trans. Betsy Wing (Ann Arbor, MI: University of Michigan Press, 1997); Annie Paul, ed., *Caribbean Culture: Soundings on Kamau Brathwaite* (University of the West Indies Press, 2009).

《我的家國閱讀：當代台灣人文精神》延伸了「群島論」、「潮汐論」的視野，但陳教授所具有的批判意識，使此書多了一層辯證張力。陳教授不是樂觀主義者，他理解歷代知識分子及抗議者所付諸的行動，從台灣文化協會到台灣共產黨，從《自由中國》到美麗島事件，從解嚴開放到政黨輪替，每一次都是無數理想與幻滅的交鋒，而台灣的民主進程仍然道阻且長。陳教授也不是悲情主義者，這些年來台灣主體論述環繞「亞細亞孤兒」、「台灣之子」、「賤民」等說法，每每形成自憐與自戀的循環。陳教授認為台灣「主體」不是抽象存在。原住民與新住民，弱勢階級與非異性戀者，左派右派統派獨派，都實實在在生活在你我周遭，需要我們持續關注。

在本書最具辯證性的篇章裡，陳教授指出台灣在日據時期備受壓迫，卻也受惠於另類現代性的發端。他批判外來殖民者，也揭露漢人作為內部殖民者的嘴臉。面對一九四七、一九四九的創傷，他的眼光及於受難者與施暴者，本省人與外省人。在全書的最後幾章，陳教授愷切的說明只有我們面對台灣歷史的多元歧義性，轉型正義才不致淪為轉型爭議，和解才有開始的可能。

是在這一關鍵點上，《我的家國閱讀：當代台灣人文精神》隱隱提醒我們，台灣論述的複雜性理應超過「潮汐論」、「群島論」。而我以為我們對「板塊」思維（tectonics）的重新認識，此其時也。

我所謂的「板塊」有雙重意義，從地質史來看，台灣原位於歐亞大陸板塊東緣，六千六百萬年前還是一個沉積盆地。一千兩百萬年前因為歐亞板塊和菲律賓海板塊的擠壓與衝撞，造成台灣海峽陷落，島體隆升。六百萬年前台灣發生蓬萊運動，中央山脈生成。曾有數百萬年，台灣經歷火山爆發期，熔岩流淌，烈焰奔騰。而遲至一萬兩千年前的晚冰河期，使氣候劇變，海水下降，以致物種得以大量南北遷移。

比起這座島嶼的千萬年運動，漢人——以及其他短期的殖民者——主導的台灣四百年近代史，毋寧顯得短淺而卑微了。然而這四百年卻帶來前所未見的政治擾攘，文明興替。殖民、移民、遺民的勢力你來我往，以各種名目，表述想當然爾的歷史。國族的、地域的、族群的、文化的、意識形態的力量擠壓衝撞，狂野危殆之處，豈竟是像地表之下，那千百年來不得稍息的板塊運動？

我以為台灣人文經驗的可貴，正在於夾出於潮汐起落和板塊碰撞之間。在我們專注於島嶼與海洋的同時，我們不能忽略其下的大板塊——地質的，歷史的，人文的——總是蠢蠢欲動，未有盡時。

陳芳明教授無疑是觀察「潮汐」與「板塊」互動的最佳人選。他曾在台灣歷史的風口浪尖上忘情拚搏，也曾因政治原因滯留北美大陸，有家難歸。回首數十年所經之路，他不能無感滄海桑田的變化。比起絕大多數台灣人文學者，他更能體會這座島嶼複雜的生態，以及此起彼落的褶皺與斷層，包括台灣與中國大陸的斷裂與牽連。

《我的家國閱讀：當代台灣人文精神》充分顯現陳教授對家國的一往情深。他強烈相信，唯有實踐他心目中的台灣人文精神，這個國家的命運才能可長可久。誠哉斯言！換個角度看，他的台灣人文精神擺盪在潮汐和板塊之間，豈不正得以成為我們的論述資源，啟發，甚至引領對岸意識（板塊）的改變？這當然是我們對陳教授的期待了。謹以此文，向陳教授致敬。

推薦序　隱形的力量

政治大學台灣文學研究所特聘教授兼所長　范銘如

台灣的歷史處境向來很微妙。明明置身世界之中，彷彿又被排除於世界之外。類似的化外之境很容易就變成極權統治的禁臠，或者成為多頭權力與勢力爭奪交戰的火藥庫。然而台灣不僅沒有，還從殖民地、冷戰前線，一路逐漸蛻變為亞洲地區中自由與民主程度令人稱羨的指標性國家。其中最功不可沒的，當推是強韌而源源不絕的人文動能，每一個歷史階段中台灣知識分子對於社會國家的關懷與介入，懷抱著對信念夢想的堅持以及敢於批判衝撞權力的勇氣與視野。所謂人文精神雖然無形，卻是台灣能夠自我成就的最珍貴資產。

本書開宗明義就解釋了什麼是人文精神？泛指人本、人權、人文等層面，核心要素就是尊崇人的價值。從日據時期以降，知識分子在接受過現代知識的訓練之後，覺察了實際社會與書本理念的落差，洞見了偏差的體制和意識型態對人性造成的扭曲與傷害。在知識實踐的過程中，他們有的組成運動團體，有的將理念論述訴諸刊物傳播，有的運用文字將種種人間的掙扎與苦難刻畫成一則則雋永的詩文或故事，讓生命的尊嚴價值突破僵固的社會偏見和歧視，啟蒙更多大眾發現既存的問題。他們訴諸行動時或許都付出了相當的代價，換取了一代比一代進步開放的社會。

置身兩個威權體制的統治下，如何將不見容於當權者的思想與行動傳遞於世並不是簡單的事。隨著政治局勢的嚴峻寬鬆和時代環境的嬗變，批評的對象與理想的彼岸也會有所調整。行動策略有時是直接明顯強烈，有時是隱晦迂迴幽微，有些理念同盟在不同的脈絡階段中逐漸走向分道揚鑣甚至反目成仇的道路。在複雜詭譎的歷史長河中如何將時隱時顯的台灣人文精神與活動淘洗出來，釐清批判立場的內外部關聯以及差異變化，曾是陳芳明教授治學以來一本本精闢深入學術專書的議題。《左翼台灣》、《殖民地台灣》、《後殖民台灣》、《殖民地摩登》、《台灣新文學史》等等，皆是學術研究領域中引領思潮的重量級鉅著。每一個切入角度，除了是學術研究方法的多元推敲，展現的亦是二十世紀以來台灣知識分子披荊斬棘開拓出來的路徑。這些了解台灣文化文學精髓的學術議題吸引了許許多多學子進入研究所，親炙大師淵博的治學內涵。

《我的家國閱讀：當代台灣人文精神》是陳芳明教授將他在政大台灣文學研究所授課裡艱深的學術論述，轉化成深入淺出的文章，推動知識走出學院的象牙塔散播到社會的角落，讓關心這塊土地的大眾對前輩先賢思考努力的軌跡有更系統性的認識。在前人的基礎上延續人文精神，打造一個更以人為本為尊的家國。建造理想台灣的方式絕不是虛妄地高談未來的願景，而是願意誠實直面歷史上的傷疤。每一道曾經撕裂台灣人民、甚至持續發酵作疼的傷痕，諸如中國意識與台灣意識的對峙、殖民地的自卑與崇洋媚外情結、鄉土文學運動與民主運動的犧牲與成果、女性意識的覺醒、原住民文化的復振、同志權利的爭取，在在都是曾經血淚斑斑最後造就當代台灣自豪的多元文化。正是愈來愈開放包容的心，使得追求民主人權的目標愈來愈穩定，回顧歷史將不會是顧影自憐或是再度撕裂傷口。陳老師對台灣人的信心使得他樂觀的主張，我們能夠以加法看台灣歷史。

這本書以文學為核心，擴及政治、歷史與國際關係，宏觀地拉出各項議題的縱深，處處可見陳老師多年來研究教育的心血、早年的政治參與經驗以及始終不間斷的社會關懷和發聲。這些對於人權人性的尊重並不僅於他自己的思想著述。早在政大台文所籌組階段，他就規劃延聘歷史類、政治類，以及女性、原住民，同志等身分專長的師資，充分顯現台灣的多元史觀與文學特質。寬闊的胸襟與企圖，使得我有幸能以女性研究專長進入政大台文所。作為後輩，我非常榮幸和惶恐受邀為此書寫序。作為多年近身觀察陳老師思想行誼的同事，我非常驕傲的說，他書寫的人文精神是他看到的、相信的，更是他長年的實踐。其人、其行、其書。祝賀陳老師又一鉅著問世。

緒論

什麼是人文精神？

走出象牙塔

文學作品只是屬於靜態的文字嗎？它只是限於藝術審美的領域嗎？或者，它竟只是創作者之間的文字遊戲嗎？這個議題已經存在許多人的觀念或偏見裡，好像已經鑄成定論，那樣牢固地進駐在學術界裡。文學研究者曾經受到強烈質疑，而且也不時被指控：「文學不能治療感冒，也不能治療香港腳。」是這樣嗎？好像理工科技才是真正的知識，是非常實用的學問。然而理工領域，如天文學、物理學，也不能治療感冒與香港腳。學術界對文學領域的偏見，並非真正理解文學的核心價值。長期以來，我希望換一個角度，重新探討文學在當代社會所帶來的衝擊。在政治大學台灣文學研究所，開授了兩個學期的課程，名稱是「文學與當代台灣人文精神」。這個課程設計，在於鼓勵學生透過文學閱讀，進一步探索戰後台灣社會、政治、文化的演變。現在時機已經成熟，可以具體寫出一冊專書，仔細觀察文學如何再現台灣社會，如何從封閉的黨國體制走向開放的民主改革，如何使邊緣族群、性別、階級獲得發言權，從而進一步干涉政治權力。

台灣社會曾經把學術研究視為象牙塔，這是許多人的看法，很少有人對這樣的概括反駁或抗拒。象牙塔（ivory tower）是一個西方舶來的名稱，在一定程度上，對知識分子抱持高度的貶抑。學者把自己關在象牙塔，也並非是罪大惡極。如果一個社會陷入混亂的意識形態鬥爭，或捲入惡劣的政治權力爭奪，學者反而可以獲得一個清楚思考的位置。所謂知識分子，是從英文的「intellectuals」翻譯過來的，意味著從事思考的人，可以實踐知識於他所賴以生存的社會或家國。這個名詞，跟中國傳統的士大夫截然不同。士大夫在西方被譯為「literati」，指的是經過科舉考試的士大夫官僚（scholar-bureaucrats）。士大夫可以四體不勤，五穀不分，卻可以掌握權力，統治天下。這種畸形現象，曾經在中國延續數千年之久，使得民間與官方之間存在著巨大差距。

日本在明治維新之前，德川儒學傳統開始有了變革。他們把「誠心，正意，修身，齊家，治國，平天下」的論述，區隔成為兩種不同的範疇。從誠心到齊家，是屬於私領域，治國、平天下則是屬於公領域。在私領域的個人修養，是屬於個人道德的養成；而在公領域的治國、平天下，則是屬於實學。諸子百家的大傳統，無非都是在於成就個人的品格與道德。進入現代世界以後，凡是有關國家社會的重大決策，就必須透過新興的近代知識，如政治學、經濟學、社會學、法學，甚至是物理、化學、生物學、醫學，來實踐於現實的政策裡。這種儒家傳統的變革，是日本明治維新能夠成功的原因，他們全面向西方的近代知識開放，接受現代化思考的洗禮，終於完成脫亞入歐的現代化取向。

明治時期近代知識分子的格局，可以說與晚清的官僚士大夫劃清了界線。前者重視政策的具體實踐，後者仍然停留在道德修養的層面上。知識分子一詞，在中國的出現，恐怕必須要等到五四運動之後，才普遍使用。士大夫自我囚禁於象牙塔之內，在晚清時期並非是離奇現象。明朝的王陽明曾經提出「滿街都是聖人」，在當時可能是一種尊稱。但明朝滅亡的原因，便是滿街聖人仍然在空談心性。當知識與社會之間出現落差時，士大夫在關鍵時刻可能無法救國，反而是朝代顛覆的致命原因。

象牙塔的存在，並不是罪惡。如果知識分子擁有龐大知識，應該對當代社會也具有一定的發言權。在充滿挑戰的關鍵時期，無論是屬於科學領域或人文學科，知識分子往往被期待走出象牙塔。畢竟他們比起社會的各個階層，具備了更完整的知識論與世界觀。他們絕對有足夠能力，足以探知公共價值所受到的扭曲與貶抑。也許要他們承擔公平與正義的責任，似乎是一種苛求，但是指出真理或真相的偏頗與曲解，應該是所有知識分子的基本要求。在太平盛世，學術研究者當然是要關在室內進行專業的思考。當外面的社會現實發生價值混亂時，辨識政治權力的氾濫，或釐清意識形態的誤用，唯知識分子能夠勝任，並提出一個指引。學院或校園的圍牆，也許是構成象牙塔的藩籬。學者或知識分子，可以在圍牆之內進行冷靜的思考，從事深刻的知識追求，比起同時代的其他社會階層，知識分子確實可以獲得相當豐富的資訊。他們具備能力可以發現社會或政治的問題，也可以提出解決問題的方案。

知識並非是靜態的存在，無論是屬於方法論或實踐論，能夠活用它，就能夠翻轉政治權力的長期優勢。在殖民地時期，在戒嚴令時期，政治從來都是在干涉知識分子，阻礙他們的言論自由與思想自由。這種單方面支配的優勢，經過一九七〇年代民主運動之後，知識分子已經可以主動干涉政治。在到達可以干涉政治權力之前，台灣社會已經有多少左翼知識分子遭到逮捕並槍決，有多少右翼的自由主義者遭到查禁並審判。這種血跡斑斑的記憶，長期構成了台灣知識分子的噤聲與畏怯。在白色恐怖年代，無數的社會主義信仰者被冠以匪諜與通敵之名，而受到殘酷的人權迫害。台灣會變成極端右傾的社會，完全肇始於戰後初期的高度鎮壓。相形之下，可以合法地從事公開言論批判的追求，大多是屬於自由主義分子。從一九五〇年代的《自由中國》，一九六〇年代的《文星》雜誌，一九七〇年代的《大學雜誌》，鮮明地鋪陳出台灣知識分子的思想軌跡。

在那蒼白而荒涼的年代，所有的雜誌都承受過被查禁的命運。雷震、殷海光、李敖、柏楊、彭明敏，都曾經羅列在台灣自由主義傳統的系譜裡。他們如果不是被監禁，便是被剝奪教職，或者是被迫遠走他鄉。歷史所給予他們的殘酷命運，終於沒有使他們保持沉默，只要有發言的空間，他們都各自提出內心所懷抱的理想社會。沒有這些前行者的努力，也許就無法預告日後台灣民主運動的誕生。他們擁有的利器，只不過是思想與文字。他們未嘗有一日使其理想獲得實踐，但是他們的著作卻為後來的知識分子提供無窮無盡的想像。

相對於早期靜態的知識分子，台灣在一九七〇年代開始見證運動型知識分子的誕生。所謂運動型知識分子，指的是他們不再只是依賴靜態文字的發表，而是進一步與同時期的思想光譜接近者相互結盟。他們完全是時代的產物，如果沒有經歷過一九七〇年釣魚台運動，如果沒有受到一九七一年退出聯合國的衝擊，如果沒有受到一九七二年華府與北京簽訂《上海公報》的影響，知識分子不可能走出書齋，而紛紛投入正在萌芽的草根民主運動。一九六〇年，雷震雖然有過組黨運動的嘗試，卻在威權體制的破壞下，使構想中的中國民主黨胎死腹中。

在一連串國際事件的打擊下，國民黨在台灣所虛構的「中國體制」，逐漸顯露其欺罔性。聚集在《大學雜誌》下的本土知識分子，已經強烈感受台灣的歷史危機。他們一方面放棄國民黨黨籍，一方面主動參與選舉運動。其中的代表人物，當以許信良與張俊宏為具體例證。在那危疑時期，他們不僅具有論述能力，也具備了走出象牙塔的勇氣。他們比起雷震、殷海光還更具優勢的原因，就在於國民黨所高舉「代表中國」的旗幟，已被揭破是荒謬與謊言。這是一個結束的開始，黨外運動一詞逐漸形成全新的政治觀念，一方面暗示政治的中國性已注定要式微，一方面則彰顯文化的台灣性即將嶄露頭角。

走出象牙塔，是當代台灣知識分子的宿命。民主運動的展開，政治改革的翻轉，國際形勢的挑戰，全球化浪潮的衝擊，使整個社會再也不可能停留在戒嚴時期的寧靜與安定。學校的圍牆，再也抵擋不住變革力量的席捲而來。知識分子留守在書窗裡的安頓，也不復存在。在知識實踐的時代，所有的思考者與書寫者似乎受到要求，如何把靜態思維化成具體行動。這恰恰是當代知識分子所面臨的挑戰，也是檢驗人文精神的最佳時期。

什麼是人文精神?

傳統書生參與科舉考試時，或者獲得官位時，往往被要求必須寫出所謂的「策論」。這些策論是針對當時的政治形勢或經濟狀況，向皇室提出政策上的建議。以北宋為例，整個王朝不只受到北方契丹人的挑釁，也受到西夏人的「寇邊」，迫使天朝必須進行防禦戰爭。由於北宋強調中央集權，提倡文人政治，所以這些書生所提出的政策建言，往往都淪為空談。在他們的文字裡，充滿了非常腐朽的春秋觀念，再三強調尊王攘夷的崇高理想，因此當時所盛行的弭兵論，都只能證明書生空議論而已。在舊社會裡，知識與現實總是出現巨大落差，他們可以提出陳義甚高的言論，卻無法在殘酷的現實世界具體使用。

士大夫的思維，能夠支配傳統社會長達千年之久，完全是受到科舉制度的庇蔭。他們提出的建議，或傳播的言論，大多數是屬於反智論（anti-intellectualism）。表面上是非常雄辯，骨子裡卻是極其空洞。這種現象，必須要到一九〇五年慈禧太后廢除科舉考試之後，知識領域才逐漸有了改觀。緊接著五四運動崛起之後，當時知識分子如胡適、魯迅，開始展開對儒家思想或傳統文化的嚴厲批判。那種蔚為風氣的反傳統論（anti-traditionalism），正是現代知識分子的一次徹底反省。台灣社會的知識現代化，並沒有與五四傳統緊密連接起來。他們在殖民地裡所接受的現代教育，就已經脫離傳統儒家思想的桎梏。殖民地孩童在公學校所受的教育，包括國語、歷史、數學、博物，已經與中國傳統的四書五經截然不同。

台灣第一代知識分子誕生的時間，大約在一九一五年左右，也就是噍吧哖事件受到殘酷鎮壓的那年。知識分子一詞，無論是思考或行動，已經與中國士大夫的條件有了全然不同的取向。他們所受的知識訓練，在走出學校之後，便是要把所有學習的成果具體實踐於社會。一九二〇年，東京的台灣留學生所組成的新民會，創辦了《台灣青年》的刊物，開始介紹當時全世界最新的思潮，並且也針對殖民地所面臨的畸形統治，提出他們的見解。無論是他們所吸收的理論，或是對殖民地社會的分析，他們的言論高度完全可以與現代思潮相互比並。發軔於一九二〇年代的啟蒙運動，對於後來政治團體的衝擊，不可不謂巨大。這些政治團體包括：台灣文化協會（1921）、台灣農民組合（1926）、台灣民眾黨（1927）、台灣共產黨（1928）、台灣地方自治聯盟（1929），在思想光譜上，從極右到極左的政治立場，都同時浮現。

日據時期以降的台灣知識分子，便是要糾正殖民統治所帶來的人格扭曲。當他們提到台灣人時，「人」的價值觀念都受到尊崇。這樣的「人」，涵蓋了人本、人權、人文的廣泛定義。這些都牽涉到文化內容的問題，確切而言，凡是有關種族（race）、階級（class）、性別（gender）的議題，都是當時台灣知識分子的關心所在。在面對日本的種族優越論時，知識分子提出了台灣人本位論。在面對日本資本家壟斷所有的利益時，他們站在農民與工人的立場提出批判。在面對統治者男性中心論的支配時，他們也會站出來為台灣女性講話。

他們的思考與行動，可以說非常符合當代所說的人文精神（humanism）。知識分子在殖民地時期所扮演的角色非常多元，從最基礎的啟蒙工作，到思想傳播，終而創辦雜誌與報紙，足以顯示他們對自己所具備的身分相當警覺。稍後他們所介入一九二〇年代的政治運動，以及一九三〇年代的文學運動，無非都是台灣人文精神的延伸。無論是左派或右派知識分子，他們在訴諸具體行動時，都付出相當大的代價。他們受到逮捕審判，或是思想遭到檢查，根本無所遁逃，而必須為自己發表的語言或文字負起責任。他們在歷史上遺留下來的果敢行動，無疑是為後代的知識青年塑造典範。

什麼是人文精神？這個語詞的誕生，其實是因應現代科技的到來。「人」的發現，是文藝復興以降的重要議題。當他們的知識逐漸脫離教會的控制，人的意義不再是神學的附庸，而是一個可以思考、可以批判、也可以行動的肉身，也是可以藉由理性的判斷，建立一個全新的文化秩序。啟蒙運動之後，西方知識分子開始在科學方面開啟無限的想像，近代知識所包括的化學、數學、物理學次第建立起來，而政治學、社會學、經濟學、心理學也持續開拓出來。一個以人為中心的知識領域慢慢構築完成。十九世紀中期發生的工業革命，使人類更進一步創造科技文明，那種大量生產、大量複製的時代，也接踵而來。

機械文明開始統治整個世界，人的意義也因而逐漸萎縮。在整個龐大的工業社會裡，作為人的單位愈來愈渺小，有人稱之為「原子化」（atomization）。人類藉由近代知識建立起來的工業文明，證明了科學並不必然能夠解決所有的問題。利用科學文明來製造戰爭，使人類陷入兩次大戰的災難，已經證明人類的智慧是極其有限。所謂現代性（modernity），一言以蔽之，便是指人的理性（reason）。當人的理性高過所有的世俗價值，它的地位無疑已經取代了上帝的位置。利用理性的判別，利用科學的優越性，來建立種族歧視、階級歧視、性別歧視，正是二次大戰以降人類所面臨最急迫的危機。

在二十一世紀的台灣，重新提出人文精神的議題，是不是已經過時了？是不是會被嫌棄是一個老掉牙的問題？身為一個文學研究者，或許只要把文學內容的研究做好，便已經相當盡職了。然而，在文學閱讀中，慢慢會發現所有的作品並非只是靜態文字的演出。作家在他的書寫中所呈現的世界，往往是讀者未曾思考或從未到達的境界。在閱讀過程中，我們也發現了台灣社會一直都存在著族群歧視、階級歧視、性別歧視的問題。這些問題的存在，可能不像西方社會那樣，是由工業文明造成。島上發生的文化衝突，其根源往往來自歷史的殘餘，政治的多餘，而這正是本書所要面對、處理並解決的。

戰後初期的族群歧視，來自中華民族主義的高漲，以及台灣人所接受的日本文化遺產。兩種不同的歷史經驗相遇時，都各自產生兩極的想像、與相反的看法。在戒嚴時期，省籍問題也不斷衍生、氾濫，尤其是外省族群多劃歸在軍公教的社群裡，而本地族群則多是屬於一般工商業的庶民。一九七〇年代本土運動崛起後，又開始出現統獨問題。政治主張使得知識分子也分別隸屬於不同意識形態的團體。一九九〇年代，政黨政治開始萌芽時，整個社會又陷入藍綠對決。這已經不是政治議題所能概括，其中還牽涉到經濟、社會、文化的內容。

人文精神最基的本信念，便是把人當作人看待，同時也強調自己要活下去，也必須讓別人活下去。依據這樣的信念，我們在文學世界裡看到人的存在，看到生命與社會的本質。文學不再是靜態的書寫，它所呈現外在社會的偏見、歧視、貶抑，絕對不是向壁虛構。作家以敏銳之眼洞察人間的不幸與偏頗，把他們所看到的事實化為故事，呈現在讀者面前。作家的想像可能被視為虛構，但是他們確實到達社會最徹底最深層的邊境。從那裡他帶回來訊息，呈現給他的讀者。文學容許我們看見女性受到歧視，原住民受到污名化，農民工人受到剝削，同志受到扭曲。在靜態的文字之間遊走，終於激發讀者的批判行動。而這樣的批判，正好與我們所高舉的人文精神相互吻合。從文學閱讀中探索當代台灣人文精神，正是本書書寫的主要企圖。

第一章

面對台灣歷史傷口：一個歷史與文學的角度

歷史記憶的建構與再建構

凡是有關人文精神的議題，都必須從歷史記憶的重建出發。出生於這個海島的所有族群，在過去原住民時期、移民時期、殖民帝國時期、黨國統治時期，從未掌握歷史的解釋權與撰寫權。他們所承受的歷史記憶，往往都是由上而下的單方面灌輸。誰掌握政治權力，誰就掌握歷史記憶。由於記憶的欠缺，島上人民從來不知道過去發生了什麼，也因此曾經所犯的錯誤，往往都要重蹈一次。就像西班牙裔美國哲學家桑塔亞那（George Santayana）所說：「凡是遺忘歷史者，都注定要重複歷史。」（Those who cannot remember the past are condemned to repeat it.）這種嚴重的歷史失憶症（historical amnesia），構成了台灣社會與文化的重要一部分。沒有歷史記憶，就沒有辦法定義自己的身分，也無法解釋未來的前景，甚至也不可能讓個人生命與自己的土地展開對話。在沒有歷史深度的海島上，凡是擁有權力者，隨時都可以登陸入侵，如入無人之境。

有文字記載的台灣歷史，大約始於十七世紀荷蘭在島上建立殖民體制。那些由荷蘭文寫成的歷史檔案文件，慢慢翻譯成漢文之後，才得以窺見當時歐洲帝國是如何支配台灣。鄭成功的熱蘭遮城之役，終於把荷蘭政權驅逐，建立了台灣史上第一個漢人政權。漢人移民形成一個風潮，在荷蘭與明鄭時代，大量以偷渡的方式，從晚明帝國的沿海地帶湧入台灣。稍後，大清帝國征服亞洲大陸之餘，又逞其餘威，藉由鄭成功叛將施琅的領導，征服了台灣。從此，滿州文與漢文成為官方歷史的重要載體。施行海禁政策的大清帝國，阻撓漢人移民偷渡來台，甚至明文規定，已經偷渡成功的漢人男性，不得與「番婦」通婚。這種比殖民帝國還嚴酷的統治方式，完全壟斷了所有的歷史紀錄與解釋。這是在台灣接受現代化之前的歷史過程，傳統時期的政治經濟史料、檔案、文書、信件、日記、圖文全部都操控在官方手裡。受到欺壓、羞辱、迫害的手無寸鐵百姓，包括原住民與漢人在內，對於歷史記憶的片面解釋束手無策。

明治維新成功以後的日本帝國，一方面藉由脫亞入歐的手段改造整個幕府社會，一方面又大量吸收西方帝國的現代化科技，終於在知識領域、文化層面構築對外侵略的雄辯論述。巍然崛起的日本帝國，在甲午戰爭獲勝後，以強勢姿態要求大清帝國割讓台灣。淪為日本殖民地的台灣，從此開始被迫接受日語教育，所有的思維方式、生活習慣，都依照台灣總督府的要求進行改造。為了配合帝國資本主義的擴張，台灣經歷了前所未有的現代化衝擊。總督府以非常科學的態度展開調查，包括人種、習俗、水利、礦產、農產、土地的統計，都擁有詳實精確的數字紀錄。資本主義對台灣社會的支配，完全通過相當前進的技術官僚來執行。台灣住民開始接受現代的時間、交通、衛生觀念，整個思維模式與生活習慣，與過去清朝的移民社會截然兩樣。

台灣知識分子在一九一五年左右宣告誕生，並且在一九二〇年代啟動現代式的政治運動，他們開始成立台灣文化協會（1921）、台灣農民組合（1926）、台灣民眾黨（1927）、台灣共產黨（1928）、台灣地方自治聯盟（1929），每一個組織內容、成員、活動都留下了比較完整的歷史紀錄。但是，他們並沒有歷史解釋權。台灣總督府在一九三九年編纂的《台灣警察沿革誌》，把這些政治團體劃分為民族運動、左翼運動、右翼運動、農民運動、勞工運動，完全是為了配合殖民地統治的分類方式。這本重要史料，決定了戰後台灣歷史研究的解釋方法。確切而言，近代知識分子的崛起，在鷹犬監控之下，縱然保持了內在的獨立思維，卻無法得到從容空間，擁有歷史發言權。即使日本在一九四五年投降，國民黨政權接收台灣，卻從來沒有鬆綁對歷史記憶的控制。

一九四五至一九四九年，是四百餘年來台灣與中國唯一有過緊密聯繫的階段。恰恰就在這段時期，發生了慘絕人寰的二二八事件。以血洗方式啟開戰後台灣歷史的一幕，非常準確地證明了國民黨與歷史上所有的統治者如出一轍，都是以野蠻的屠殺方式奪取政治權力。一九四九年，國民黨政權逃亡來台，建立前所未有的戒嚴統治。將台灣人的歷史記憶，完全從國民教育的課程中全部抽離，同時灌輸一個渺茫、虛幻、荒謬的歷史記憶。這種抽梁換柱的教育手段，使得現代化的台灣，完全遺忘日據時代的現代化過程，從而也使台灣人反抗運動的記憶呈現一片空白。剝奪歷史發言權，無疑是剝奪台灣住民的抵抗權。人之所以為人，至少還保留了捍衛性命的權利，如果放棄抵抗，作為人的基本尊嚴便蕩然無存。

戰後威權體制能夠成立的原因，就在於國民黨壟斷了所有的權力管道，並且進一步奪取台灣住民的基本人權。在那高度封閉的年代，受教育的台灣子弟既看不見他們父母的過去，也看不見自己未來的前景。因為無法獲得歷史記憶，所有發生過的錯誤歷史又必須再重演一次。如果沒有美援文化與資本主義的引進，族群多元的台灣也許不可能那麼快產生社會流動（social mobility）。這種流動使一池死水的台灣逐漸出現活力，一九七〇年代草根民主運動的發韌，鄉土文學運動的醞釀，終於引發歷史記憶的復活。即使是以零碎的、片段的、斷裂的點滴形式恢復歷史視野，便足以使教條式的官方歷史教育產生鬆動。

這是一個終結的開始，一個龐大而虛構的中國體制逐漸呈現它的疲態，在資本主義浪潮的衝擊之下，台灣中產階級、知識分子、鄉土文學的抗議運動，像星火燎原般開始燃燒，照亮了國民黨體制的千瘡百孔。其中最重要的關鍵，無疑是歷史記憶的重建。重新回望台灣歷史，並非止於看見先人的反抗運動，也看見了歷史上所有的原住民、移民、殖民的對應關係。構成台灣歷史的三個主軸，包括原住民史、移民史、殖民史，其中尤以殖民者擁有最豐富而完整的記憶，其次才是漢人移民。記憶遭到徹底剝奪的，則屬原住民。以炎黃子孫的帝王史觀，來詮釋如此駁雜的台灣歷史記憶，全然是風馬牛不相及。同屬漢人族群的國民黨政權，對於台灣歷史的掌握，就如此殘缺，則荷蘭史觀、大清史觀、日本史觀的帝國格局，就更不可能充分解釋台灣人的歷史過程。

歷史記憶的重新建構，誠然是討論人文精神議題時不可或缺的一環。長期受到損害的台灣心靈，如果要活出自己的記憶，就不能不勇敢面對曾經失敗、失望、失落的台灣先民。他們在歷史隧道裡看不見光，從來不知道黑暗也有到盡頭的時候，但是他們從來沒有放棄維護人最基本的權利。走了四百年有文字歷史的台灣，必須等到一九七〇年代，我們才揭開黑暗的窗口。記憶之光投射進來時，讓我們看見人間的罪惡、污穢、脅迫。而這種支配歷史方向的權力，都源自不同時代的統治者。如果不驅走這些歷史惡靈，台灣各個族群的祖靈就不可能恢復他們原有的尊嚴。討論台灣人文精神，就不能不從重建歷史記憶作為開端。

重新面對兩個威權時代

從戰前殖民體制到戰後戒嚴體制，都是屬於高度的中央集權。日本帝國在台灣所建立的總督府，相當典型代表了現代中央集權的結構。為了完成日本對整個東亞世界的擴張，軍方政權制定了南進政策與北進政策，為了向南洋持續擴張，一九八五年，成功地取得台灣統治權，以便作為南進的堡壘。一九一〇年，又繼續兼併了朝鮮，作為日後向中國侵略的基地。明治維新以後，日本知識分子從西方帝國主義的擴張，學習到豐富的殖民經驗，他們認為殖民統治是一種科學，不僅可以模仿，而且可以複製。取得台灣之後，開始實踐過去他們所吸收的殖民知識，全面展開現代化運動。台灣總督府的設立，完全是配合整個帝國對外擴張的策略。台灣總督掌握的不只是行政權，包括財政、立法、司法、軍事，也都大權獨攬。他的權力來自一八九六年帝國議會所制定的「六三法」，根據這個法案，台灣總督等於被賦予具有土皇帝的高度，沒有任何議會可以節制他，除了東京的帝國議會之外。

在政治運作上，最有效率的手段便是中央集權，尤其是獨裁的中央集權。台灣總督在統治初期，除了進行各種資源調查之外，同時也開始強悍鎮壓台灣農民的反抗運動。由於土地遭兼併，迫使最初起來反抗的行動者，都是以農民為主體，這種反抗，持續到一九一五年「噍吧哖事件」平定後，台灣社會才正式趨於穩定。這段期間，迫使台灣接受現代化運動的主導者，莫過於後藤新平。他在總督府擔任民政長官（1898-1906），開始改造台灣衛生、農業、工業、教育、交通的條件，為後來的現代化工程奠下基礎。這些工作完全交由警察來執行，凡是未能接受督導者，都一律被視為罪犯。在他任內，開始構築從基隆到高雄的縱貫鐵路，直到一九〇八年正式完成。除此之外，他也開始規範台灣住民接受現代時間的觀念。英國所實施的格林威治標準時間（Greenwich mean time），始於一八九六年，主要是為了使帝國中心能夠精確掌握全球殖民地的時差。日本拿下台灣之後，立刻效仿執行，也是為了有效控制殖民地台灣的時差。

具體而言，殖民地人民的生活起居、日常作息、文化改造，甚至是三餐的規定，都藉由現代時間的實行而統一起來。把台灣社會放在帝國時間範圍內，主要在於有效推動現代化工程的進行。從後藤新平時代開始，「農業台灣、工業日本」的分工政策便開始徹底實施。從靠左邊走的行路規範，到禁止隨地大小便的紀律，都在中央集權的管控下。當匪亂平定、衛生條件齊備之後，台灣在一九二〇年開始進入現代社會，這是社會學家陳紹馨於《台灣的社會變遷與人口變遷》特別指出。他說，從這一年開始，曾經在島上蔓延的流行病，包括天花、霍亂、痢疾、傷寒，完全絕跡。也從這一年開始，統計數字顯示出生率提升、死亡率減少。不僅如此，台灣的都市化從此展開，包括台北、台中、台南、高雄的現代都市計畫，全面戮力進行，開始出現棋盤式的都市格局，同時也配備了完整的排水系統與污水處理。

當客觀環境改善之後，日本財團開始進駐台灣，資本主義的擴張立即出現土地兼併，也開始大量製造階級差異，傳統農民勢必淪為現代工人，過去的佃農也淪為台灣製糖會社的農奴。如此有效的現代化改造，全然拜賜於台灣總督府中央集權的實施。從天皇崇拜到推行大和民族主義，通過公學校的普遍設立，使帝國權力支配得以直接進駐台灣學童的心靈。這是後藤新平所崇尚「糖飴與鞭子」的典型政策，容許權力在握者予取予求。

日本在一九四五年投降後，這些現代化的成就，完全由來台接收的國民政府所繼承。當初陳儀所領導的「台灣省行政長官公署」，其實就是台灣總督府的變相抄襲。行政長官的權力，除了掌管行政之外，同時也兼任台灣省警備總部的總司令。雖然省市都設立了參議會，卻完全沒有立法與監督的資格，他們所提的建議只供行政長官參考而已。在中央集權的設計下，行政長官完全聽命於南京的蔣介石，當時台灣沒有任何機構可以節制他的權力。就像日本人在台灣推行的大和民族主義，國民政府在台灣也徹底實施領袖崇拜、國語政策、專賣制度、戶籍普查，與日本的統治政策毫無兩樣。日本殖民體制的霸權文化，竟然是透過國民政府的接收而完整保留下來。我在《台灣新文學史》所建立的史觀，便是以日據時期的統治定義為「殖民時期」。而戰後國民黨的統治，則定義為「再殖民時期」。主要關鍵在於觀察兩個不同中央集權的統治模式，在體制上與精神上保存著極其密切的繼承關係。

強勢的右翼中華民族主義，取代了戰前強勢的右翼大和民族主義，而這兩種民族主義卻是相互仇視，相互對峙。在國共內戰逐漸失利的國民黨，把自己壓抑許久的情緒發洩在受過日本統治的台灣人身上。具體而言，行政長官陳儀的公開演講，最能表現如此不平衡的心態。擔任過福建省主席的陳儀，曾經在一九三五年代表蔣介石來台祝賀，極力讚揚日本統治台灣四十周年。他說，台灣人非常幸福，能夠生活在現代化的社會。十年後，他被派來擔任接收大員，卻宣稱台灣人接受了奴化教育。當現代化搖身變成奴化時，已經充滿對台灣人民的文化歧視。因為是奴化教育，曾經接受高等教育的台灣知識分子，都被摒除在公家機構的職位之外。這是省籍歧視的開端，族群與族群之間的裂痕，在不公平體制下愈趨嚴重。一九四七年爆發的二二八事件，在很大程度上完全肇因於此。

在意識形態上，國民黨又是一個極右的反共政權，對於日據時代左翼運動者開始展開嚴密監視，也持續不斷查禁左派書籍。尤其是在事件期間，陳儀指控民眾反抗者混入了共產黨分子，思想檢查、戶口調查、旅行限制、結社禁止，遂成為國民黨統治的常態。在省籍問題之外，又添增了意識形態的緊張關係，在國民黨於一九四九年撤退來台之前，台灣社會已經陷入恐怖狀態。優勢的中國文化凌駕於日本文化的遺緒，強勢的右翼信仰也凌駕於具有理想性的左翼知識分子。這種刻意撕裂的統治手法，並未因國民黨在內戰中的失利而有所轉變，反而在一九四九年以後變本加厲，把整個台灣社會組織在反共體制之下。在內戰中潰敗的國民黨撤退來台時，更加強化既有的省籍政策。尤其六百萬外省族群融入台灣社會時，為了合理化國民黨代表整個中國的政權，反而使偏頗的省籍政策更加惡化。中國文化與日本文化的對峙，本省與外省的隔離政策，左派思想與右派思想的交鋒，都已經預告一九五〇年以後的台灣社會，找不到合理的精神出口。

以轉型史觀看待台灣社會

所謂轉型史觀，指的是從本土化與民主化的和平演變（peaceful evolution），來考察二十世紀的台灣歷史。這是台灣戰後極其特殊的文化現象，不僅使所有的族群開始認同台灣土地，而且也使不同的權力位置者可以有對話的機會。這種改造沒有經過政變或革命，純粹是藉由民主運動者的長期追求，從黨外運動到建黨運動，從政黨政治到政黨輪替，而使整個社會從最封閉的階段邁向開放的時期。而這樣的轉型，必須經過好幾個十年的不斷累積，終於使中國體制及其威權體制慢慢被鬆動瓦解。而無法期待的民主政治終於獲得實踐。

進入二十世紀的台灣，經歷兩次重大的歷史翻轉，一個是一九〇〇年日本帝國在台灣正式引進資本主義，設立台灣銀行與台灣糖業株式會社，這兩個單位是島上現代產業的起點，也是把殖民地編入帝國經濟體制的重要一環。另一個是一九五〇年台灣社會開始接受美國的援助，把這個小小海島編入了美國主導的全球冷戰體制裡。這兩個遙遙相隔的歷史事件，表面上毫不相干，但是在經濟制度本質上，其實是互通的。無論是帝國體制或冷戰體制，非常清楚地把台灣劃入資本主義的陣營，台灣從此開始沿著極右派的思考走上歷史道路。戰前的帝國與戰後的黨國所採取的法西斯手段，讓兩個時代的知識分子俯首就範。台灣知識界的批判能量，從此就受到先天的限制。

在美援文化的支配下，不僅使蕭條的工商業漸漸復甦，也使農村受到衝擊性的改造。過去的大地主身分淪為小地主的農業生產，這使得鄉紳型的意見領袖被剝奪政治發言的機會。由於美援物資源源輸入台灣，台灣的軍事、政治、經濟、教育，都被臠禁在美國權力的掌控下。一九五四年簽訂的《中美共同防禦條約》（Sino-American Mutual Defense Treaty），使蔣介石政權獲得有力的支持。台灣在聯合國不僅取得合法地位，而且還是安全理事會的五個成員之一。蔣介石得以持續連任總統職位，背後正是有華府的撐腰。國民黨能夠在台灣完全壟斷行政、立法、司法、考試、監察的權力，正是因為在國際上獲得了中華民國的合法承認。那種權力的氾濫，使得知識分子的言論自由受到嚴重限縮。

美援文化是一種雙刃式的影響，一方面給國民黨的統治權力背書，一方面也給台灣自由主義思想帶來啟發。整個知識界所表達出來的自由主義嚮往，大約多出自留美派的知識分子。一九四九年十二月雷震所創辦的《自由中國》，名譽發行人正是留學康乃爾大學的胡適。在這份刊物上，發表文字的作者基本上對於美國自由主義都有理想化的想像。筆鋒特別銳利的殷海光，寫過一冊《旅人小記》，正是他對美國社會觀察的縮影。從美國嫁接過來的自由主義運動，終於還是無法得到國民黨的容忍。一九六〇年，蔣介石捏造雷震的通匪罪名，終止了《自由中國》這份罕見的重要刊物。國民黨以「自由中國」自命，卻無法容忍《自由中國》的雜誌，這可能是最具嘲諷的歷史事件。自由主義傳統並不因此宣告停頓，一九六〇年代的《文星》、《筆匯》、《現代文學》、《文學季刊》、《大學雜誌》，都在延續維繫一線香的傳承，以文化、文學的形式，苦悶的知識分子不斷摸索他們各自的精神出口。現代主義的崛起，無疑是自由主義精神的一種變貌。如果胡適、雷震所追求的是言論自由與學術自由，則現代主義文學崇尚的是心靈自由與美學自由。在身體監視與思想檢查的牢籠裡，一九六〇年代洶湧而起的現代主義運動，其實已經偷渡太多政治體制所無法容忍的價值觀念。現代主義運動是內容極為豐富而龐雜的精神實踐，從此台灣社會見證現代詩、現代散文、現代小說、現代劇場、現代攝影、現代舞蹈、現代繪畫的次第浮現。文字本身可能屬於靜態，但其中所埋藏的抵抗精神與批判文化，可以說是暗潮洶湧。沒有雷震的組黨企圖，就不會有一九七〇年代草根型黨外民主運動的再起。這種歷史傳承，其實為後來的新生代帶來無窮暗示。

冷戰體制大約在一九七〇年逐漸終結，最後一批美援物資就是在這一年送達台灣。也正是在這一年，台灣加工出口區正式設立，容許跨國公司來台設廠投資。這兩個事件似乎毫不相干，卻是華府決策者的精心設計。擔任世界警察的美國駐軍，給美國本土經濟帶來嚴重負荷。為了解除資本主義危機，美國國務卿季辛吉（Henry Kissinger）提出關鍵性的戰略，那就是「以對話代替對抗」，開始有意與共產陣營展開和解。這樣重大的轉變，使得蔣介石所堅持的反共政策驟然落空。一九七〇年美國把釣魚台劃歸給日本自衛隊防守，一九七一年中華民國被迫退出聯合國，一九七二年美國總統尼克森與中國總理周恩來簽訂《上海公報》，這一連串的打擊使得中華民國的合法地位開始產生動搖。真正的中國，亦即中華人民共和國，正式在聯合國取代台灣的地位。從此台灣在國際的孤立與危機，便一直延續到今天。

當中華民國不能代表中國時，當美援物資的提供終止時，台灣社會就必須開始轉型，一個鮮明的變化，便是黨外民主運動與鄉土文學運動以雙軌形式湧現。這意味著政治思維與文學思維都同時背離國民黨體制，也意味著戒嚴體制的威權政策，逐漸遭到挑戰。為了因應新形式的到來，國民黨接班者蔣經國以行政院長的身分，展開他想像中的本土化政策。當他提出「往下紮根，往上結果」的口號時，顯然也代表了國民黨內部前所未有的轉向。蔣經國開始起用黨內本土人士，包括吳伯雄、連戰、施啟揚、高育仁，首度在政壇嶄露頭角。這是官方本土化與民間本土化之間的競逐，誰比誰更接近台灣的泥土，描繪出一九七〇年代非常特殊的政治風景。

為了配合台灣加工出口區的設立，蔣經國展現魄力，實施十大建設的政策。這是國民黨來台接收後的創舉與壯舉，已經強烈透露要在台灣長治久安的傾向。官民兩股力量的對峙抗衡，是日後台灣民主政治的重要關鍵。所謂民主，其實牽涉到政治權力的支配與分配，縱然蔣經國推動本土化政策，但是中央集權式的黨國體制仍舊不動如山。社會底層所醞釀的改革意願，隨著資本主義的發達，蓄積的能量愈來愈強烈。

一九七七年爆發的鄉土文學論戰，一九七九年國民黨設計的美麗島事件，都足以顯示整個社會對民主的要求只有愈燒愈旺，絕對不是國民黨可以隻手遮天。鄉土文學作家僥倖地躲過國民黨的圍剿政策，但是卻躲不過美麗島事件的大逮捕。台灣民主運動受到重挫，也意味著自由主義傳統的中斷。但無可忽視的一個事實是，加工出口區所創造的經濟奇蹟，其實也為台灣社會孕育一個全新誕生的中產階級。當時黨外人士張俊宏曾經將之命名為「中智階級」，意味著中產階級與知識階層的相互結合。他們擁有一定的知識基礎，也擁有一定的人生觀與世界觀，而且也擁有一份穩定的薪水。他們最感苦悶的是整個階級對於台灣經濟的進步貢獻很大，卻在政治上不能擁有發言權。這個階級所擁有的改革意願，正好使他們站在威權體制的對立面。

中產階級的誕生，其實是橫跨了族群與性別，同時也使台灣社會階級的流動性更加活潑。他們夾帶著旺盛的改革意願，終究要成為台灣民主運動的支持者與背書者。這樣的轉型速度，緩慢而篤定，使不同族群、不同性別逐漸匯入民主改革的洪流。美麗島事件的挫敗，可能使民主運動遭到挫折，但是繼之而起的新生代又開啟一九八〇年代的另一波政治改革運動。

本土化論述權的爭奪

本土化與民主化的過程，其實是官方與民間可以達成和解的最佳途徑。相較於一九五〇至一九七〇年代的政治環境，在一九八〇年代穿越民主化的過程後，政治權力逐漸從勁敵轉化為競逐。和平演變的過程，從來都是非常緩慢，它不可能像革命那樣劇烈，無論成敗都要付出慘重代價。它也不像政變那樣，把所有的政治對手，都視為政治寇齬，必須達到相互毀滅的結果。本土化之所以成為可能，就在於蔣經國已經意識到國民黨必須在台灣深耕茁壯，當他思考到黨國未來時，深覺沒有民意的支持，就不可能獲得穩定局面。他在一九七〇年代初期揭露的本土化思維，完全是以黨的存亡作為主要思考，完全沒有顧及民主化的改造。

蔣經國擔任行政院長任內，在萬年國會的體制之外，又另外創造「增額選舉」的管道，使黨內提名的本土人士可以進入國會。這樣的創舉，一方面維持萬年法統於不墜，一方面又可以讓省籍人士有參政的機會。對蔣經國而言，他以為是屬於雙贏策略，但是他在設計本土化的政策時，並沒有把國民黨以外的本土人士考量在內。這可以說明為什麼省籍的本地知識青年，也在一九七〇年代初期展開草根型的黨外運動。封閉的歷史，就在這關鍵時刻出現裂縫。官方與民間都在爭奪本土化的論述權，從此拉開台灣本地民主運動的歷史序幕。

伴隨著黨外民主運動的發軔，鄉土文學運動也幾乎同步出發。政治權力的改造如果沒有注入文化的思維，即使獲得政權，也不可能使舊有的價值觀念獲得翻轉。鄉土文學運動的意義，正好給正在萌芽的民主運動帶來深層思考。鄉土文學作家所表現出來的人文關懷，幾乎與初期民主運動產生桴鼓相應的效果。台灣的形象，第一次以生動鮮活的面貌出現於作品中，相較於稍早的反共文學，以及後來的現代主義文學，鄉土作家所描寫的人物與故事非常貼近社會。從六〇年代末期，鄉土人物在文學故事中就已復活起來。這些作家包括花蓮的王禎和、宜蘭的黃春明、基隆的王拓、台北的鄭清文、桃園的鍾肇政、苗栗的七等生與李喬、台中的陳千武、彰化的李昂與洪醒夫、雲林的宋澤萊、台南的葉石濤、美濃的鍾鐵民與吳錦發、高雄的楊青矗。從東海岸到西海岸，從北台灣到南台灣，這樣的文學風氣為之一變，恰好與國民黨制定的文藝政策完全悖反。

一九七七年發生的鄉土文學論戰，應該是歷史的必然。鄉土文學作家只是誠懇地反映台灣社會現實，其中重要的議題橫跨外商投資、環境污染、工資失衡。這些文學作品暴露了國民黨的偏頗政策，對於美國長期的支配台灣提出強烈批判。只要是文學書寫者，處在那樣不平等的環境，自然而然在詩、散文、小說的作品裡都會呈現出來。然而，這樣的描寫卻揭露了國民黨長期的崇洋媚外政策。在外交上喪失國家地位之後，在經濟上又淪為美國殖民地，使得知識分子對國家認同陷於茫然，而在生命尊嚴上又遭到嚴重剝削。稍具良心的作家，不可能對這種現象視而不見。

整個鄉土文學論戰基本上有兩條主軸，一個是彭歌所寫的〈不談人性，何有文學〉，鄉土理論家葉石濤則以〈沒有土地，何有文學〉公開答覆。另一個主軸是，陳映真所寫的小說集《將軍族》序文〈試論陳映真〉，其中大量引述馬克思主義與毛澤東思想。而遠在香港任教的余光中，則寫出〈狼來了〉予以答覆。由於余光中長期被陳映真污衊是美帝國主義的買辦，終於被迫提出回應，特別強調陳映真所提倡的鄉土文學是屬於工農兵文學。彭歌與葉石濤的對話，其實是牽涉到本土化的問題。而陳映真與余光中的交鋒，則牽涉到左翼、右翼意識形態的對峙。鄉土文學論戰並沒有具體的結果，但產生的政治效應可以說相當龐大。這場未完的論戰，後來就轉化成為一九八〇年代初期的統獨論戰。在意識形態的光譜上，慢慢浮現左統左獨、右統右獨的分類。這種思想的多元化，終於突破了國民黨長期所獨占的極右思想，為後來的民主運動開啟無窮盡的想像。

一九七七年的鄉土文學論戰，把現代主義文學視為假想敵，甚至指控台灣的現代文學是西方的亞流。這種說法，完全出自陳映真的誤讀與曲解。如果把西方現代主義釘上虛無、墮落、頹廢的惡意名詞，那是對台灣作家的嚴重污衊。畢竟現代主義作家使台灣文學遁逃於國民黨意識形態的控制之外，使得許多長期被壓抑的想像、記憶、慾望、情緒，都透過象徵的寓言抒發出來。他們所寫出的成長小說，女性小說、同志小說、已經為日後八〇年代的文學風景，投射深長的暗示。沒有六〇年代的現代主義運動，就不可能開出八〇年代文壇盛放的花朵。現代主義的思維方式，也許是從西方借來火種，但使它燃燒得更為熾熱，卻是藉助於台灣不同族群的生活。即使是本土作家，鍾肇政、葉石濤、李喬，都嘗試過現代主義的手法。具體而言，經過長期的書寫實踐，現代主義早就開始在地化，而成為台灣文學無可分割的一部分。

鄉土文學運動並沒有因為論戰的衝擊而停頓下來，但是草根黨外民主運動卻受到重挫。一九七九年十二月十日的國際人權節，國民黨展開鐵腕，撲滅了美麗島人士的人權遊行，從而展開全島大逮捕。這種官民之間的激烈對峙，完全肇因於美國在一九七八年宣布與台斷交，而正式與北京建立承認關係。美麗島事件使黨外運動遭到頓挫，但是並沒有使民主的理想從此熄滅。國民黨從來沒有想到，大量黨外人士遭到逮捕，可能使政權暫時穩定下來，卻未及評估潛藏在台灣社會的反對力量。進入一九八〇年代後，民主運動的新生代又重新崛起，並且大量發行黨外雜誌。同時社會運動也像烽火遍地那樣，在島上的每個城市洶湧而起。

本土化論述經過長達十年的構思與實踐，內容愈來愈清晰而豐富。所謂本土化，並非只是指向政治權力，還包括更繁複的文化議題與人文精神。從鄉土文學的內容來看就非常清楚，其中聚焦最多的問題，就在於外商投資所帶來的嚴重環境污染。如果生存權也是基本人權之一，則蔣經國所領導的本土化政策，都只側重在政權鞏固與經濟發達，反而使人的生存權貶抑到最低。回顧鄉土文學的內容，已經包括資本主義剝削、農村凋敝、水污染惡化、工資凍結、性別歧視。這些議題，在文學中可以說非常寫實。言論自由、思想自由、結社自由、旅行自由的要求，過去只存在於《自由中國》的言論裡，如今已經成為社會運動所追求的目標。這樣的轉變，才是民主化的內容，也是本土化的實踐。

轉型史觀的建立，在於強調台灣社會有史以來就是一個移民社會。從荷蘭明鄭以降，漢人移民就不斷湧向這小小海島，整個清朝便是漢人社會形成的過程。一九八〇年代，台灣學界出現過兩種不同的解釋，一個是李國祁所強調的「內地化」，一個是陳其南強調的「土著化」。前者指出，清代移民社會逐漸引進中國書院制度與儒家思想，這可以從孔廟的普遍設立看出端倪。後者則強調，漢人移民為適應台灣風土，而改造原有的風俗習慣，例如歌仔戲的改造、祖墳的立碑、媽祖廟的普遍傳布，都顯現本土化的趨勢。內地化，其實是殖民地的變相演出，正如荷蘭、滿清、日本、國民黨在台的實施內地化，都帶有高度的殖民化特質。而土著化的出現，則與戰後台灣民主化與本土化不謀而合。這兩種歷史解釋用來檢驗戰後政治文化發展的趨勢，最後民主化與本土化終於定型而穩固下來。這種歷史發展，不僅符合在地主義，也符合人權基本要求。而這正是討論當代台灣人文精神時，不能忽視的歷史過程。

第二章

中國意識與台灣意識的對決

男性中心論的形成

戰後台灣人文精神的形塑過程中，優先面對的議題，便是長期以來存留下來的父權體制。沒有父權的思維方式，就不可能支撐著持久的威權體制。檢討整個台灣社會最封閉階段的歷史，不能只是檢討現成的思想檢查機構，包括警備總部、保安司令部、新聞局。在權力支配的背後，一定有相當完整的價值觀念在支撐。以父權思維為中心的教育機構，無論是教科書、考試制度，或升學競逐，都一再強調父權的存在。所謂父權（patriarchy），其實就是家長領導制，也是宗法社會繼承權觀念的延伸。為了鞏固牢不可破的權力領導，許多夾帶在教科書裡面的思想，都相當細緻而精準地形塑受教者的人格。凡是經過這種教育機器製造出來的學子，自然而然會在心靈底層接受一定的傲慢與偏見，從而以這樣的價值觀念為中心，去看待性別、階級、族群的議題。

如果說，父權體制是威權體制的最大共犯，應該不是太誇張的說法。從一九五〇年代以黨國為中心所傳播的教育理念，基本上是以三民主義、儒家思想、領袖崇拜為重要支柱。其中所夾帶的男性中心論、異性戀中心論、漢人中心論，相當深刻而牢固地囚住每位成長中的年輕世代。只要讓這樣的思考維持穩定，也就是在維持一黨專政或以黨領政的穩定。

先從民族主義講起。中國傳統歷史從來不存在著民族主義的觀念，從先秦以來，漢人一直保持著既定的觀念：「普天之下，莫非王土；率土之濱，莫非王臣」。凡是在天底下所能看到的土地，全部都是屬於中國皇帝的版圖。而這樣的土地一直延伸到最遠的海岸，所有的人都臣屬皇帝的權力支配之下。這種傳統思考，與現代的民族主義內容完全不一樣。近代民族主義的崛起，在於強調一定的領土，一定的政治機構，一定的主權。而傳統中國，則是把天下所有的土地視為漢人皇帝的財產。這不是民族主義，而是一種非常極端的文化主義（culturalism）。就像孔子所說，「夷狄入中國，則中國之。」其中意涵非常清楚，凡是邊疆民族接受中國的文化，就將他們視為中國人。以漢人文化所畫出的疆界，與近代民族主義所畫出的主權領土疆界，完全是不同的思考方式。

中國開始出現近代式的民族主義，恐怕要到一九一九年五四運動爆發時，才慢慢形成。中國是第一次世界大戰的參戰國，而且是戰勝國，卻在那年巴黎和會的帝國挾持下，被迫把德國所占領的山東半島轉讓給日本。這是進入二十世紀以後，中國第一次為領土主權的完整而發動群眾抗議示威。這是中華民族主義的萌芽，也是中國意識的覺醒。歷經一九三〇年的滿州事件，一九三七年的蘆溝橋事變，中華民族主義愈來愈成熟而旺盛。當中國意識高漲之際，殖民地台灣正好站在它的對立面。自巴黎和會以降，日本帝國持續對中國進行羞辱式的侵略，而逐漸釀造中國人內心的仇日情緒。接受日語教育的台灣人，必須要到戰爭結束以後，才第一次見識到中華民族主義所帶來的敵意。這是一九四七年二二八事件爆發的一個關鍵因素。熟悉日本文化、語言的台灣人，終於變成日本帝國的替代品，在事件中受到凌辱與屠殺。

在同樣時期，台灣意識在殖民地社會底層，也慢慢在構築之中。受到台灣總督府的壓迫，殖民地人民見證了土地兼併、經濟掠奪、種族歧視以及大和民族主義的欺侮。一九二〇以降，台灣知識分子縱然接受日本近代教育的訓練，並不必然認同日本帝國的文化價值。東京的台灣留學生在一九二〇年代組成了新民會，並且發行《台灣青年》的刊物，就已經在啟蒙過程中，為台灣意識的釀造奠下基礎。相應於日本資本主義的開展，以及台灣縱貫鐵路的完成，「台灣人」的概念也擴大成為台灣全體住民的稱呼。在清朝時期，所謂台灣人只是指台灣府城一帶的居民，隨著交通便利，南北人口的流動益形密切。政治團體的形成，其實是建基於最素樸的台灣意識。參加抗日運動的知識分子，是以他們共同受害經驗作為相互認同的基礎。尤其經過鎮壓、逮捕、迫害、死亡的過程，命運共同體的觀念在殖民地社會愈來愈成熟。

當一九二〇年代台灣正式進入現代化社會階段，不僅都市已經形成，階級意識與台灣人意識也相映地構築起來。從一九二〇年代的政治運動組織就可窺見，從台灣文化協會、台灣農民組合、台灣民眾黨，一直到台灣共產黨的成立，無不以「台灣」一詞作為命名。這個事實足以證明，台灣人意識已經成為島上住民的共有認同。台灣意識的更進一步發展，是在一九三〇年代文學團體的誕生。從一九三二年在東京所成立的《福爾摩沙》，到一九三四年的台灣文藝聯盟組織，以及日後的《台灣文藝》與《台灣新文學》，也宣告了作家之間，都是以台灣作為主體來命名。這種歷史的因素，也因為台灣總督府的統治而更加強化。它成為台灣人一致反對或反抗的權力象徵，被殖民者的精神意志，因此而凝結起來。

無論是中國意識或台灣意識，都是在各自的歷史條件下逐漸形成。中國意識是在帝國主義的侵略下而孽造起來，台灣意識則是在殖民地的支配下而逐漸形成。具體而言，無論是民族意識或文化認同，都是在被壓迫的情況下而激發出來。那種集體被壓迫的受害意識，自然會形成一定的民族意識。兩種不同的政治意識，終於在戰爭結束之後正式接觸。其間所延伸出來的誤解、偏見、歧視，無疑是台灣歷史的不幸。帶著反日情緒來到台灣的中國軍隊，發現島上有百分之八十的住民都純熟操用日語，不能不使他們產生情何以堪的錯覺。二二八事件的爆發，便是雙方都不能理解過去的歷史背景，才釀造了至今仍無法解開的政治情結。

一九四九年，在國共內戰中失利的中華民國，不得不選擇台灣作為逃亡的最後據點。對當時的中華民國政府而言，如何合理化它在台灣的統治、如何合理化它繼續代表中國、如何合理化它在國際上獲得承認，幾乎是一個難題。為了宣稱本身是個合法政府，只能訴諸於一九四八年所制定的《中華民國憲法》。為了符合憲法的要求，國民黨在台灣繼續沿用「立法院」與「國民大會」的政府組織。為了維持統治的合法性，他們把這兩個機構稱之為「法統」。既然是代表中國，所以原來的新移民籍貫也必須繼續沿用原來的省籍。戰後初期一直到一九八〇年代的民主運動，省籍問題就成為兩種意識競逐的戰場。上層政治結構所宣揚的中國意識，與下層社會民眾所認同的台灣意識，構成了長期的緊張關係。從政治、經濟、社會、教育、文化的各個層面來看，都存在著一種有形無形的對立關係。如果台灣人意識在戰後會繼續受到強化，那完全是長期處在受害地位而造成的結果。

中國意識與台灣意識，其實是民族主義的變相呈現。中國意識訴諸儒家思想、三民主義、黨國體制，無非都是夾帶著強烈的男子中心論，因為它牽涉到權力繼承的問題，無論是法統觀念的宣揚、中國大陸的收復，都相當明顯在強調繼承權。這種繼承權是一種父權的思考，也是傳統宗法社會的遺緒。失去了繼承權，便失去了法統，從而男性中心論也無形中強化起來。同樣地，受到壓迫的台灣意識或台灣認同，一直是在受害經驗裡不斷鞏固起來。無論稱之為台灣意識，或受害意識，或多或少也在繼承過去殖民地的被壓迫記憶。而這樣的記憶，又在戰後的中國意識支配下，不絕如縷地傳承下去。兩種意識的對決，到一九七〇年代民主運動展開之後，就更加鮮明。

孤臣文學與孤兒文學

放眼一九五〇年代的文學風景，幾乎看不到台籍作家。王德威教授曾經提出「後遺民寫作」的觀念，在於強調大陸來台的作家都有強烈的懷鄉懷國的意識。這種「後遺民」在中國文學史上可謂屢見不鮮，凡在改朝換代之際，總是有不少書生與士大夫強烈懷念舊朝。元朝滅亡後，明初文人在詩文中強烈懷念舊朝的文物制度。最強烈的表現方式，便是選擇隱士一途。同樣地，明亡後，也有太多的遺民如顧炎武、黃宗羲、王船山，認同舊朝的思想觀念。甚至清朝被推翻後，民初的王國維仍然期待前朝的復辟。這種遺民的文化，當然也可在台灣社會發現。接受過日本教育的台灣知識分子，在二二八事件以後，都或強或弱地認同日本文化價值。這應該也是典型的遺民精神。

縱然中華民族精神的教育在島上相當普遍而氾濫，卻無法掩蓋一個事實，民間對於國民黨統治，總覺得遠遠不及過去的殖民統治。那種矛盾心理的浮現，完全是由政治環境與文化環境所造成。民間對國民黨統治帶著一定的疏離與恐懼，尤其在白色恐怖的氛圍裡，所有知識分子都保持高度警戒。日據時期的台籍作家縱然開始學習國語，卻沒有能力以全新的語言來表達自己。在二二八事件之後，台籍知識分子都開始懂得如何保護自己。許多人都選擇保持沉默，或甚至決心封筆。文化記憶因此而出現斷層，特別是在官方的反日教育之下，曾經在台灣發生過的歷史記憶，反而成為政治上的高度禁區。

在一九五〇年代，可以受到點名的台籍作家寥若晨星，葉榮鐘、鍾理和、林海音是少數幾位能夠使用國語的寫手。在那最荒涼的時代，有一本小說不能不受到注意，那就是吳濁流所寫的《亞細亞的孤兒》。這部作品是以日文寫成，而且首先出版於日本，幾乎就是那過渡時代的最佳縮影。如果有所謂孤兒文學的存在，這部小說正好是典型代表。相對於大陸來台的作家，他們的懷鄉懷舊意識相當濃烈，貫穿於書寫之中。在《台灣新文學史》的詮釋裡，我稱之為「孤兒文學」與「孤臣文學」。所謂「孤兒文學」，是擁有故鄉土地卻失去文化認同，這是當時台灣知識分子的普遍心態；所謂「孤臣文學」，是指外省作家跟隨國民黨來台，他們失去了原鄉，卻擁有一定的文化認同。這兩種不同的書寫取向，應該也可以歸類於王德威所定義的「後遺民寫作」。在那個堅持代表中國的法統觀念下，幾乎沒有一位知識分子可以面對真正的政治現實。

《亞細亞的孤兒》在於描寫歷史上台灣人身分認同的混亂，無論在台灣、日本、中國，都找不到自己的命運歸宿。那不只是價值觀念的駁雜，也應該是二十世紀台灣住民所受到的殘酷現實挑戰。國民黨依照它自己的黨國體制來教育台灣知識分子，全盤否定台灣人在日據時代所接受過的現代化教育。他們被排斥在政治體制之外，完全沒有任何發言權。那種苦悶，以「亞細亞孤兒」一詞來概括，可以說恰如其分。

同一時期的客籍作家鍾理和，曾經在北京出版過《夾竹桃》的小說集，也對自己的文化認同反覆求索。戰爭結束後，他寫了一篇〈白薯的悲哀〉，也再三強調，台灣人的身體與精神可謂表裡不一。番薯的表面是紅色皮膚，切開來是白色肉體。從題目就可以讀出其中的強烈暗示，在日本人眼中，台灣人是中國人；在中國人眼中，台灣人是日本人。這種找不到歸宿的命運，簡直與吳濁流所說的「亞細亞孤兒」全然沒有兩樣。熟悉鍾理和文學者，都知道他受到魯迅文學的影響非常巨大，在字裡行間往往充滿了批判精神。他勇於干涉現實，卻能夠使用高度技巧來掩飾。如果捧讀他的《鍾理和日記》，就更加清楚辨識魯迅精神的痕跡。他勇敢批判腐朽的中國文化，卻無法在生前順利發表他的作品。在五〇年代最好的台籍中文書寫者，因肺病而去世，可以說是最悲慘的孤兒文學代表。

在反共文學當道的階段，凡是符合體制要求的作家，都可以順利獲得發表的機會。陳紀瀅的《華夏八年》、潘人木的《蓮漪表妹》、潘壘的《紅河三部曲》，正是那個時代孤臣文學的代表。無論是寫抗戰、懷鄉、反共，都有一個可以依賴的精神認同。而所謂懷鄉意識，是因為他們擁有一個回不去的故鄉。他們配合當時的文藝政策，積極寫出無數的反共作品，正好可以彰顯他們有一個中心價值在文學背後支撐。那樣的文學生態正好是台籍作家所不能介入的空間。其中的文化暗示，指向一個看不見的省籍界線。在地作家與來台作家的書寫策略是如此悖反。顯然不能使兩個書寫的團體創造對話的機會，隱約之間反而有一種對峙關係。

日據時期倖存下來的台籍作家，在政治命運上極其坎坷。當時楊逵正遭到十二年的有期徒刑，被監禁在綠島。呂赫若在鹿窟事件中被毒蛇咬死，朱點人在政治株連事件中被槍決，葉石濤則是因為讀書會而淪為思想犯，鍾理和同父異母的弟弟鍾和鳴，也在基隆中學事件中遭到處決。這種近乎中斷的文學命脈，使五〇年代的台籍日語作家更加覺得自己的命運零落不堪。最早使用中文的鍾肇政，在《濁流三部曲》、《台灣人三部曲》，往往在字裡行間流露出難以掩飾的孤兒意識。小說中日據時代台灣知識分子，總是帶著自憐自艾的情緒，與吳濁流的孤兒精神，簡直是同條共貫的延續。在找不到精神出口的政治環境裡，多少抒發不出內心的願望。這種被壓抑的狀況，必須等到一九六〇年代才稍有轉圜空間。台籍作家終於能夠寫出流利中文時，許多受到壓抑許久的想像，藉由鄉土描寫而紓解了情緒。從王禎和、黃春明、陳映真、歐陽子、陳若曦、施叔青的小說，台灣人的形象與精神才慢慢鮮明呈現出來。台灣鄉土文學的釀造，始於一九五〇年代。終於有了血肉的作品，則出現於一九六〇年代。而最成熟的藝術表現，見證於一九七〇年代。台灣社會底層的聲音，開始改變孤兒意識的落寞感，逐漸轉化為抗議的、批判的文學運動。

一九六〇年代以後，孤臣文學的精神，也漸漸注入現代主義運動的流亡精神。於梨華、白先勇、王文興、劉大任，或多或少都對他們的時代與政治提出質疑。這種文學上的轉變，並沒有使權力在握的國民黨有任何改革的跡象。在一九六〇年代，全世界都處在騷動的漩渦裡。從美國的反戰運動、民權運動，到日本的學生運動、中國的文化大革命、越南戰爭，以至歐洲爆發的巴黎群眾示威，都進入前所未有的歷史轉型期。台灣的文學變化愈來愈清楚，唯獨威權體制仍然不動如山。黨外民主運動與鄉土文學運動的雙軌崛起，透露了底層社會已經也開始浮現騷動與不安。整個文化生態的胎動，遠遠走在腐朽的黨國體制之前。

統獨論戰：歷史轉型期的徵兆

台灣文學與台灣歷史研究，一直被認定是「諸神的戰場」。這是各種意識形態、政治信仰爭衡的場域。早年台灣出現過新詩論戰，基本上停留在傳統與現代的價值爭論，六〇年代也出現過中西文化論戰，重點在於爭論台灣到底是要西化還是現代化。一九七一年再次發生新詩論戰，主要在於強調台灣現代詩是否反映整個社會現實。但是，最受到矚目的，莫過於一九七七年所爆發的鄉土文學論戰。每當論戰發生，都意味著台灣歷史到達一個分合的路口。那不僅僅是美學的表現而已，同時也是政治權力角逐的反映。在鄉土文學論戰之前，所有的論戰背後，都隱約有中國意識的閃現。在黨國體制的支配下，任何意識形態的交鋒，都不可能溢出當權者所規範的疆界。

鄉土文學論戰的發展過程中，第一次出現以中國為取向與以台灣為取向兩種論述的角逐。更精確地說，這是台灣意識第一次向主流的中國意識進行挑戰。當葉石濤提出〈台灣鄉土文學導論〉，陳映真立即發表一篇〈鄉土文學的盲點〉，正好可以顯示當時文壇的兩種歷史解釋。葉石濤認為，台灣文學的開展，始於明鄭時期，歷經清朝與日本統治，無論是古典詩或是二十世紀的新文學，在台的創作者都是以台灣人物、風土、氣候的客觀條件為中心。而這樣的文學發展，葉石濤上溯到十七世紀的明鄭時期；陳映真的台灣史觀，則是以一八四〇年的鴉片戰爭為台灣近代史的起點。由於清朝戰爭失利，終於在甲午戰爭後，割讓台灣給日本。兩個人歷史觀的不同，決定了他們各自對台灣文學解釋的差異。具體而言，葉石濤是把台灣文學放置在住民與土地的交互作用，而形成獨特自主的性格。陳映真則把台灣文學納入中國近代史的範疇，堅持認為台灣文學是屬於中國文學的支流。表面上討論的是文學議題，而在骨子裡卻是呈現他們的政治立場與意識形態。

葉、陳的文學史觀，既是呈現對話，也是表現對抗。兩人的歧異觀點，可能是鄉土文學論戰過程中最值得矚目的。葉石濤強調的是台灣住民的反抗精神，陳映真則彰顯中國人民的反抗精神。從鄉土文學論戰以降，在文壇上所開出的台灣意識與中國意識的抗衡格局，在進入一九八〇年代後，就逐漸轉化成為統獨論戰。在戒嚴體制還未解除之前，兩位理論建構者都無法充分展開各自內心的深層思考。如今回頭再看，其實這是台灣民族主義與中國民族主義之間的論述角逐。如果仔細考察，就可發現兩人在討論歷史與文學問題時，從未把性別與階級議題納入考量。葉石濤的論述固然較為接近平民的思維，卻從未把女性與原住民的問題納入他的論述。陳映真所主張的中國論述，完全沒有照顧到工人與農民階級，也更未照顧到女性與原住民議題的內容。

這是值得注意的現象。如果說兩種論述都是屬於父權的表述，顯然也是恰如其分。在政治風氣還未開放之前，兩位論述者都相當焦慮地集中於政治議題的討論。縱然他們都具有左翼思考，但是在爭論歷史的過程中，未及以整體性的思考來觀察台灣文學與台灣社會的關係。左翼信仰者往往都是站在弱者的立場，包括農民、工人、女性、原住民的議題，應該也是屬於左翼思考的範疇。但是從兩人的論戰，以及後來所延伸出來的統獨論戰，都沒有注意到台灣社會的弱勢族群的存在。兩種民族主義的發展，正好暗示了這是父權與父權之間的抗衡，使得既有的男性中心論更加鞏固，連帶地也使漢人中心論一併鞏固起來。這是「大台灣」與「大中國」之間的對決，反而使許多文化議題受到忽視。

經過一九七九年美麗島事件，表面上好像使台灣意識論者受到挫折。但是進入一九八〇年代以後，全球化浪潮洶湧襲來，使得資本主義在島上加速地擴張發展。有幾個現象值得注意，台灣兩大報《中國時報》與《聯合報》都分別設立了文學獎，不僅刺激了新世代作家的文學生產，而且也慢慢使國民黨的文藝政策產生鬆動。文學獎再也不用聽命於黨國機器的指導，它逐漸成為民間社會的美學思維。另一個重大現象，就是美麗島成員受到逮捕審判之後，黨外新生代也提早接手民主運動的後續發展。其中最值得注意的現象，莫過於大量黨外雜誌的發行。這是前所未有的文化現象，無論是文學生產者，或是政治運動者，大約都是屬於一九五〇年代以後出生的世代。這個世代慢慢擺脫了殖民地的受害經驗，也擺脫了國共內戰的受難記憶。縱然還未解嚴，卻已經預告一個多元化的社會就要誕生。一黨獨大的思維方式，思想檢查的控制方式，已證明與整個時代完全脫節。

在這關鍵時期，新竹工業園區的設立，充分暗示了台灣經濟也準備要加入整個全球化的浪潮。無論是在政治、經濟、社會、文化各個層面，都出現空前的蓬勃現象。在國際上，台灣也是公認的亞洲四小龍之一。在這段時期，台灣中產階級穩健地成長起來。他們是台灣經濟發達的主要貢獻者，對於改革遲緩的黨國體制，已漸漸感到不耐。從黨外雜誌的暢銷，透露了一個強烈的訊息，民主改革的意願愈來愈旺盛。同樣地，工人運動、農民運動、女性運動、學生運動、原住民運動、環保運動，也不約而同展開。每個運動有其不同的追求目標，卻也指向一個共同的願望，那就是民主改革必須加速進行。

文字上的統獨論戰似乎值不上具體的政治實踐，無論在言詞上如何激烈，顯然無法撼動現實中的威權體制。但是，從街頭示威到組黨運動，卻是吸引了無數群眾的參與。包括族群、性別、階級的議題，都在群眾抗議中集體表達出來。所有的政治改革，不可能用中國意識來解決。對於當時的示威者，或是中產階級的成員，他們需要立即可見的現實政治之改變。民主運動的力量愈來愈膨脹，反而使中國意識或統派主張逐漸萎縮。畢竟文字的靜態表達，完全趕不上行動上的具體實踐。改革意願與組黨要求，變成一九八〇年代的主流價值。

在那段時期，國民黨已經失去能力來正面回應群眾的要求。經歷過陳文成事件、江南事件、一直到十信金融案，都一再證明國民黨的執政能力趕不上改革意願的急遽成長。民進黨在一九八六年十二月宣布組黨成立，不僅匯集了所有社會運動者的願望，同時也總結了一九七〇年代以來的統獨論戰。滔滔不絕的雄辯語言，都及不上一個反對黨的誕生。台灣社會出現了兩個政黨，使一黨獨大的神話完全破解，等於宣告了台灣就要迎接多元化社會的到來。在客觀形勢的要求下，國民黨不得不在一九八七年宣布解嚴。

反對黨的成立，是和平演變的一個結果。雖然經歷了無數的群眾抗議示威，卻未釀成暴動、政變或革命。在不傷害台灣社會的元氣下，和平演變完成了一次相當漂亮的歷史轉型。民主生活方式，成為不同的族群、性別、階級所一致認同的政治價值。解嚴時代的到來，並不意味威權時代的終結，但至少已經預告台灣歷史重新出發的一個開端。依存於戒嚴體制的各種不合理制度，也到了一個必須終結的時候。以法統自居的資深立委與國代，也必須慢慢退出政治舞台。與中華人民共和國為敵的動員戡亂時期法令，也到了必須全面取消的時候。當整個客觀條件都以台灣社會為主體重新改造時，台灣意識的鞏固顯然是無可抵擋的趨勢。

命運共同體的形塑

伴隨著民主運動的持續深化，台灣社會開始進入歷史上前所未有的活潑階段。由於兩黨政治的出現，為日後的藍綠對決埋下伏筆。政黨相互競爭的層次，顯然高於過去的省籍問題與統獨問題。縱然國民黨與民進黨所提出的政見與政策，都有誇張不實之嫌，但是相較於情緒上的指控與爭論，顯然更符合民主精神。追求一個更符合公平正義的社會，幾乎是解嚴前後所有群眾運動的認同目標。包括女性、農民、工人、原住民、同志、環保、學生的不同運動，持續不斷在台灣社會各個角落發生。所有的運動精神都是為了跨越性別、族群、階級的舊有窠臼，而進一步去追求更高的民主價值。

一九八二、八三年，黨外雜誌發生了一場規模不大不小的台灣意識論戰。主要議題圍繞在後藤新平與殖民地現代化的問題，並且延伸到文學定義的問題：島上所生產的文學究竟要稱為「台灣文學」或「在台灣的中國文學」？表面上似乎是在回顧歷史問題，但骨子裡其實就是統獨論戰的對決。台灣現代化的過程，發生於殖民地統治時期。在日本帝國的權力支配下，把一個傳統的農民社會改造成現代化的社會。由於日本帝國大量引介資本主義到台灣，徹底改變了島上的生活方式。縱然經過無數次的農民運動與工人運動的抗爭，終於無法抵擋資本主義的席捲。日據時代台灣作家在文學作品中，不斷批判墮落的資本主義，從賴和、楊逵、呂赫若、王詩琅所表現出來的藝術精神，都相當鮮明地站在帝國資本主義的對立面。台灣社會被現代化收編的過程中，其實也遍布了血跡斑斑的控訴。那是相當莊嚴的歷史證詞，但還是無法改變成為資本主義社會的事實。

這些文學作品都是誕生於日本殖民統治時期，他們所批判的對象是整個帝國的邪惡體制，而作家所追求的文化主體，則是以台灣取向為中心。把殖民地文學稱為「在台灣的中國文學」，是一種荒誕不經的稱謂。台灣文學本身就足夠說明島上住民是如何強悍對抗帝國統治，又是如何批判資本主義的到來，更是追求台灣社會的公平與正義。無論是美學表現或是思想內容，完全與當時中國的歷史條件毫不相干。但是在八〇年代的轉型期，這樣的論戰有其必要。畢竟要重建台灣社會或台灣文學的主體，就不能不在含混不清的政治意識中尋找出路。

無論如何，台灣文壇的統獨論戰，大約在一九八〇年代就已經完成階段性的任務。因為以中國意識來思考台灣社會的種種議題，顯然已出現格格不入的狀態。尤其在民主進步黨宣布建黨成功之後，整個台灣文化政治的走向至此大致底定。但是，台灣意識本身並不因此而宣告勝利，畢竟它只是完成指標性的使命，而更具體的內容就有待日後持續擴充並填補。統獨論戰，基本上是「大中國」與「大台灣」之間的抗衡，雙方提出來的觀點都是屬於宏偉敘述（grand narrative）。在一定程度上，雙方都在延續過去的男性中心論、漢人中心論、異性戀中心論。在他們的論述裡，完全沒有照顧到性別、族群、階級的議題。所有的文化發言者，如果無法兼顧全新的歷史因素，則論述是何等堂皇而龐大，都無法掩飾其尾大不掉的尷尬。

所謂新的歷史意識，便是民主思考與價值開始進駐台灣。這個全新的歷史階段，不僅挑戰了過去威權時代的思維，也同時挑戰了文化論述裡的傲慢與偏見。所謂威權體制，指的就是權力的支配；而所謂民主體制，就在於彰顯權力的分配。當各種社會運動如野火那樣燃燒蔓延，許多被隱藏或被壓抑的願望也開始萌芽滋長。當女性、農民、工人、原住民、同志、環保的社會運動蓬勃展開時，多元而複雜的價值也開始注入民主運動中。台灣社會不可能脫離了戒嚴時代卻還停留在腐敗的男性中心論裡，民主制度就在於使過去被禁錮、遮蔽、壓抑的弱勢思維，得到充分的解放。男性再也不是民主社會裡的發言中心，進入解嚴時期，其實也開始進入解構的階段。

把解嚴後的台灣社會稱為後結構時期，應該是恰如其分的說法。後結構主義的一個重要觀念，便是重建主體、尊重差異。當民主風氣開放後，構成台灣社會主體的不同組成因素，都開始要求必須給予最嚴肅的矚目。一九八〇年代以後，女性文學、同志文學、原住民文學、環保文學、農民文學的書寫，再也不能使用含糊籠統的「台灣文學」一詞來概括。當台灣文學主體性建立起來以後，就必須豐富其主體的內容。台灣文學終究不只是由男性作家所主導，尤其女性文學、同志文學、原住民文學蔚為風氣之際，主體內容的差異性也開始彰顯出來。這是一個精彩的歷史階段，對照過去的文學史發展，從來沒有見證過如此的書寫盛世。由於進入了繁花盛放的季節，對於台灣文學內容就不能繼續沿用單一的觀點，而必須以多元、多軸的視野，重新解釋。

民主制度是台灣命運共同體的基礎，無論從性別、族群、階級的角度來看，民主生活是台灣社會不同成員的共有認同。無論是如何弱勢的成員，在民主社會都應該擁有發言權。在新的歷史條件下，台灣意識才有可能成為所有成員的共同意識。曾經是屬於黨國體制的機構，再也不可能壟斷所有的利益，而必須開放給市場來競爭。以媒體為例，在解嚴前所有的言論都使用同一口徑，黨國是市場選擇的唯一。但解嚴之後，民間媒體紛紛誕生，黨國成為市場選擇的其中之一。解嚴的宣布，也等同於黨國體制的解構。而黨國的意義，其實就是男性中心論、漢人中心論、異性戀中心論的集合體。當黨國被迫開放時，台灣社會潛藏的各種價值也跟著開放。

後結構的「後」，指的是時間的挪移，也是空間的調整。當凝固不變的時間鬆動時，僵化不移的空間也挪動時，文化內容也開始跟著活潑起來。正是在這樣的階段，晚期資本主義的全球化浪潮也不斷衝擊著海島邊境。具體而言，不僅台灣社會內部發生根本性的變化，整個國際社會也以各種不同的形式在挑戰台灣。這是前所未有的變革時代，使得國民黨統治的合法性危機次第暴露出來。一九九〇年的野百合學運，終於迫使代表法統的資深立委與國代從政治舞台退場。一九九一年，李登輝總統宣布動員戡亂時期正式終結。這是一個結束的開始，舊有的體制與思考逐漸隱入歷史迷霧中，而全新的民主思維，正逐步翻修翻新台灣文化的內容結構。這是一個大破大立的時代，也是台灣命運共同體加速建構的時代。所有腐朽的思維方式，從此成為歷史遺跡。

第三章

殖民地與崇洋媚外的根源

——帝國中心論的觀察

殖民地的記憶創傷

殖民地與帝國之間的文化落差，其實是根源於現代化進程的早到與遲到。西方帝國能夠比世界其他國家還更早崛起，主要是他們最早意識到「現代」的浮現。在文藝復興之前，整個西歐社會的知識都受到教會的壟斷與控制。大航海時代的到來，不僅開啟了近代的天文學，同時也挑戰了羅馬教會的權威。在西元九百年之前，羅馬皇帝的權威凌駕整個西歐社會。九百年之後，羅馬教會的地位已經高於皇帝，整個中古世紀的知識大多是由教會來解釋。一五〇〇年後文藝復興時期正式崛起，對於教會權威論述的批判，也逐漸蔚為風氣。整個西方歷史的演變，是從皇權、教權一直到人本精神建立的過程。所謂現代，指的是以人為中心的思考，慢慢取代皇權與教權。而人的思考，則是強調理性（reason）的誕生。

伴隨著人的地位之提升，理性思維也逐漸抬頭。德國社會學家韋伯（Max Weber）指出，從中古時期跨向現代時期，是一段除魅（disenchantment）的過程。也就是一方面朝向文化的理性化（rationalization），一方面則貶抑傳統的神祕主義（devaluation of mysticism）。具體而言，人可以藉用理性思考來解釋外在的各種現象，而減少訴諸於巫術或宗教。藉由理性的重建，西方社會開始建立近代知識，包括天文學、物理學、化學、政治學、社會學、經濟學等。憑藉這些知識的加持，西方文明開始崛起。當他們開始在海上冒險，背後確實有一套完整的知識在支撐。藉由冒險家、傳教士、貿易商、人類學家，他們開始建構對西歐以外世界的認識。帝國主義的擴張，其實就是殖民地的占領。非洲、拉丁美洲、亞洲次第淪為西歐的殖民地，在一定程度上，是因為西方人是最早到達現代的種族。

現代社會的形成，其實涵蓋著理性的進步觀念與時間觀念。尤其是進步觀念（idea of progress），使得西方人把到達現代的優先性轉化為優越性。對於亞、非、拉的古老國家而言，他們並未意識到整個世界即將改變。那種停留在朝代循環論的社會裡，時間觀念彷彿是循環的，而不是進步的。他們固守著既有的版圖，統治著一群馴服的人民，對於西方帝國的崛起毫無警覺。西歐開始有計畫地建構有關亞、非、拉三洲的知識，同時也開始建構對這些落後國家的想像。這是帝國主義的張本，也是對殖民地慾望的醞釀。從十七世紀開始，英國、荷蘭、葡萄牙、法國先後成立東印度公司，開始在海外設立擴張的據點。直到十九世紀末期，東印度公司在東方所扮演的角色相當重要。它不僅是貿易的據點，也是軍事擴張的堡壘。帝國主義的凌駕，背後其實是軍事行動與資本主義的擴張。

對於東方社會而言，在十九世紀中期以後，開始感受到西方勢力的威脅。中國與日本對西方擴張的回應，出現兩個模式，中國是以關門的態度愈趨保守，日本是以開門的態度面對西方。一八六〇年代清朝開始進行同治中興，或稱自強變法，而日本則是進入明治維新時期。同樣屬於改革運動，中國失敗了，日本卻因模仿西方而崛起。這兩種模式牽涉到統治者對於現代性的評價。明治維新期間，日本開始強調「脫亞入歐」論，徹底全盤西化；而清朝反而開始提倡「中體西用」論，回歸傳統文化作為本體。前者是開放的想像，後者是保守的思維。兩個國家的歷史道路，從此劃清的界線。

一八九五年，日本在甲午戰爭全面獲勝。一九〇五年，又擊敗了俄國。在世紀之交的短短十年，日本戰勝了古老大陸的兩個帝國，終於升格成為現代的東方帝國。大清帝國的失敗，則是以割讓台灣作為代價。從此台灣人的歷史記憶，開始受到日本帝國有計畫地改造，從日常生活到語言文化，都完全受到政治權力的支配。為了方便掠奪殖民地的資源，台灣總督府首先調查台灣人口、水利、土地、山林、礦產，他們所擁有殖民地的知識，遠遠超過統治台灣近兩百餘年的清朝，甚至比島上住民還更完備而豐富。比起被殖民者，殖民統治者還更了解他們自己。他們以科學的手段，對台灣社會建立各種不同層面的統計數字，甚至閩客原住民各個族群的生活習慣，都在他們的掌控之中。

殖民統治對殖民地人民造成最大的傷害，便是帶來嚴重的失憶症（amnesia）與失語症（aphasia）。日本帝國以抽梁換柱的方式，不僅變造台灣歷史記憶，而且還注入帝國的主觀價值。一九四五年日本投降時，接收台灣的國民政府並沒有恢復台灣人的歷史記憶，反而進一步封鎖殖民地時代反抗運動的歷史記憶。對於使用日本語言的台灣住民，當權者則是以歧視、貶抑、扭曲的態度來對待。一九五〇年代以後，國民政府完全依賴美國帝國權力的支撐，才取得在台灣統治的合法性。台灣在聯合國能夠獲得安全理事會的席次，全然是在美帝國主義的卵翼之下。台灣社會被指控是崇洋媚日，最重要的根源來自歷史因素的演變。

日據時代的台灣文學裡，殖民地作家在創作過程中，已經觸及遲到現代性（belated modernity）的議題。具體而言，殖民地的現代性是由殖民者介紹而來。對於現代性的認知與體會，顯然已經遲到。這種歷史進程的落差，往往使殖民地知識分子產生焦慮與自卑。如何克服這種文化上的遲到感，就變成相當敏感而嚴重的問題。從日據時期的小說可以發現，當時知識青年的國族認同很容易發生動搖。在不同世代的小說中，如陳虛谷的〈榮歸〉、蔡秋桐的〈興兄〉、朱點人的〈脫穎〉、巫永福的〈首與體〉、龍瑛宗的〈植有木瓜樹的小鎮〉，顯示日本帝國所帶來的價值觀念，使受教的年輕世代急於向日本的現代化認同，從而對於台灣本地的文化輕啟鄙夷。這種心理狀態，近乎法農（Frantz Fanon）在《黑皮膚，白面具》說的話：「當我開始承認尼格魯（Negro）是罪惡的象徵，我會發現自己是憎恨尼格魯。」當台灣人不能與日本人平起平坐時，心理狀態便開始發生傾斜。

台灣社會開始嘗到現代化運動的惆悵，始於帝國統治的時期。這場鋪天蓋地的歷史改造，完全翻轉了台灣的命運。在最短期間內，把一個穩定的傳統社會立即推入洶湧而來的現代化運動，使島上住民完全無法適應價值觀念的不斷更新。面對著體面的日本統治者，許多知識分子在內心不能不產生著畏懼與崇敬，同時也不禁生出無法定義的自卑感。具有自覺思考的知識分子，他們反而可以採取批判的態度，清楚區隔了殖民性與現代性之間的差異。這種自覺，引導著他們投入政治運動，並且也重新建構台灣文化的主體性。整個殖民地時期的反抗運動，都有其局限性。但是他們所遺留下來的批判精神，卻成為殖民地歷史的重要遺產。

戰後心靈結構的重塑

殖民地知識分子的命運，不斷受到鎮壓、監視、囚禁、貶抑，卻反而使文化主體性的追求，更加明確而具體。他們在從事反抗與批判運動的過程中，慢慢尋找自己發言的位置，從而可以為台灣文化找到明確的界線，並且予以定義。殖民地文化最重要的遺產，便是留下抵抗與批判的精神。如果放棄抵抗，等於是放棄做人的權利。而且更進一步，放棄文化的主體性。如果要重新定義殖民地知識分子的核心價值，恐怕必須進入當時的政治運動與文化運動的脈絡去考察，那是相當重要的殖民地文化記憶。然而，歷史發展從來不是依照殖民地人民的主觀意志在演變。當日本投降之後，台灣由國民政府來接收，卻反而遭到更進一步的文化歧視。如果要尋找戰後台灣社會的心靈框架，似乎必須追溯到戰後接收時期的過程。

國民黨接收台灣時，島上住民大約有百分之八十的人口已經相當熟悉日語的使用。這是因為殖民地時期，台灣總督府進行強迫性的義務教育，所得到的結果。從戰後初期台灣文學作品的描述，可以窺見知識分子對於新時代的到來，充滿了樂觀的憧憬。當他們從日本帝國的枷鎖解放出來時，高度期待「祖國」將更尊重台灣文化的特質性格。然而，由陳儀所領導的台灣行政長官公署，在用人方面極力排除台灣知識分子的參與。最關鍵的原因在於，台灣人不會說國語。這對於當時的知識分子心靈，造成極大傷害。他們曾經被迫接受日本的國語，如今國語的內容已經改變，他們反而遭到無情的遺棄。

一九四七年爆發的二二八事件，使台灣知識分子更進一步受到慘殺。事件的爆發過於突然，在殖民地時期的傷害還未痊癒之前，又受到另一次的生命戕害。到今天，死傷人數還未能獲得確認，但整個屠殺背後所夾帶的政治與文化意義，卻構成了整個戰後時期的永恆創傷，那不僅僅是族群歧視而已。至少一直到一九八〇年代之前，本地台灣人始終被排斥在政治權力的範圍之外，長期未能獲得發言權，所有的精神出口悉數遭到封鎖。正是經過那樣的事件，曾經受過日本教育的知識分子，反而開始懷念殖民地時期的統治。這是台灣戰後孤兒文學的文化根源，也印證了李登輝在一九九五年在公開談話中，所稱「生為台灣人的悲哀」。他的談話，完整記錄於日本作家司馬遼太郎所寫《台灣紀行》。這可能不是李登輝一個人的感覺，而是他那個世代受到精神創傷後最深沉的感受。這樣的談話，我們應該更具勇氣去面對。

事件發生的兩年之後，國民黨在中國大陸的內戰中徹底失敗，終於必須流亡到台灣。歷史向來都是非常嘲弄，人的智慧相當有限，從未能預知日後的政治發展。對台灣文化進行各種歧視與羞辱的國民黨，最後必須投入台灣的懷抱。而這種文化衝突與心靈落差，便開啟了一九五〇年代以後的政治風景。一九四九年離開大陸時，國民黨遭到中國人民的唾棄，也遭到美國政府的遺棄，甚至也受到台灣人民的敵視。這種孤立無援的狀態，使得國民黨必須採取更嚴厲的政策，大量追捕左派知識青年，從此展開了戰後的白色恐怖統治。而且也對台籍人士的參政管道，採取嚴苛的封鎖。

一九五〇年六月韓戰的爆發，使國民黨獲得敗部復活的機會。由於當時美國對共產陣營進行圍堵政策，華府非常擔心台灣也落入共產黨手中，因此決定派遣第七艦隊巡航台灣，同時也承認中華民國政府，更支持中華民國在聯合國安全理事會的席次。這是一個歷史轉捩點，美國在政治、經濟、軍事、文化各個層面，援助小小的海島。戰前台灣受到日本帝國主義的支配，戰後則受到美帝國主義的援手。在整個現代化過程中，台灣社會由日本跑道切換到美國跑道。從此，在西太平洋的防線上，美國從日本、韓國、琉球、台灣、菲律賓，一直到中南半島，形成了一道連綿不斷的反共國防線。在大環境的支配下，新一代的台灣知識分子不再懷念日本，而開始崇拜美國。

美援文化重新塑造台灣知識分子的心靈結構，其中最為顯著的衝擊，便是自由主義思想在台灣展開傳播。而伴隨著自由主義傳統的形成，在文學上也帶來現代主義思潮。在這種文化支配的過程中，美國在日本、韓國、台灣、香港都設立「美國新聞處」（USIS），作為文化傳播的據點。這個機構也同時在各個國家發行《今日世界》月刊，並且有計畫地出版美國現代文學作品的翻譯本。以最精美的印刷、最便宜的價格，向台灣知識青年大量銷售。從五〇年代到七〇年代的留美風潮，便是在這種文化氣候的影響之下篤定形成。處在一定的歷史文化環境中，台灣知識分子對美國也產生了高度想像。

這是台灣的歷史宿命，美日兩個帝國主義的支配，很早就把這個海島劃入資本主義的陣營。日本是透過總督府來統治台灣，美國則是透過國民黨政府，來影響台灣人的心靈。一百年來，整個海島社會已經習慣右派的思維，對於左派或共產黨，自然而然產生本能性的拒斥與厭惡。台灣知識分子欠缺左翼思考，從而也欠缺了批判文化的精神。在大量政治宣傳之下，台灣社會的體質天生就有反共傾向，這是二十世紀台灣社會的重大損失。至少在思考的形成過程中，知識分子從來不知道左翼思想的滋味。盲目的反共使日據時代的左翼傳統，也在戰後發生斷層。更為嚴重的是，對於中國三〇年代的左翼文學，也具備了太過旺盛的防衛機制。以右傾的眼睛，看待知識、看待歷史、看待文化，不免使心靈發生傾斜。

一個最為鮮明的事實，便是在文學傳統的形塑過程中，完全無知於左翼文學的精髓。這種偏頗的態度，反映在魯迅思想的傳播中最為顯著。身為批判文化啟蒙者的魯迅，在台灣是一個高度禁忌。當日本、韓國、香港的知識分子，可以大量閱讀魯迅作品時，台灣知識分子卻處在受到蒙蔽的狀態。當時的歷史環境，如今看來是何等諷刺。魯迅在中國受到神格化，尤其毛澤東把他捧為「最偉大的革命家、最偉大的思想家、最偉大的文學家」，這樣的定調使魯迅成為中國青年的導師。相形之下，台灣當權者對魯迅則展開有計畫的妖魔化，形容他污染了知識青年的心靈，並描述他為褊狹、邪惡的為匪宣傳者。在政治宣傳書籍中，包括鄭學稼、劉心皇的書籍，都在貶抑、醜化魯迅一生的成就。

受到美國現代主義的影響，台灣文壇也開始理出一條明顯的道路。在詩壇上，現代詩派中創世紀、藍星的風格走向，都是以現代主義美學為依歸。在文學雜誌上，包括《自由中國》（1950）、《文學雜誌》（1957）、《文星》（1957）、《筆匯》（1958）、《現代文學》（1960）、《文學季刊》（1966）、《純文學》（1968）、《中外文學》（1972），無不以現代文學的創作與批評為主流。這是一個相當龐大的文學傳統，也完全影響了整個戰後不同世代作家的美學觀念。美國在台灣所灌輸的右派現代主義，當然有其關鍵因素。畢竟，現代主義文學在於強調人性的挖掘，而人性的彰顯，就在於對抗共產黨文學的黨性。台灣文學道路的選擇，因整個政治環境的規範而確立下來。然而，無可否認，現代主義對於戰後台灣文學的影響，可謂無遠弗屆。

即使到今天，台灣社會仍然存在著濃厚的懷日崇美情緒。到今天為止，台灣的經濟體制仍然脫離不了美國與日本的影響。這是相當漫長而遲緩的歷史演變，要了解當代台灣人文精神，就不能忽視如此深刻的歷史條件。這是台灣社會相當特殊的殖民與後殖民記憶，在一定的程度上，受害與受惠的效應都同時存在。如果要重新建構台灣文化的主體性，就不能不從歷史記憶切入，剖開台灣人的心靈進行考察，才有可能建立屬於台灣的核心價值。

殖民史觀的建構與拆解

台灣歷史的撰寫權與詮釋權，從來就不是掌握在島上住民的手上，而完全是由當權者或統治者來建構。在日本殖民時期，受到殖民的台灣人一直是扮演著被凝視、被命名的角色。或者更確切地說，帝國來到台灣之後，受到殖民的百姓就開始被陰性化（feminization）。直到國民政府來台接收時，這樣的殖民史觀還是完整繼承下來。從戰前到戰後，統治者所設計的教育內容，完全把台灣歷史抽離出來，或者是依統治者的主觀意願來建構台灣史。這是殖民統治最為野蠻的特質，可以粗暴地把人民的記憶全部封殺，或者是有計畫地改造歷史記憶，為自己的統治量身訂造。

竄改台灣歷史記憶，一直是殖民者處心積慮的手腕。在日據時期所炮製出來的「吳鳳故事」，在戰後又由國民黨相當完整地繼承下來。無論是戰前的帝國統治，或是戰後的黨國統治，可以發現他們在改造歷史工程上的共謀結構。吳鳳形象的塑造，從最初不到百字的記載，發展成為一個感化原住民的故事，最後又成為一座銅像，甚至發展出一個吳鳳廟，最後變成龐大史料的堆積。這個事實恰好可以證明，統治者的主觀意願已經遠遠超過客觀的歷史事實。

吳鳳故事是日本人為了強力推展現代化運動，並且是為了砍伐阿里山上的林木，所製造的「漢番和解」假象。把原有在地的簡單傳說，以抽梁換柱的方式注入統治者的主觀意志，完全是殖民史觀的陰謀。而這樣的殖民史觀，竟然由來台接收的國民黨政府照單全收，甚至還編入小學的教科書裡。所謂漢番和解的故事，既傷害了原住民，也傷害了漢人，更擴大了原住民與漢人之間的嫌隙。站在歷史廢墟上，受到權力支配的台灣住民，要重新建立全新的史觀，同時也要重新去追索原來的歷史事實，無疑是相當艱鉅的挑戰。如果沒有經過一九七〇年代的黨外民主運動與鄉土文學運動，台灣歷史主體性的重建，恐怕更加困難。

對於台灣歷史的改寫與重建，必須到了一九八〇年代才見到曙光。當我們回望殖民地統治的起點，幾乎可以想像台灣先人是受到怎樣的損害與羞辱。在黨國體制逐漸崩壞之際，台灣住民才開始拾回重建歷史的信心。風起雲湧的歷史造像運動，在一九八七年宣布解嚴時，顯得更加氣勢磅礴。尤其伴隨著二二八事件平反運動的展開，許多知識分子終於覺醒，歷史撰寫權原來就掌握在自己的手上。那是一個非凡的時代，長期震懾於帝國與黨國民族偉人淫威下的台灣住民，第一次感受到自我詮釋的力量是那樣龐大。當整個威權體制開始發生鬆動之際，許多歷史想像與文獻史料不斷出土，新的詮釋視野也次第浮出地表，終於匯集成一場前所未有的歷史造像運動。人物傳記的重建與重寫，逐漸蔚為風氣，使得知識分子得以認識台灣先人曾經有過的掙扎與奮鬥。

歷史從來不是從偉大人格寫起，更不是從民族氣節去下筆，把歷史當作政治統治的手段，以洗腦方式來取代百姓原有的記憶。這已經完全偏離保存記憶的原有軌跡。歷史應該是從平凡的人民寫起，從人與土地的關係寫起，更是人與他過去的關係寫起。二十世紀以來，無論是日本殖民統治或國民黨威權統治，都在於灌輸不曾發生於台灣土地上的記憶。那種帝國史觀或黨國史觀，不可能與在地人民建立密切的感情，反而是一種政治支配的形式。受到教育的台灣子弟，可能對明治維新的始末瞭若指掌，也可能對辛亥革命的始終極其熟悉，卻完全對島上發生過的抵抗運動感到陌生。這是統治者權力支配的成功，但是那種歷史記憶卻不可能在台灣生根。

一九八〇年代的歷史重建運動，其實有一個漫長的發展過程。如果沒有七〇年代的鄉土文學運動與黨外民主運動，這個海島的歷史記憶不可能甦醒過來。一九七一年台灣退出聯合國，自立晚報出版社正式推出葉榮鐘領銜撰寫的《台灣民族運動史》。這是一個劃時代的創舉，在此之前，從未有一本完整的書，容許戰後讀者去認識殖民地時期發生了什麼。這本書代表著右翼民族運動的史觀，對於日據時期的台灣文化協會、文協分裂後的台灣民眾黨，以及一九二九年組成的台灣地方自治聯盟有相當詳細的敘述。葉榮鐘曾經擔任民族運動領袖林獻堂的祕書，所以整本書的始末，大約都以林獻堂作為歷史的主軸。這是典型的台灣右翼史觀，卻已足夠填補稍早帝國史觀與黨國史觀的空缺。直到一九七九年，王育德所寫的《台灣：苦悶的歷史》在東京譯成中文發行。由於在海外發行，本書從日本殖民統治開始，橫跨到戰後的二二八事件。用歷史延續的觀點，來連結戰前戰後的台灣史發展，這是很簡潔、卻又具突破性的台灣史觀。

台灣歷史重新改寫的欲望，一直潛藏於台灣社會底層，或存留於外地的流亡者。統治者一直都壟斷著歷史撰寫權，並且也不斷壓制本地歷史記憶的復甦。台灣作家吳濁流創辦《台灣文藝》後，一九六八年便開始連載他的回憶文字《無花果》，並於一九七〇年以專書出版。這是一部台灣知識分子的心影錄，始於日據時期，止於一九四七年二二八事件。連載期間並未遭到中止，卻在專書出版後立即被查禁，當權者的用心良苦由此可見。統治者永遠不樂於看見社會底層的歷史記憶，因為其中所夾帶的價值觀念，往往與權力在握者背道而馳。在戒嚴時期，民間歷史書寫是政治緊張關係的根源，至少，它構成了對官方歷史教科書的挑戰。統治者在歷史教育中插入太多虛構、謊言、造假，顯然禁不起民間記憶的檢驗。

吳濁流是第一個觸及二二八事件敏感議題的作家，在《無花果》被查禁之後，他緊接著又動筆撰寫《台灣連翹》。這部回憶錄專注於二二八事件發生的過程，其中點出戰後初期台灣半山所扮演的角色。原稿是以日文書寫，吳濁流在稿末註明，必須他死後十年才能發表。這種高度的政治禁忌，足以說明國民黨是如何以天羅地網的手法，封鎖民間記憶。吳濁流去世於一九七六年，遺稿由台灣作家鍾肇政譯成中文，在一九八六年正式付梓問世。這本書之所以特別令人側目，是因當時二二八事件和平運動其實還未展開，距離一九八七年解嚴也還有一段時間，鍾肇政憑藉他的勇氣，將之譯成中文，確實是值得欽佩。歷史真相的揭露，對帝國體制或黨國體制，都屬於危險的信號。歷史記憶的重建，往往帶來很大的殺傷力。因為長期以來，統治者都是以遮蔽或壓制方式，使島上原有的歷史遭到封鎖。一旦歷史真相浮出地表，反而揭露了統治者的欺罔與蒙騙。

一九八〇年代，是歷史記憶反撲的重要階段，遭到官方所壓制或封鎖的民間圖像、文件、書信，又慢慢重見天日。由於社會底層潛藏的各種記憶不斷出土，無論是歷史傳記的重建，或歷史事件的追溯，都足以彰顯官方歷史教育是如何背離島上既有的記憶。在那段時期，全新的民間史觀也逐漸構築起來。二二八和平運動在一九八七年的展開，不僅祛除了民間社會的長期恐懼，也次第解除了國民黨當權者的權力包袱。隨著蔣經國在一九八八年去世，台灣的強人時代從此一去不復返，威權體制也開始產生鬆動。李登輝的繼位，代表一個轉型期正要到來。尤其他下令書寫官方版的《二二八事件研究報告》，其內容縱然有頗多可議之處，卻也正好顯示長期的政治禁忌跟著開放。歷史記憶的開禁，是台灣民主運動邁向更高層次的象徵。畢竟，所有的歷史記憶是民主運動的重要文化根源。當歷史閘門打開時，全民才有可能重建共同的記憶。

民主運動中的統獨對決

全球冷戰體制的構築，根源於二次大戰結束後美、蘇兩國的對峙，一邊代表著資本主義，另一邊代表著共產主義。這種右派與左派的對決，也牽涉到戰前帝國主義幽靈的徘徊不去。直到一九七〇年之後，台灣民間力量開始崛起，代表中國的虛構體制，也受到國內知識分子的挑戰。本土運動的重要精神，恐怕不只是對抗國民黨體制而已，對於美日兩國的經濟干涉，也開始產生強烈的批判意識。在台灣民主運動中，內部一直潛藏著統獨對決的緊張關係。代表親北京的統派雜誌《夏潮》，以及代表親美的台灣意識雜誌，包括《台灣政論》、《台灣文藝》、《八十年代》，都意味著冷戰體制結束後的民間思想取向。

《夏潮》雜誌對於美帝國主義的批判，立場相當堅定。美帝國主義帶給台灣社會的資本主義難題，如農民、勞工、環保的議題，都是統派雜誌最核心的關切。在那思想受到檢查的年代，《夏潮》企圖重建台灣的左翼精神，對於日據時期台灣文學史料的挖掘，可謂不遺餘力。對賴和、楊逵、王詩琅、張深切的思想背景與文學特質，都有相當簡明的介紹。這樣的歷史重建，在一定程度上，是為了挑戰國民黨當權者的極右立場，同時也要重建戰後初期台灣左翼知識分子的歷史記憶。無可否認，《夏潮》在這方面的努力，確實值得肯定。進入一九八〇年代以後，許多左派的黨外雜誌，也企圖建立左翼論述。包括《夏潮論壇》、《遠望》、以至於陳映真所創辦的《人間》，都構成了一道對美國資本主義的批判路線。

國民黨的右派思維，無疑強烈帶著對美日扈從的性格。或者更確切而言，冷戰體制的餘緒，一直存留於國民黨的權力結構裡。民進黨在一九八六年建黨成功之後所遵循的路線，其實也是國民黨所創造出來的右派思維。在政黨之外，台灣民間的左翼批判精神，一直不絕如縷。那種批判力量，跟所有的資本主義國家都擁有一段相同的坎坷命運。然而台灣的左派是比較奇怪的，劃分成左統與左獨的兩條路線。台灣的左統有一段漫長的歷史，在一九五〇至一九七〇年代的白色恐怖時期裡，不乏太多的冤案、錯案、假案。但無可否認，左統知識分子一直把北京當作永恆的認同。即使中國在一九八〇年改革開放後，開始走上資本主義的不歸路，台灣的左統仍然牢牢認定中國是他們的祖國。這種把階級路線與民族路線混融的台灣左派，似乎也是冷戰體制的一種變相延伸。

凡屬祖國，都值得認同，凡屬美國，都值得批判。

左獨與右獨，在一定程度上具有路線的區隔。但是，最後都匯流於合法的選舉運動。曾經屬於第三世界殖民地的台灣，由於戒嚴體制的遮蔽，很少有機會可以接受馬克思主義思潮。一九八〇年代以後，新世代知識分子從國外留學回來，也夾帶著許多具有左派色彩的後結構主義回到台灣，並且也帶到學術機構裡。這些左獨知識分子，積極參與了整個和平演變的過程。他們藉由公共議題的介入，尤其是以反核運動為中心，使他們的知識可以與社會進行密切的結合。公共知識分子的大量浮現，逐漸改變台灣的政治生態。

無論是《夏潮》集團，或是陳映真的《人間》，都對於台灣的選舉路線抱持抗拒態度。他們錯失了和平演變的契機，從組黨運動到政黨輪替的過程中，左統完全缺席，並且慢慢被邊緣化。他們對於台灣的當權者全力批判，卻對於北京的當權者努力靠攏。這種依違的態度，完全喪失了批判力道。進入二十一世紀的今天，冷戰體制早已消失無蹤，但是台灣的意識形態對決，仍然還在持續之中。台灣意識的高漲，使得島上的政治生態與文化生態，發生前所未有的變化。統獨辯論注定成為歷史遺跡，尤其在中國崛起之後，台灣意識的急遽成長，已經造成無可抵擋之勢。尤其二〇〇八年馬英九執政之後，台灣意識的持續成長，遠遠超過李登輝、陳水扁時期。馬英九固然創造了兩岸和平，但也創造了台灣海峽的危機。面對中國財團的黨國資本主義，台灣意識變得更加頑強而鞏固。

本土意識的生根茁壯與民主運動的效應擴大，其實是無法切割。但是在全球化浪潮中，本土意識論者，更有義務要面對全球資本主義的衝擊。全球化其實是新帝國主義的形式，藉由跨國公司的投資設廠，更加擴大帝國支配的效應。舊式的帝國主義，是以占領殖民地為主要任務。然而殖民地的經營，必須耗費龐大的成本，還要對殖民地人民進行教育、治理社會、維持秩序，卻又遭到一連串的抵抗行動。新的帝國主義不再派軍隊駐紮殖民地，而是在第三世界普遍設立投資公司，一方面為當地人民創造就業機會，一方面則為自己開拓更大的市場。跨國公司創造各種品牌，刺激第三世界的消費欲望。從前是用武器來逼迫殖民地屈服，如今則利用各種消費品牌來控制當地市場。所有的抵抗行動消失了，取而代之的是當地人民張開雙手歡迎。

新的帝國主義，再也不需要利用武力控制殖民地，而是壟斷所有的知識上游。所謂七大工業國，美英日法德義加，各自擁有上游的知識領域，如電腦、航空、高鐵、太空、醫療、傳播，都掌握在過去帝國的手上。這種屬於上游的水平分工（horizontal division of labor），比起帝國擁有殖民地，還更重要。因為他們掌控了全球的知識財產權，而全世界的下游國家，則只是扮演代工的角色。他們在跨國公司的支配下，承接著各種不同的技術代工。這是屬於垂直分工（vertical division of labor），協助上游國家製造各種品牌的消費產品。資本主義的全球化，使得原來的共產國家也不得不開放門戶。中國共產的改革開放，便是在全球化浪潮的席捲之下造成事實。中國的黨國體制仍然支撐著共產黨，但它卻是不折不扣的極右派共產黨。這種左言右行的精神分裂，正面臨著一場前所未有的思想風暴。共產黨害怕和平演變、害怕反對黨、害怕中產階級、害怕改革運動，這種恐懼，造成共產黨的騎虎難下之勢。

當台灣的統獨對決逐漸成為過去記憶時，中國的左右對決才正要展開。中國的崛起，正在朝向新的帝國形式前進，這將是二十一世紀台灣知識分子必須思考的重要議題。台灣內部可能沒有緊張的統獨議題，卻必須面對一個更強大的中國統一問題。如何與中國和平相處，台灣知識分子必須嚴肅去思考。台灣命定地處在中國的邊緣，必須要集結更多的智慧，來面對即將來臨的挑戰。要形成一個更堅強的命運共同體，恐怕需要強化台灣的民主體制。如果繼續存在著族群歧視、性別歧視、階級歧視，則公平與正義不可能降臨台灣，民主政治便不可能完全實現。追求一個更公平、更合理的台灣，從而凝結起更符合現實世界的台灣命運共同體，才有可能更從容地面對正在崛起的中國。

第四章

民主運動解放了什麼：七〇年代的反思

一個終結的開始

一九七〇年代，標誌著戰後歷史的終結，也標誌著台灣民主運動的展開。對於有過殖民地經驗的國家，例如非洲、中南美洲，或南亞的印度，大約都在二次大戰後開始進入後殖民時期。台灣則屬於歷史的懸案，戰爭結束之後，找不到確切的答案。國民黨在一九四五年來台接收時，立即成立一個行政長官公署，而不像其他的中國省分那樣，成立常態的省政府。這種政治身分的不平等，正好意味著殖民體制仍然還在延續。正如前面篇章所說，國民黨在台灣的統治是建立在日本殖民地的體制之上。凡是有關專賣制度、國語政策、領袖崇拜、威權政治，都與台灣總督府的治理手法毫無二致。戰爭結束，台灣社會並沒有獲得解放，而是從一個牢籠進入另一個牢籠。

一九五〇年代以後，國民黨配合美國對遠東的控制，也開始建立嚴酷的反共政策。跟台灣總督府一樣，完全是站在反共的立場，只是比起日本統治還更殘忍。白色恐怖的長期實施，使台灣知識分子陷入更黑暗的時期。黨國體制取代了帝國統治，犧牲了島上全體住民的基本人權。在美國冷戰體制的支配下，國民黨一直在台灣社會內部製造資匪、通匪的冤案，未曾逮捕過多少真正的「匪諜」。戰後二十年，多少台灣知識分子，無論本省外省，都受到前所未有的思想迫害。國民黨在台灣能夠為所欲為，無非是受到美國政府的背書與支持。一言以蔽之，美國是台灣戒嚴統治的共犯，卻能夠在台灣社會培養出親美與仇美的感情。這種相生相剋的情緒，應該也可以視為後殖民現象。國民黨不是帝國，但是它背後有美帝國主義的撐腰，這恰好證明從戰前到戰後的現代化改造，無非都是屬於殖民地現代性（colonial modernity）。

二十世紀的台灣歷史演變，夾在美日兩大帝國之間，顯然很難建立屬於海島的主體性，除非島上住民具有能力回歸到本土思維。這將是一個艱鉅的政治工程。回歸本土，是台灣歷史的未竟之業（incomplete project）。冷戰體制在一九七〇年代的宣告終結，是台灣歷史轉彎的重要契機。當美國不再承認中華民國政府，意味著國民黨必須想辦法在台灣島上繼續生存下去。當時準備權力接班的蔣經國，終於提出「往下扎根、往上結果」的本土化政策。為了配合這樣的政策，他提出十大建設的計畫，並且公開宣稱「現在不做，以後就會後悔」。在政治層面上，他也提出國會增補額選舉的方案。無論是經濟建設或政治改造，都暗示了台灣歷史的重要轉折。

國民黨是第一個朝向本土化的政權，縱然擁有龐大的黨產，也擁有全面控制的政治權力，卻已經意識到政權命運的危機。這種本土化所夾帶而來的衝擊，可謂雷霆萬鈞。十七世紀以降，荷蘭、明鄭、滿清、日本的所有政權，經過權力更迭之後便遠離台灣。國民黨是被迫留在台灣的第一個政權，他所掌控的政治、經濟、財政、司法、軍事，都不能不依照海島的格局，重新量身訂造。除了一部《中華民國憲法》之外，國民黨其實已經在台灣建立了一個全新的國家。政權在台灣生根之後，就必須面對本土力量的挑戰與角逐。縱然開始實施本土化政策，但是國民黨是不是樂於轉變為本土政權，仍然還是一個相當嚴酷的考驗。有太多的歷史因素需要釐清，才有可能理解國民黨的轉變。

冷戰體制的終結，是因為美國霸權開始遭遇到資本主義的危機。由於二次大戰結束後，曾經領導資本主義的歐洲帝國，包括軸心國德國、義大利，以及同盟國英國、法國，都在戰爭中消耗殆盡，從此一蹶不振。他們慢慢失去殖民母國的地位，尤其非洲各國紛紛宣告獨立，歐洲霸權從此宣告終結，取而代之的是保持元氣的美國。在戰爭結束後，美國政治經濟的地位大大提升，在所有資本主義國家的行列裡，受到損傷是最少的。尤其在反共政策的實施上，美國一夜之間取得霸權。特別是在占領日本期間，美國在西太平洋建立了一個相當鞏固的防線，北自日本、韓國，中接琉球、台灣，下開菲律賓、越南，使得美國資本主義有了長足的發展。在歐洲，美國也成立了北大西洋公約，與西歐資本主義國家結盟，用以防堵蘇聯的發展。從市場經濟來看，除了歐亞大陸的共產國家之外，全球都已經變成美國資本主義的市場。

到了一九六〇年代，美國資本主義的發展逐漸到達飽和點，它必須考慮到如何讓資本主義也能擴展到共產國家的版圖。很多跡象可以顯示，美國逐漸採取「以對話代替對抗」的政策，希望能夠打開鐵幕的閘門。一九七二年二月，美國總統尼克森與中國總理周恩來簽訂《上海公報》。同年十月，日本首相田中角榮去北京拜見毛澤東，同時宣布中日建交。台灣作為美國反共政策的一個棋子，顯然就要面臨國際孤立的境況。在這段危疑時期，蔣經國開始接班國民黨政權，也正是美蘇對抗正要結束的關頭。全球冷戰的布局逐漸為資本主義全球化所取代，一九七一年台灣退出聯合國之際，也正是加工出口區普遍設立的時候。為了有利外國資本家在台灣設廠投資，國民黨開始實施九年國民義務教育，也開始展開十大建設。這些經濟工程，完全是為了因應全球化浪潮的到來。

國民黨一方面接受全球資本主義的衝擊，一方面也開始嘗到國際孤立的苦澀滋味。

而更重要的挑戰，則是來自島內的本土化運動。這三個重要因素，決定了台灣歷史的走向。官方與民間都在爭奪本土化的論述權，但獲得的結果卻是南轅北轍。國民黨的本土化論述，是為了保衛政權的命脈。而民間的本土化，則是為了掙脫戒嚴體制的枷鎖。必須從這樣的歷史背景來看，黨外民主運動與鄉土文學運動才有積極的歷史意義。失去聯合國席次的國民黨，也即將失去美國的外交承認，使得戒嚴體制處在一個相當尷尬的境遇。所謂代表中國的神話，在離開聯合國的那一天，便正式宣告破滅。從而藉由萬年立委、國代而支撐起來的法統，也逐漸淪為一個政治笑話。這種驟然的轉變，開啟了一九七〇年代台灣民主運動的契機。如果國民黨可以施行本土化政策，則在地的島上住民比起官方的本土化還更具本土性。

以「黨外運動」作為自我命名，是展開台灣草根民主的挑戰起點。以「鄉土文學」作為新的文化運動，也正是挑戰一九五〇年以來的官方文藝政策。這兩種運動都有雄厚的歷史背景，就黨外運動而言，在抵抗與批判的精神上，可以與日據時代的殖民地政治運動銜接起來。黨外運動的格局，與一九二〇年代的台灣文化協會、台灣民眾黨可謂血脈相連。台灣民眾黨對抗的是帝國體制，黨外運動所批判的是黨國體制，相隔半世紀以上，兩個時代的知識分子所承擔的使命何其相似。就鄉土文學運動而言，他們所批判的腐敗資本主義與黑暗的戒嚴體制，與殖民地作家的精神可謂同條共貫。確切而言，黨外民主運動與鄉土文學運動都遙遙承接了殖民地時期未完的工程。在討論當代台灣人文精神時，就不能不注意這種類似的歷史命運，而且也不能不強調台灣知識分子的歷史延續性，這是討論當代文化主體性之際，所應強調的事實。

官方與民間的本土運動

冷戰結束，全球化浪潮襲來，使航行於北半球海洋的台灣，不能不開始調整歷史方向。國民黨最迫切的工作，便是如何因應國際孤立之後的法統危機。這種合法性的危機，對台灣民主運動卻是一個契機。一九七五年黃信介創辦的《台灣政論》，是本地知識分子所建立的第一份政治刊物。在此之前的文化批判者，基本上都是以外省知識分子居多。最明顯的兩份雜誌《自由中國》（1960年停刊）與《文星》（1965年停刊），撰稿者都是來自大陸的自由主義分子。《台灣政論》僅發行四期就被勒令停刊，繼之而起的是由蘇慶黎創辦的《夏潮》。甫於一九七五年出獄的陳映真加入這份刊物，蘇慶黎的父親是日據時期台灣共產黨的領導人之一蘇新，因此《夏潮》具有較為鮮明的左派色彩。他們關心的議題包括農民、工人，以及外商在台投資所造成的環境污染。

伴隨著黨外民主運動與鄉土文學運動，許多未曾觸及的敏感議題，都在這段時期次第提出。當黨外運動出現左右兩條路線時，文學運動也開始出現統獨的不同論述。一個複雜的思想光譜逐漸羅列出來，這是一九七〇年代之前未曾有過的現象。一九七五年蔣介石的去世，以及美國退出越南戰場，都宣告了右派的既得利益者開始受到強烈批判。在同樣時期，中國文化大革命在一九七六年終於結束，使得十年浩劫的內幕完全暴露出來。中國四人幫的垮台、鄧小平的復出，似乎在暗示一個改革開放的時期就要到來。當中國在國際政治上的發言權愈來愈高漲之際，台灣的生存空間也就愈來愈受到壓縮。而美國的全球化資本主義的布局也逐漸成形。面對這樣的巨大變動，國民黨的危機感也相對愈來愈大。官方與民間的對決發生了兩次，一是一九七六年的鄉土文學論戰，一是一九七九年的美麗島事件。兩次對決中，國民黨在表面上取得勝利，但在實質上卻是相當挫敗。

就鄉土文學論戰而言，可以說是一次官方與民間在文學觀念上的一次重大對決。站在官方立場的作家，包括彭歌、余光中、朱西甯，以及許多軍中作家，都羅列在一起。站在民間立場的作家則有葉石濤、陳映真、尉天驄，他們提出的觀點，都溢出了國民黨文藝政策的範圍之外。余光中寫的〈狼來了〉其實是針對陳映真引述馬克思主義的論點，認為有為中共發言之嫌。余光中的這篇文章，讓他付出很大代價。事實上從今天的觀點來看，陳映真傳播馬克思主義思想，以及站在中國共產黨的立場，已經由他所表現的事實來證明。如果要討論鄉土文學論戰的核心價值，大約可以從彭歌、陳映真、葉石濤三個人的言論理出三條路線。彭歌代表的是右翼中華民族主義，陳映真代表的是左翼中華民族主義，而葉石濤則代表左派台灣民族主義。這三種思維方式，似乎為一九八〇年代的思想光譜定下基調。這場論戰最後並未發生任何逮捕事件，卻相當深刻地指出一個事實，當民主運動展開之後，國民黨的意識形態再也不是唯一的支配者，左統與左獨的浮現，提早宣告了台灣社會終將擺脫國民黨意識形態的控制。

就美麗島事件而言，草根型的台灣民主運動確實遇到了重大挫折。一九七九年十二月十日的國際人權日，黨外人士在高雄市展開大型的群眾運動。當時國民黨的中央委員正在陽明山開會，在會議中決定必須逮捕美麗島人士。高雄事件的真相是，所謂警民衝突的背後，是國民黨的精心設計。從一九七〇初期好不容易建立起來的黨外民主運動，重要領導者在這次事件中都遭到逮捕。表面上國民黨的軍法審判似乎獲得勝利，但是第二年的公開審判，卻反而喚起台灣新生代的政治覺醒。如今回頭再看，從一九七〇年的釣魚台運動開始，到一九七九年的美麗島事件結束，這是相當完整的十年。它使曾經沉寂無聲的社會，終於產生一些噪音，同時也帶來一絲曙光。在挫敗中，台灣歷史其實已經完成一次漂亮的迴旋。美麗島人士或許是犧牲者，但是他們所換取的民主運動能量，卻是無可估算。

官方的本土化政策，與民間的本土化運動，是兩種取向完全不同的發展。蔣經國提出的本土化，在於鞏固岌岌可危的政權，尤其國民黨代表中國的神話，在這十年可以說完全破滅。這個政黨嘗試要在台灣生根，但是採取的手段都太過於脫離台灣現實，例如十大建設，其實是大量引進跨國公司在台灣投資，使全球資本主義可以輕易掌握台灣的經濟命脈。同樣地，蔣經國所提出的中央民意代表增補額選舉，並沒有真正開放政權，而是為了鞏固既有的立法院國民大會資深代表的權力，距離真正的民主制度還是非常遙遠。相形之下，黨外民主運動是由下而上的全面訴求，他們要求的不是獲得政權，而是希望透過民主運動來鞏固人權觀念。他們所提出的基本人權訴求，已經觸及台灣社會在族群、性別、階級各種層面的不公平。黨外人士終於在國際人權日舉辦遊行，最主要是要把普世價值介紹到台灣。人權觀念是台灣民主運動的基石，不能尊重人權，則所謂民權或政權都失去了應有的意義。

民間的本土化運動，事實上已經理出一條鮮明的跡線，那就是繼承殖民地時期的台灣政治運動與文學運動。這種歷史化的過程，正好代表著本土運動的延續與繼承。由於有相當豐厚的歷史背景在支撐，使得黨外民主運動與鄉土文學運動建構了一定的歷史視野。而這樣的歷史觀，也合理化了本土運動的理論。一九七二年，張俊宏與許信良和寫了一冊《台灣社會力的分析》，展現了那個時代的知識分子對台灣社會結構的洞察力，這種分析態度絕對不是國民黨所可完成。一九七七年，十三位黨外人士當選台灣省省議員，更加證明草根民主運動開始獲得選民支持。本土化理論絕對不能淪為空談，而是以具體的論述和行動與整個社會結合。而這種實踐方式，正是國民黨所不能到達的高度。

就鄉土文學運動而言，葉石濤展現了他的論述能力，他所發表的〈台灣鄉土文學史導論〉，提出兩個重要觀點，一是以台灣為中心的史觀，一是以台灣意識為基礎的文學檢驗。他的觀點遭到陳映真的批評，但是從稍後的發展可以證明，葉石濤終於在一九八七年出版一本《台灣文學史綱》，而陳映真則繳了白卷。理論是否可以落實，必須要由具體的作品來印證，而不是只淪為空洞的論述，當葉石濤提出真正的著作時，他在鄉土文學論戰的論述，便完全得到合理化。民間的本土化運動，過程相當曲折、艱難、緩慢，但是所累積起來的政治與文化的能量卻相當龐大。具有史觀也具有論述能力，更具有行動的實踐，使得民主運動蔚然可觀。本土運動的真正果實要進入一九八〇年代之後，才到達收穫季。

從大磨合到大結合的演變

黨外民主運動在一九七〇年代的發展，穿過了多少顛簸的歷程。它的歷史任務，在於使斷裂的台灣社會獲得縫合的契機。種種斷裂存在於族群之間、性別之間、階級之間。其中最大的黑洞，莫過於一九五〇年代以來所實施的省籍政策。國民黨為了強調其統治的合法性，就必須依賴一部未曾在中國大陸實施的《中華民國憲法》。這部憲法，是依照一九四九年以前中國的領土與人口所構成的主權來制定。這樣一部龐大的憲法條文，其實與一九五〇年代以後的台灣社會全然隔絕，可謂毫不相容。省籍政策，是支撐中華民國憲法合法性的一種手段。凡是定居在台灣的住民，在身分證與戶籍謄本上都必須註明籍貫與出生地。而這樣的政策，也在於支撐立法委員與國民大會代表的合法性。這樣的政策，為的是用來證明流亡政府仍然合法代表中國。

省籍政策的長期實施，似乎漸漸演化成為像美國社會那樣的膚色問題。一種看不見的歧視文化與隔離政策，在本省與外省之間砌出一道高牆。許多制度都是依照省籍政策來制定，無形中不免產生暗藏階級衝突的問題。尤其，高考普考的錄取方式，是依照大陸各省的人口總數來決定名額，使得本省籍青年進入公家機構的機會受到限制。長期沿用下來，不免在本省與外省之間劃出一道鴻溝。這種不公平的政策，既違背基本人權，也違背民主精神。凡是立法院所制定出來的法案，很少考量到台灣社會的實際狀況。蔣家父子能夠長期壟斷最高權力，也是由一個非常不合理的國民大會來主導。因此，中華民國自稱是中國的合法政府，完全出自權力壟斷的自私思考。

草根的黨外民主運動，便是為了突破這種一黨獨大的偏頗政治。稍有自覺的外省知識分子，已經察覺這種不合理統治對台灣社會所構成的傷害。《自由中國》的發行人雷震，在一九六〇倡議組成中國民主黨，便是希望突破一黨獨大的現象。雷震的高瞻遠見，其實是為了使國民黨在台灣能夠長治久安。他的主張卻被指控為散布「反攻無望論」，使得國民黨體制的可能出路因此而遭到封殺。黨外民主運動的發軔，自然受到國民黨權力在握者的強烈敵視。黨外運動所強調的民主價值，其實是以人權主張為核心。它不僅在尋求本省與外省族群之間的和解，也在於追求整個社會階級問題的和諧。

伴隨著黨外運動的持續發展，台灣意識也慢慢在凝聚一個共有的認同。而「台灣人」的觀念，也慢慢在擴大它的定義與內容。所謂台灣人，在清朝時期指的是住在台南一帶的居民，因為那是台灣府的所在地。一九一〇年代，縱貫鐵路開通之後，島上的人口流動愈趨活潑。台灣人一詞，逐漸發展成全島人口的概念。在殖民地時期，台灣人是相對於日本人統治的一個集體概念。在整個抗日政治運動中，所有的團體，從右派到左派，都是以台灣自我命名。台灣文化協會、台灣農民組合、台灣民眾黨、台灣共產黨、台灣地方自治聯盟，都意味著台灣已經形成了主體的觀念。因此在一定的程度上，一九七〇年代台灣意識的形成，無疑與日據時期的政治運動遙相呼應。

經過戰爭時期的皇民化運動，以及一九五〇年代的戒嚴時代，台灣人的觀念受到嚴苛的壓抑。但是由於制度的偏頗，使得被邊緣化的台灣人，在無聲無息中相互認同。當他們被禁止說母語，也被禁止去了解台灣歷史，自然而然在他們的無意識裡，也產生了集體的抵制。語言本身是中立的，一旦受到強烈壓迫，便產生了高度的政治意義。不僅如此，二二八事件的記憶也被劃入思想禁區，使得許多受害的百姓，自然而然釀造了飽滿的憤怒。經過白色恐怖的威脅，許多知識青年無端受到羅織，甚至遭到處決。這種看不見的恐懼感受，日後都變成了台灣意識的燃料。而白色恐怖的受害者，最大宗無疑是來台的外省知識分子。他們之間相互密告，或者受到政治壓迫，因此造成的冤案、錯案、假案，也使他們在長期悲憤中期待政治氣候的轉變。他們對於民主制度的嚮往，絕對不亞於社會底層的本省籍住民。

一九七七年發生鄉土文學論戰之際，黨外運動也爆發了中壢事件。在那一場前所未有的選戰中，黨外人士一口氣拿下二十餘位省議員的席次。同樣地，許信良、黃友仁、邱連輝分別當選桃園縣、高雄縣、屏東縣的縣長。這是戰後以來，國民黨所操控的選舉活動中，遭到最大的慘敗。尤其是桃園縣開票時，由於國民黨發現許信良的票數已經超過了黨籍提名人，開票驟然中止。此舉引起選民的憤怒，並且燒掉了中壢警察局。在群眾運動的威脅下，國民黨終於宣布許信良當選。在民主運動史上，稱為中壢事件。

文化上的鄉土文學論戰，與政治上的中壢事件，都發生在一九七七年。這兩個事件無疑是戰後本土化運動的一個分水嶺。桴鼓相應的兩個運動，可能是歷史的偶然，卻意味著台灣意識的重大覺醒。長期受到打壓的本省籍住民，從未訴諸暴力革命，而是藉由和平的民主運動尋求政治改革。許信良參與了桃園縣長選舉，對黨外運動而言確實具有積極的政治意義。由於他是客家人，他的行動象徵著閩客之間的和解，而逐漸擺脫自清朝以來的械鬥記憶。許信良帶給黨外運動的衝擊，莫過於他在參選之前所寫的兩本書，《風雨之聲》與《當仁不讓》，開啟了日後黨外運動寫書的風氣。他不僅表達個人的政治理念，也分析了當時的政治文化與社會結構。在一定的意義上，他們把選舉運動當作一種社會科學，不僅有思考的基礎，也有運動的戰略。

在不斷的運動過程中，幾個重要領導者也慢慢出現。黃信介、施明德、許信良、張俊宏、姚嘉文、林義雄、邱連輝，逐漸變成黨外明星，同時也在地方基層產生凝聚力。

一九七〇年代的黨外運動，外省知識分子還未大量介入。然而，他們對於一九六〇年代的《自由中國》發行人雷震，都一致表達相當高的尊崇。畢竟在此之前，雷震曾經有過籌組中國民主黨的心願，卻遭到逮捕。這種精神上的傳承，彰顯了民主運動的力量足以突破國民黨所造成的省籍情結。省籍政策是國民黨維護權力的重要護身符，絕對不可能輕言棄守，否則就無法彰顯代表中國的正當性。如果沒有民主運動，省籍的分離政策恐怕還會延續下去。

在文學上，敢於在小說中干涉省籍議題者，莫過於陳映真的作品。他在一九七六年所出版的兩冊小說，《將軍族》與《第一件差事》，揭露了本省籍與外省籍之間的愛與死。小說所呈現的色調，可以說相當灰色而黯淡，凡是跨越省籍界線的戀愛，總會有人選擇自殺。這些作品大多完成於一九六八年他遭到逮捕之前，相當精確反映了台灣社會在威權體制下的苦悶情緒。在他的作品裡，小說人物的死亡率最高，因為他們看不到生命的前景。這些小說，可以說是相當精緻的寫實主義之代表作，其中所暗藏的憤懣、挫折、悲涼，寫得特別傳神。這兩冊小說在民主運動發軔之際，確實具有高度的象徵意義。

省籍問題的突破，必須透過民主政治來解決。自五〇年代開始，台灣地方鄉紳投入了無黨無派的選舉運動。同時，開明的外省知識分子也從事政治批判工作，並且在一九六〇年嘗試了組黨運動。這兩股力量都分別遭到強勢的壓制，在一黨專政的支配下，他們所付出的代價可謂相當慘重。然而，這兩股力量的會盟，卻從未放棄機會。必須跨越一九八〇年代之後，透過不斷的挫折與再挫折，才慢慢使省籍問題逐漸淡化。朝向這樣的目標，必須要到一九九〇年代末期，才逐漸達成。本省與外省族群從大磨合走向大結合的演進，需要透過民主工程的持續建構，終於使省籍問題完全消弭於無形。

從威權與恐懼中解放出來

歷史發展的節奏愈來愈快，威權體制與黨外運動就像兩輛對開的火車，那種力道已經不是任何客觀因素可以節制。當反抗運動愈來愈龐大時，保守勢力的鎮壓手段也愈來愈蠻橫。兩股力量的衝撞，終於在一九七九年十二月美麗島事件爆發了。那年的十二月十日，《美麗島》雜誌社的成員在高雄舉行人權活動。當時吸引了上萬的民眾，加入遊行行列。在整個過程中，黨外人士高舉爭取言論自由、爭取人權的標語。由於《美麗島》在台灣各大城市成立了辦事處，對國民黨而言，那已經是一種準政黨的形式。對於保守的當權者而言，這種政黨式的集結，已經構成相當巨大的威脅。國民黨正在陽明山召開三中全會，與會者對黨外運動勢力的日益膨脹感到焦慮而憤怒。在蔣經國的主持下，大會決定大舉逮捕黨外人士。美麗島事件的爆發就在於軍警的結合，並且以鎮暴部隊包圍群眾。在未暴先鎮的決策下，這一場和平的遊行，立即被指控是有計畫的暴動。

爭取人權的遊行，受到反人權的待遇。這是在威權時期，以武力手段進行鎮壓的典型。行動被解散後，全島大逮捕便立即展開。黨外運動的領導者，施明德、黃信介、姚嘉文、林義雄、張俊宏、陳菊、呂秀蓮、林弘宣，陸續遭到逮捕。其他的黨外人士，包括王拓、楊青矗，也次第受到追捕，共有五十餘位。其中由於施明德潛逃，牽連了長老教會的牧師高俊明。他們協助藏匿施明德，也受到牢獄之災。當時許信良正在海外考察，事件爆發時反而倖免於難。這是二二八事件、白色恐怖時期以來，所發生的最大逮捕事件。而且所有被逮捕者，都是本省籍的知識菁英。對於整個社會、整個國際，都造成相當大的震撼。國民黨的威權體制是如何反民主、反群眾、反知識分子，都完全暴露於國際社會。

但是事件並不因此而終止，一九八〇年二月二十八號更進一步發生林家血案。由於林義雄在獄中受到刑求卻抵死不從，激怒了特務人員。二月二十八日當天下午，林宅在警察的監視之下，竟然發生駭人聽聞的兇殺案。林義雄的母親以及雙胞胎女孩亮均、亭均被殺身亡，大女兒奐均則身中十七刀，仆倒在血泊中，重傷未亡。這種瘋狂式的滅門血案，震驚了整個台灣社會。尤其又發生在敏感的二月二十八日，其中所暗藏的政治意涵，更是不言而喻。這種白色恐怖的陰影，曾經投射在漫長的戰後台灣史，如今卻活生生在善良百姓之前發生。那種殘酷無情喪失人性的野蠻手法，更加暴露國民黨的統治本質。相形之下，美麗件的群眾遊行是那樣和平、那樣溫和，竟換來如此殘忍的報復。

美麗島事件是台灣民主運動史上的重要分界點。在國際輿論的壓力下，國民黨不得不公開整個審判的過程，同時法庭上審問與答覆的紀錄，都完整公布在報紙上。縱然是軍法審判，再也不能視為國家機密。八位美麗島領導人的審判紀錄，成為日後極其重要的民主教材。每一位受難人所提出的回答與證詞，都懷抱著對民主制度的最高嚮往，同時也對台灣歷史懷抱著最高理想。八位受刑人在獄中都隔離監禁，完全不可能有任何串通之虞。但是在法庭上，他們所提出的口供內容卻相當一致，完全不存在著任何叛亂或陰謀的思考。因此，在審判前所有媒體輿論所構築出來暴動、叛亂之類的指控，證明是子虛烏有。戰後成長起來的世代，在捧讀這些審判紀錄時，簡直就是經歷了一場前所未有的民主教育。在此之前，他們純潔的心靈都相信國民黨媒體的言論。在此之後，他們被蒙蔽的思考一夜之間都覺醒了。美麗島人士都是受國民黨教育長大，當他們投入運動時，已經在形塑他們夢想中的民主國家。他們的實踐遭到嚴重挫折，並且也必須為這樣的理想坐牢。他們所受的審判，施明德無期徒刑、黃信介有期徒刑十四年、餘皆有期徒刑十二年。

然而，他們所換取的代價，便是讓更年輕一代的民主運動者加速誕生。戰後嬰兒潮的世代，都在這個關鍵時刻獻身於下一波的民主運動。這是台灣模式的和平演變（peaceful evolution），亦即藉由中產階級的改革理想，進一步發展出民主運動，最後則朝向組黨的目標前進。伴隨著一九八〇年代的經濟發達，台灣的中產階級在這個階段也宣告成熟而誕生。那是全球資本主義衝擊的結果，台灣被動地扮演著代工的角色，也連帶創造了前所未有得富庶經濟。中產階級在此時刻也投入了民主改革的過程。中產階級所領導的的和平演變，既沒有革命、也沒有政變、更沒有暴動，整個社會完全無需流血，就可以使威權體制在潛移默化中逐漸遭到瓦解。縱然林家血案付出慘痛的代價，但是相對於整個社會的穩定，美麗島運動確實為和平演變帶來了轉折的契機。

這樣的民主運動解放了什麼？首先是解放了對政治的恐懼，同時也解放了台灣心靈的枷鎖，更是解放了思想上的禁區。從現在的觀點回望，似乎一切發生得相當稀鬆平常。但是，那是蓄積了戰後好幾個世代所累積的勇氣、智慧、信心，才引導整個社會走向民主的目標。在整個過程中，發生過多少妻離子散的案例，也發生過多少知識分子遭到監禁、遭到槍決的事實；更發生過多少文字、書籍被檢查、被查禁、被沒收。那種精神上的痛苦，絕對不是任何靜態的文字可以描述。那漫長而崎嶇的跋涉，每分每秒都要度過，每寸每里都要走過。那種血淚斑斑的記憶，終於在一九八〇年代為台灣社會創造和平演變的條件。

美麗島事件的衝擊，不僅加速新世代的誕生，同時也加速了思想的解放。尤其黨外雜誌如雨後春筍那樣次第誕生，揭開了許多忌諱的議題，以及被監禁的歷史事實。這些曾經被列為禁林的議題，猶如打開潘朵拉的盒子，讓社會民眾終於看到了歷史上多少被隱藏的罪惡。從八〇年代初期開始，新生代大量投入黨外雜誌的編輯。他們首先就是從歷史記憶的恢復做起，尤其對於蔣家的統治歷史做了相當完整的回顧。那種內幕式的報導，就是要擊垮強人政治的歷史影像，讓他們從神壇走下來，使神聖的地位從此不再支配台灣的心靈。蔣家父子的神話曾經控制台灣社會長達三十餘年，蔣介石的崇高地位終於證明都是由黨國所虛構出來。在一定程度上，黨國領袖的出生與經歷絕對沒有像教課書那麼不可侵犯。蔣家父子的受到批判，意味著台灣社會不再受到神聖光環的籠罩。

後美麗島時期的年輕運動者，大約都是屬於戰後嬰兒潮世代，一方面他們所背負的戰爭陰影沒有那麼強烈，一方面他們對於中國的感情也非常疏離。中華人民共和國建立時，似乎與他們的生命軌跡毫不相干。更重要的是，他們雖受到黨國教育長期的薰陶，卻因為受到黨外運動與美麗島事件的衝擊，整個思維方式普遍覺醒。而這樣的思維，開始掙脫所謂國共內戰所規範的模式。上個世代所未完成的政治任務，新世代並不一定要繼承。毫無疑問，全新的歷史時期與歷史任務就要展開。一個巨大的政治工程與文化工程，正要求他們肩負起來。而這樣的工程，便是建構一個以台灣為主體的民主體制，並且建構一個以公平正義為基礎的合理社會。

第五章

誰先解嚴：文學或政治？

晚期資本主義的現象

全球化浪潮的衝擊鋪天蓋地，幾乎沒有一個國家可以阻擋。到目前為止，除了古巴與北韓之外，所有的國界都已經被衝破。古巴在最近與美國恢復邦交之後，跨國公司所挾帶的資本主義，也將進駐卡斯楚的堡壘。左派文學理論家詹明信（Fredric Jameson），在他的專書《後現代主義或晚期資本主義的文化邏輯》（*Postmodernism, or the Cultural Logic of Late Capitalism*）特別指出，晚期資本主義的誕生，不再是本國資本家剝削本國的勞工階級，也不再是帝國的資本家剝削殖民地的勞工階級，而是一種以跨國公司的形式出現，所有帝國資本家剝削全球的勞工階級。他的洞見，足以解釋十九世紀末期一直到二十一世紀初期，資本主義發展的模式。台灣是在一九六〇年代開始引進跨國公司投資。一九七〇年代大量設立加工出口區，使跨國公司源源進入這小小的海島。台灣在一九八〇年代設立了新竹工業園區，開始在電子業上生產半導體，而加入了全球資本主義的行列。從便利商店的普遍林立，一直到麥當勞、肯德基、星巴克的進駐，以及後來家樂福、好事多大賣場的普遍營運，加速地使台灣進入一個全面的消費社會。尤其是傳真、網路、手機時代的到來，台灣更是進入了一個資訊社會。

全球化浪潮的席捲，絕對不僅僅是停留在經濟層面的衝擊。在文化上與政治上，也帶來了許多新的理論與思考。尤其是「後學」理論的引介，使台灣的藝術與學術產生根本性的變化。所謂「後學」，指的是後結構主義、後現代主義、後殖民主義的理論。一九八〇年代初期，《當代》雜誌開始介紹傅柯、德希達、羅蘭·巴特的著作與思維方式，開啟了台灣學界的後學時代。所謂後結構主義，在於強調語言與意義之間的延異，使思考不再受到文字符號的綁架，呈現了鬆動而擴散的現象。「後」（post）意味著時間的「後」也意味著空間的「後」。語言文字經過傳播之後，穿越了時空的差異，而終於產生了多元而豐富的意義。因此，「後」既代表著主體的拆解，也代表著主體內容的差異。這樣的思潮，伴隨著全球化資本主義的擴散，當然對台灣社會一成不變的黨國體制造成極大衝擊。

一九八〇年代，台灣在政治上進入所謂的後美麗島時期。表面上，國民黨的專制體制似乎獲得勝利。但是在骨子裡，潛藏於社會底層的批判力量，似乎沒有受到減損。逐漸躋入亞洲四小龍的台灣，對於政治改革的願望愈來愈強烈。戰後誕生的嬰兒潮世代，在這段時期也已經慢慢融入民主運動的浪潮。新時代與新世代的相互結盟，自然而然帶來了全新的思維。最能展現戰後世代的文化生產力，莫過於《中國時報》與《聯合報》文學獎獲獎的陌生名單。他們的書寫技巧、思維方式、價值觀念，都與上個世代現代主義時期的作者差異甚大。兩大報設立文學獎，更是具有豐富的暗示。在此之前，已經存在的文學獎都是由官方來主導，也就是由國民黨的文藝政策支配著整個文壇。縱然兩大報的發行人都是屬於國民黨中常委，但是為了市場競爭，他們特地以高額獎金來鼓勵年輕作者。黨的主體開始出現了差異性，也使黨的力量相對地削弱不少。

兩大報文學獎的獲獎人，大約都是一九五〇年代出生的作者。這個世代是韓戰爆發以後的世代，也是台灣海峽與中國隔絕之後的世代。他們沒有戰爭記憶，也沒有中國包袱。即使有中國想像，也都是在島上釀造出來。當文壇出現新的世代，民主運動也同樣出現了新的世代。這種思考上的差異，強烈暗示了台灣歷史的發展正在轉向之中。在文學獎角逐的過程裡，最值得注意的現象，便是女性作家的大量出現。這是文學多元化的重要徵兆。在黨國體制最嚴苛的時代，女性作家曾經被編入中國婦女寫作協會。她們的聲音縱然是不一致，卻有一個無形的限制，成為思考上的禁忌，那就是女性的身體。一九六三年，郭良蕙發表長篇小說《心鎖》。因為牽涉到妹妹暗戀姊夫的情節，立即遭到查禁，也遭到中國婦女寫作協會的集體撻伐。一九七三年，歐陽子的《秋葉》重新改版付印。也立即遭到《文季》以民族主義的立場的集體批判。女性作家的主體，在戒嚴時期一直是受到男性中心論的壓制。

透過文學獎競爭的作者，似乎獲得文壇的入場券。他們所表現的主題與議題，再也不受黨的控制。文學獎的資本主義化，象徵著一個後現代的到來。他們對於歷史記憶進行著種種嘲弄，對於政治權力也表現輕蔑的態度。而對於過去的文化中心論或沙文主義，也帶著鄙夷的態度。文學內容的差異性，從此愈來愈繁複。這種思維方式，對於島上正在發展的民主運動，當然也帶來正面的衝擊。文學表現的多元手法，強烈反映著台灣社會正在脫離一黨專政，也正在偏離價值一元論的範疇。

國民黨雖然取得鎮壓美麗島事件的勝利，但是它的保守、衰老、畏縮已經不符合台灣新社會的格局。再加上政治強人蔣經國的病衰，國民黨內部的政治鬥爭愈趨激烈。以王昇為首的政戰派，成立「劉少康辦公室」，壟斷黨內的權力，藉蔣經國的名義發號施令。國民黨經過江南案、十信案之後，似乎也象徵著戒嚴體制的氣數將盡。國民黨的領導集中制，似乎對於整個社會的約束力加速失去效用。在這段時期，農民運動、勞工運動、學生運動、女性運動、原住民運動、環保運動，都開始走上街頭示威，正面挑戰國民黨的權威。

當時的黨外雜誌，不僅發生台灣與中國意識的論戰，而且也開始公開討論組黨的可能。美麗島事件的辯護律師，謝長廷、尤清，以及受難者家屬許榮淑、周清玉，都各自擁有一份刊物，同時都在討論組黨的議題。黨外運動的背後，其實有一群中產階級定期捐助，使民主運動的衝勁持久不衰。與其說是黨外運動在追求民主，倒不如說是整個中產階級對於民主制度的嚮往愈來愈鮮明。一九八六年九月二十八日，在國民黨毫無設防的情況下，民主進步黨終於在台北圓山飯店宣布正式成立。這個劃時代的行動，改寫了整個戰後的台灣歷史。在此之前，是一黨專政；在此之後，台灣政黨開始進入一分為二的時代。政治主張與政治思考從此進入了多元化的時代，這是最典型的晚期資本主義的特徵。經由跨國公司的經濟衝擊，終於使台灣的中產階級崛起，從而帶動了所有的社會運動，不同的文化議題也普遍展開。後學的到來，無疑協助了台灣的知識分子，可以更精確解釋社會的主體性與文化的差異性。

在同一時期，中國也開始進入改革開放時期。曾經在文革時期被批判為「走資派」的鄧小平，決定開放門戶容許西方資本主義進入中國社會內部。兩岸都同樣接受全球化浪潮的洗禮，但是黨的力量卻有截然不同的命運。國民黨在草根民主運動的挑戰下，慢慢式微。而共產黨為了有效控制社會的開放，黨的集中領導制比起任何時期還更強化。一九八〇年代的台灣與中國，同樣加速資本主義化。但是在民主改革上，兩岸從此劃清了界線。

性別意識的覺醒

進入一九八〇年代之後的國民黨，似乎已經感受到整個社會秩序的變化。由於農民運動、勞工運動、原住民運動的普遍覺醒，街頭抗議示威的事件逐日增加。官方媒體往往以「脫序」或「失序」來形容群眾運動的現象。國民黨內部的領導中心已經發生鬆動，反而採取更高壓的手段來處理突發事件。從陳文成事件、李師科搶案、王迎先命案、江南刺殺案，都足以顯示決策者的前後失據。國民黨的國際形象遭到重大的打擊，來自殘酷的江南暗殺行動。江南是旅居美國的華僑，利用業餘時間寫出《蔣經國傳》。書中提到蔣介石過去的情史，也揭露蔣經國在莫斯科讀書時加入共產黨，並且公開宣布與蔣介石斷絕父子關係。這本書對於蔣家的威信造成重大損害，使得官方的歷史教育暴露了製造神話與謊話的本質。派遣殺手去美國刺殺一個作家，絕對不是華府所能忍受，因為美國是一個言論自由的國家。國民黨的粗暴行為，等於危害了美國的尊嚴。華府的國務院要求國民黨必須公開道歉，這可能是台美斷交以來最大的國際打擊。

長期以來所塑造的蔣家神話，如今在民眾眼中淪落成為笑話，使得整個社會的憤怒與抗議更加高漲。首先是黨外雜誌開始刊載蔣家內幕的故事，徹底摧毀了黨國的尊嚴。黨外運動大量印刷禁書，包括柯喬治（George Kerr）的《被出賣的台灣》、彭明敏的《自由的滋味》、史明的《台灣人四百年史》、吳濁流的《無花果》、《台灣連翹》。這些禁書的流傳甚廣，協助一般民眾去認識台灣的歷史真相。不僅如此，從一九八二到八三，黨外雜誌還發生了一場台灣意識論戰，年輕的世代以台灣史觀來駁斥陳映真的中國意識。經過那場論戰，台灣論述正式誕生。在整個過程中，不僅重新建構台灣史觀，而且也使陳映真的北京立場受到嚴厲的駁斥。這是一場世代交替的論戰，陳映真從來不承認台灣文學的存在，他總是以「在台灣的中國文學」來命名。論戰之後，台灣文學終於獲得正名。

在美麗島事件的前夕，開始出現大量的台灣文學專書。李南衡編輯的《日據下台灣新文學明集》、葉石濤、鍾肇政編輯的《光復前台灣文學全集》、張良澤編輯的《吳濁流全集》、《王詩琅全集》、《鍾理和全集》、《吳新榮全集》，已經預告台灣文學研究的風氣就要開展。因此經過台灣意識論戰之後，有關台灣文學史的討論逐漸蔚為風氣。這種轉向強烈暗示了官方所塑造出來的思想典範，慢慢受到取代。在這段期間，葉石濤比任何時期還用功。由於史料的大量出土，他開始專心投入文學史的書寫。直到一九八七年二月，戒嚴令還未解除之前，他就已經出版《台灣文學史綱》。這是一個劃時代的著作，不僅肩起了黑暗的閘門，而且讓新世代開始去尋找合理的史觀。具體而言，官方猶在依賴戒嚴體制之際，台灣社會已經開始朝向解嚴的道路前進。

面對著整個社會的騷動，晚年的蔣經國終於覺悟必須宣布解嚴。他因糖尿病而逐漸失明之際，見證了民主進步黨的成立，也見證了威權體制日益沒落。他在公開場合曾經宣稱「我也是台灣人」，意味著他對台灣土地的認同。在民間力量不斷湧起的時候，他已經明白官方的本土化政策終究敵不過民間的本土化運動。一九八七年七月十五日，實施了長達三十八年的戒嚴令終於宣告解除。這是台灣歷史的重大跨越，畢竟戒嚴法的存在，等同於一定形式的軍事統治。解嚴之後，所有的官方命令也一一解散。其中最重要的是，台灣省警備總司令部也宣布撤除。這個違反戰後台灣人權最嚴重的機構，不僅執行了上千個死刑，而且也進行思想檢查、書報查禁、平民追緝。多少傷天害理的事件都在祕密中進行，造成多少家破人亡，也阻礙了整個民主運動的進程。隨之而來的是黨禁、報禁的解除，台灣社會開始進入思想解放的階段。

縱然禁書的行動一直到一九八九年還不斷發生，但是相較於稍早的封閉時期，整個社會風氣已顯得特別活潑。在一九八〇年代初期所展開的社會運動，伴隨著農民、勞工意識的覺醒，使整個台灣的翻轉更加迅速，尤其是女性運動與原住民運動也更加蓬勃發展。在戒嚴時期，女性組織都是由官方控制，而且工人與農民也都沒有結社的自由。戒嚴令的解除，使得潛藏在台灣社會底層的文化能量，全部都釋放出來。當時所有的社會運動，都與民進黨集結起來，為的是要藉由政黨的力量來衝破官方既有的禁忌。女性運動最早啟蒙於一九七一年呂秀蓮所寫的《新女性主義》，在七〇年代中期以後，一群女性作家與運動者組成了「拓荒者出版社」，開始大量介紹女性運動的專著與譯著。進入一九八〇年代後，《婦女新知》雜誌正式發刊，介紹全新的理論思潮。

女性意識的建立，最初都是從文字宣傳開始。尤其是隨之而來的女性文學，使眾多的女性讀者受到啟蒙，而慢慢形成了女性運動。由於女性意識的覺醒，從而也帶動了性別意識，從此開啟了同志議題的討論，以及同志文學的書寫。女性運動與同志運動彼此相互支援，在對抗男性中心論與異性戀中心論的過程中，成為密不可分的盟友。同志議題再也不是高度的禁忌，完全拜賜於同志作家的勇敢出櫃，帶給台灣社會隱藏的同志族群極大啟發。在曲折的發展過程中，白先勇在一九八三年所發表的《孽子》，不僅可以視為文學史的重大事件，也可以視為社會運動的重大分水嶺。這部小說的開場令人驚心動魄，當那位曾任營長的父親，拿著手槍逼迫同志的孩子離家時，已經宣告一個新時代與新世代就要降臨。那位憤怒的父親，恐怕就是歷史上父權的最後寫照。而被迫離家出走的兒子，也正要拉出一條漫長的道路，通往全然不同的時代。

我在《台灣新文學史》特別標出一個子題，「一九八三：性別議題正式登場的一年」，強調這一年，李昂的《殺夫》、廖輝英的《不歸路》、白先勇的《孽子》，都不約而同在文壇登場。這一年所放射出來的文化意義，無疑是向戒嚴時期所憑恃的父權思想告別。這並不意味男性中心論從此消失，但是已經明確指出，一個後戒嚴時代的歷史軌跡已經開始鋪陳。性別議題的揭露，在於呈現台灣文化的主體不再是單一的或片面的，就像菱形的鑽戒那樣，存在著多種角度、多種切面的價值觀念。在戒嚴時期，由於男性與異性戀權力的高漲，壓服了身體的許多可能。過去的身體就像一座監牢，囚禁了體內洶湧的嚮往與欲望，整個社會看來是如此整齊而單一。當女性與同志作家開始發出聲音時，便釋出強烈的訊息，一個文化多元的社會即將成形。

文學家往往特別敏感，總是比當權者或一般大眾還更能嗅出時代轉變的氣味。當作家落筆寫出故事情節時，似乎也寄託了許多被壓抑心靈的願望。作家不是先知，而是相當靈敏感受到潛藏在社會底層的思想流動，當女性與同志的文學作品問世時，其實就在重新定義一個社會的格局。從來都無法表達心情的一般讀者，閱讀作品時，必然湧出感動。那種內心衝擊絕對不是靜態的，而是在不同讀者之間，產生了連帶感。女性運動與同志運動不是一天造成的，在文學力量的推波助瀾之下，讓許多孤立的心靈相互連結起來。文學閱讀無疑是在呼應一定的召喚，那不只是與作者產生共感（compassion），而且也與不知名角落裡的讀者建立共感。受到這股力量的驅使，女性運動與同志運動在無聲的地方逐漸醞釀出來。

亞洲民主之風與歐洲「蘇東波」浪潮

全球化浪潮的衝擊，不僅使台灣的戒嚴制度解除，而且也使全球的共產主義國家，都發生了相應的政治震盪。這種巨大的歷史變化，背後的主要動力是晚期資本主義不斷衝擊。跨國公司時代的到來，與過去的帝國主義及殖民統治模式截然不同。第二次世界大戰之前，帝國主義解決本國經濟危機的唯一方式，便是侵略別人的土地、壟斷別人的資源、擴大本國的市場。每個帝國主義的經濟勢力，都劃定確切的範圍，彼此不互相干涉。西歐帝國從殖民地所獲得的財富，即使到二十一世紀的今天，仍然還擁有一定的經濟實力。所謂七大工業國，其實就是過去殖民地母國的前身。他們在全球經濟戰略上具有發言權，便是因為累積了過多從殖民地所掠奪而來的財富。

但是，經營殖民地的成本確實過高。他們不僅要派官僚去經理一個國家，還要投入大量資本進行各種建設與教育。這種殖民地侵略的模式，在第二次世界大戰結束後便開始式微。一九六〇年代，美國開始設計出一種全新的模式，便是以跨國公司的設立，來取代軍事控制的行動。他們只要派出一個經理，到別的國家成立公司，招募當地的人才，利用當地的人工，開發當地的市場，就完成了商品的行銷管道。他們所製造出來的商品，往往是流行品牌，頗受當地消費者的歡迎。

這種跨國公司的模式，無須任何軍事武器，也無須訴諸侵略行動，便在當地開發了無窮的市場。過去帶著武器的殖民者，往往遭到本地人民的抵抗。如今卻是以商品打開國門，在地百姓都展開雙手迎接。跨國公司是全球化經濟不可分割的一環，也是晚期資本主義的主要特色。他們為第三世界創造經濟繁榮的景象，讓當地資本家雨露均霑。但是跨國公司從中所獲取的利益，卻遠遠高過過去殖民地的經營。以最低成本獲得最高利潤，正是跨國公司的訣竅。如果麥當勞、肯德基、星巴克，都可以為新帝國贏得無可想像的財富，則電腦、汽車、鐵路的工業，所獲得的利潤更是超過在地人民的估計。跨國公司所捲起的全球化浪潮，無疑是新殖民主義的化身。

這是一種相剋的現象（ambivalent phenomenon），沒有跨國公司，就不可能帶來財富，如果排斥跨國公司，則經濟繁榮的景象便宣告消失。這是依賴經濟最弔詭的地方，也是晚期資本主義所帶來的宿命。無可否認，台灣在一九八〇年代可以升格為亞洲四小龍之一，便是因為這個海島被捲入了全球化浪潮。本地中產階級之所以誕生，也是拜賜於島上資本主義的高度發達。而中產階級卻是扮演了和平演變與民主改革的關鍵角色，推動了知識分子的政治覺醒。台灣在一九八六年之所以出現了民主進步黨，背後正是有龐大中產階級的支持。伴隨著民主運動的推展，女性運動、同志運動、原住民運動、農民運動、勞工運動也次第展開。這種洶湧的社會運動，終於迫使威權統治的國民黨必須讓步。一九八七年宣告解嚴時，台灣歷史已經成功地翻過漂亮的一頁。

台灣社會積極朝向民主化之際，強人政治的韓國與菲律賓，也發生前所未有的民主運動。威權統治在亞洲民主之風的吹拂之下，次第呈現凋零。但是全球化浪潮，並不因此而稍止，又進一步向古老亞洲的中國共產政權持續產生衝擊。美國在一九七〇年代所設計的「以對話代替對抗」戰略，在八〇年代已經看見具體的效應。一九八九年六月四號發生的天安門事件，正是全球化浪潮所沖積出來的政治效果。中國共產黨在鄧小平的帶領下，慢慢走向改革開放的道路。西方資本主義對於封閉的共產社會，慢慢釋出影響效力。中國共產黨終於訴諸武裝的鎮壓行動，因為他們已經看見歐洲「蘇東波」浪潮的前車之鑑。

蘇聯的最後一任總理戈巴契夫，在任內開始提倡開放的口號。在全球化資本主義的勢力影響下，蘇聯、東德、波蘭的共黨政權都岌岌可危，最後不能不宣告瓦解。原來有開明形象的鄧小平，面對天安門學生的民主要求時，斷然採取鎮壓措施，便是見證了蘇、東、波三個國家的命運。改革開放以後的中國，反而對人民更加警戒，自天安門事件以降，每一個當權者包括江澤民、胡錦濤、習近平，都視人民為假想敵。共產黨對付資本主義的政策，便是讓資本家與財團入黨，直接接受權力的主導與控制。另外一方面，就是藉由網路空間的控制，對全民進行監視。不僅可以檢查人民在微信、博客、手機、電腦的任何信息，甚至藉由卡式身分證的數位化，來監控人民的旅行。這種天羅地網的圍堵，使得人民的一舉一動都在維穩政策下受到節制。

中國共產黨變成全球資本主義的一個例外是，它並沒有因為改革開放、因創造財富，而造就了國內中產階級的崛起。恰恰相反，當資本家都必須入黨時，中產階級的自由思想便受到宰制。當歐洲共產主義式微之際，美國的日裔學者法蘭西斯・福山

（Francis Fukuyama）出版了引人注目的專著《歷史的終結與最後之人》（*The End of History and the Last Man*），相當樂觀地預告，人類歷史從此進入更發達的資本主義階段。然而不然，中國模式的資本主義使歷史的終結不再終結。相形之下，台灣社會被迫捲入全球化浪潮，反而使島上的威權體制崩解。藉由世界工廠的發跡，中國共產黨所獲得的財富，遠遠超過中共任何一個階段的歷史，而且也遠遠超過亞洲的任何一個資本主義國家。但是中國的崛起，只是以暴發戶的姿態出現，它不像啟蒙運動以降西方的崛起，在創造財富之外，歐洲人也開始在政治、經濟、社會、文化各個層面都一併崛起。這種發展違反了資本主義的定律，亦即在累積財富之餘，民主政治與人權價值也都獲得提升。

台灣的歷史進程正好與中國背道而馳。一九八六年九月二十八日，民主進步黨宣告成立時，等於是瓦解了戒嚴體制的尊嚴，蔣經國不得不承認反對黨的存在。當政黨一分為二，便正式引導台灣進入多元化的時代。晚年的蔣經國因糖尿病而導致眼盲，他已經看不見台灣社會正朝向開放格局持續前進。歷史腳步走得愈來愈快，一九八七年七月，施行長達三十八年的戒嚴令宣告終結。一九八八年一月十三日，蔣經國病逝，蔣家統治的強人時代終於一去不復返。接班的李登輝繼任總統，似乎也強烈暗示中國政權的在地化已是一個無可抵擋的趨勢。

台灣人李登輝縱然取得總統席位，但是他在中央政府與中央黨部都處於孤立狀態，迫使他不得不與民間勢力結合。一九九〇年，他順著野百合學生運動的力量，終結了萬年立委與萬年國代的腐敗國會。一九九一年，他正式宣布終結動員戡亂時期，並且與民進黨合作，召開前所未有的國是會議，會中決定舉行總統民選。這種快速的節奏，把台灣正式帶進了一個可能的民主時代。就在那年，民進黨通過台獨黨綱，參加國民大會的全面改選，結果導致慘敗。處於這樣的劣勢，國民黨不斷宣稱要解散民進黨。一九九二年，立委全面改選，民進黨獲得了百分之三十三的得票率，使一個快要被解散的政黨一躍變成被期待的可能執政黨。台灣民主歷史，便是在這樣驚濤駭浪的動盪中，創造了全新前景。

後殖民史觀的建立

台灣社會率先解嚴的，絕對不是政治層面，國民黨長期以來所賴以維生的龐大黨產與龐大權力，並不因為宣布解嚴就主動放棄。即使進入了二十一世紀，而且也已經歷了政黨輪替，國民黨對黨產的依賴，就像嬰兒吸食奶嘴那樣，絕對無法斷奶。在解嚴之前，各種社會運動蓬勃發展，他們所批判的對象都一致指向國民黨的威權統治。這個逃亡的政黨能夠擁有如此驚人的財富，一方面是接收了日本殖民者遺留下來的重工業，包括石油、鋼鐵、造船、發電、水利的工業設施，都完全由國民黨所占有，並且繼續獨占下去。另一方面是個別高級黨官，接收了民間的所謂日產據為己有，例如連戰家族便是藉由接收而致富，到今天仍然屹立不搖。因此從經濟結構來看，國民黨威權體制的存在，無疑是殖民統治的再現。只要有黨產沒有歸公，日產沒有歸還人民，殖民幽靈便繼續遊走於海島土地。宣告解嚴之後，壟斷國產與日產的現象繼續存在。因此，跨過一九八七年之後，民間對於國民黨的威權統治進行批判，其實是一種後殖民的實踐。

男性中心論、漢人中心論、異性戀中心論，都是附身於戒嚴統治的實踐。一九八〇年代中期以後，女性文學、原住民文學、同志文學的大量崛起，便是指向戒嚴體制所夾帶的文化沙文主義。在一定程度上，女性文學、原住民文學、同志文學是因為資本主義高度發達之後而釋出能量。這種文學徵兆，似乎也與全球資本主義的衝擊有密切關係。

因此從文化沙文主義的觀點來看，台灣文學的多樣化與活潑化，也許是一種後殖民現象。但是，沒有資本主義的高度發達，就沒有兩大報文學獎的設立。通過文學獎的競逐，新世代的文學創作技巧也開始變化多端，把台灣文學帶進一個全新時期。這種多元化的事實，可能也是屬於後現代現象。

民主化後的台灣文學究竟是後現代還是後殖民，在一九九〇年代的台灣學界曾經引起一連串的辯論。「後學」理論在台灣的蓬勃發展，顯然與這一連串的論戰有密切關係。其中最重要的主軸，一方面在於釐清台灣社會是屬於後現代或後殖民，一方面則在於強調台灣文學的主體性與差異性。這樣的討論，不僅觸及文學內容的美學成就，而且也涉及台灣歷史的發展與台灣社會的性質。經過將近十年的反覆討論，台灣文學與台灣歷史研究已經在學界奠定了相當穩固的領域。這種學術發展逐漸脫離戒嚴前主流的中國思維方式，從而開始建立屬於台灣社會的知識論。在論戰最初，可能還帶著強烈的意識形態，或者庸俗地說，那好像是坊間的統獨論戰。進入一九九〇年代以後，學術紀律的要求使得論戰層次提升，再也不是以簡單的意識形態就可概括或定義。意識形態只能依附在政治氣候的演變，而知識論的建立，則在於提供日後學術發展的範式。

後殖民文學的展開，可能要以葉石濤所寫的《台灣文學史綱》作為起點。這本著作是第一次從台灣文學主體性的觀點出發，而且是在一九八七年二月正式出版，當時戒嚴令還未宣告解除，因此他是屬於戒嚴時期的文學思考，其中暗藏太多的思想突破。他是跨越戰前與戰後的典型知識分子，無論是帝國時期的傷痕，或是黨國時期的傷害，他都全程親身走過。在他艱苦的一生中，從來沒有發表過任何憤怒的語言，卻在字裡行間的書寫中暗藏強烈的批判，對台灣文學史提出全面性的解釋。在戰後台灣知識論的建構過程中，葉石濤所扮演的角色極為關鍵，對於後人的影響可謂雷霆萬鈞。

「台灣文學」曾經是受到壓制的一個名詞，恰恰就是在政治權力的禁錮之下，它所釋放出來的批評力道，卻是相當篤定而強烈。由於長期受到鎮壓，凡是敢於在那封閉時代研究台灣文學的知識分子，必然是一身傲骨。葉石濤所帶給後人的示範正是如此。他所完成的《台灣文學史綱》，也許內容相當精簡，但是在結構上卻已達到了綱舉目張的作用。這本文學史包括了台灣的傳統漢詩，納入了日據時期的文學成就，也包容了戰後不同族群作家的作品，縱貫了近三百年的文學發展，他所提出的主體性解釋到今天還具有現實的效用。

他為後來的研究者提供了什麼是後殖民精神，對於傳統漢詩，他不僅沒有排斥，而且給予相當正面的評價。他一方面繼承連雅堂撰寫《台灣詩乘》的歷史分期，一方面則吸收了稍後黃得時所寫的〈台灣文學史序說〉之優點。在前人論述的基礎上，葉石濤的書寫展現了極為完整的史觀，其中最重要的觀點，便是強調台灣歷史的連續性。從政權更迭的史實來看，台灣歷史彷彿是斷裂的，但是從文學傳承來看，則都是發生在這塊土地上。這種連續性的歷史解釋，顯然已經暗藏了一定的批判，亦即政權從來都是短暫而切斷，但文學永遠是可以不斷承接下去。這是後殖民史觀的重要論點，也是建構文學主體性的關鍵策略。

在歷史主體性之外，他又展現了對文學差異性的尊重。連雅堂的歷史評價也許有所爭議，但他所留下來的《台灣詩乘》卻是一部古典文學的史綱，其中有關古典詩發展的分期，以及對漢詩美學的評價，葉石濤都表達了相當程度的尊重。黃得時在撰寫〈台灣文學史序說〉時，大量汲取了連雅堂的書寫優點，並且也繼承了他的解釋。黃得時的重大突破，便是在寫古典文學史之餘，又另寫一篇〈晚近的台灣文學運動史〉，把日據時期的新文學運動也包括進來。這樣的史觀等於在宣示，古典文學與新文學運動是連續不斷的。具體而言，文學史不僅是在強調主體性，也是在強調連續性，更是在強調差異性。這樣寬闊的詮釋，最後都由葉石濤的《台灣文學史綱》全部囊括起來。

黃得時的文學史著作，都是以單篇連綴而成。這些書寫的成果又被陳少廷的《台灣新文學運動簡史》所繼承，出版於一九七七年，比葉石濤的文學史綱還早十年。這些斷續的書寫顯示了戒嚴時期建構台灣文學史的艱難。陳少廷的著作沒有新的觀點，但是他的功勞，就在於保留了日據時期黃得時的文學詮釋，並且也為後來的葉石濤留下重要史料。一部文學史形成的曲折過程，足以解釋在帝國時期與黨國時期建構台灣史的困難。縱然殖民時期與戒嚴時期的權力結構並不盡然相同，但是在打壓台灣歷史記憶的策略上，卻是異曲同工。台灣人的歷史是由島上住民所共同創造出來，但一旦觸及歷史書寫時，卻顯得困難重重。葉石濤能夠在那樣蒼白的年代，寫出一部文學史，其中所受的挑戰簡直是今人所難以想像。

《台灣文學史綱》最後終於問世，等於是為台灣知識界提供了一個後殖民的範式。這本著作帶給後人的啟示與暗示，可以說極其富饒。葉石濤在書中的字裡行間，暗藏許多左翼的觀點，他是第一位把原住民文學納入台灣文學源頭的史家。同樣地，他書中對外省族群文學的重視，也表達了他史觀的開闊。葉石濤預言：「（外省族群）他們的子孫也將成為新台灣人的一部分，而他們所創造的文學也會成為台灣文學的重要成分。」這正是作為史家的葉石濤最受到尊敬之處。由於具備了殖民時期的經驗，並且也穿越了戒嚴時期再殖民的體驗，他所寫的文學史所帶給後人的警醒，簡直是無窮無盡。

在我的《台灣新文學史》，曾經把戒嚴時期定義為再殖民階段，便是從葉石濤的生命歷程得到啟發。遠在一九六五年，他在《文星》發表了〈台灣的鄉土文學〉一文，清楚表達出自己的心願：「我渴望蒼天賜我這麼一個能力，能夠把本省籍作家的生平、作品，有系統的加以整理，寫成一部鄉土文學史。」這是戰後台灣知識分子所表達的文學史願望，沒有人可以預期這樣的願望是否能夠實現。一九七七年鄉土文學論戰之際，他又寫了一篇〈台灣鄉土文學史導論〉，再度透露他內心不滅的嚮往。縱然與陳映真發生論戰，也未嘗稍改他的志氣。再過十年，《台灣文學史綱》果然正式出版。這段起伏的過程，不能不讓我輩與後輩的寫史者感到敬服。以這本史書作為台灣後殖民解釋的起點，應該是恰如其分。

第六章

女性文學的意義：從人權立場出發

從人的立場重新思考

當戒嚴體制開始鬆動時，所有受到權力支配而建構的知識，似乎也開始暴露其千瘡百孔的內容。正如稍早說過，戒嚴體制是由民族主義、儒家思想、黨國意識所構築起來。這種三位一體的價值觀念，不僅是父權的，也是漢族的，更是異性戀的。只要這種思維方式進入知識傳播的領域，被訓練出來的讀書人，總會抱持男性中心論、漢人中心論、異性戀中心論。整個教育體系所堅持的是，絕對的、片面的、普遍化的思維方法。台灣學子成長過程中所接受的啟蒙方式，正是受到傲慢與偏見的薰陶。整個世代的心靈，被教導以偏頗的立場看待這個世界。尤其受的教育愈高，受到偏見的影響也愈強烈。直到畢業後走入社會，便是以這樣歪斜的觀念來解釋這個世界。

如此偏頗的人生態度，完全是透過教育體系有計畫地訓練出來。在漫長的歲月裡，有多少女性，多少原住民，多少同志受到歧視與污名化。在那個時代，知識分子不成其為知識分子，畢竟他們所信仰的價值不是用來提升公平與正義，而是用來欺負他者。許多漫長的夜裡，隱藏無數受害者的飲泣與控訴。他們根本不能找到救贖的出口。擁有高等教育背景的讀書人，總是帶著一定的優越感，雖然也堅持公平與正義的理念，卻已經對社會底層的弱者造成嚴重傷害。他們非常愛國，擁護的卻是黨國。他們關懷社會，懷抱的卻是男性中心論。所有的中心論思維，只有使戒嚴體制愈來愈鞏固。

國民黨威權體制終於宣告崩壞，應該歸因於一九八〇年代全球化浪潮的席捲。高度資本主義的衝擊，使國民黨的改革速度趕不上社會發展的進程。威權體制引介跨國公司進駐台灣，卻未曾預見曾經是穩定狀態的台灣社會開始騷動。經濟愈發達，國民黨龐大而緩慢的統治機器愈暴露其缺點。整個社會加速發展之際，這個統治體制反而變成進步的絆腳石。從社會底層所生產出來的文學作品，就已經顯示政治與經濟之間的格格不入。黨國資本主義阻礙了整個社會的活潑思考，保守的意識形態顯然站在女性、同志、原住民議題的對立面。長期以來，對女性、同志、原住民的歧視，置入性地夾帶在知識傳播之中，只要社會條件不變，這樣的知識體系便附著於政治體制而毫不動搖。

民主運動的崛起，其實就是作為人權觀念不可分割的一環在發展。而女性、同志、原住民的議題，也正是台灣社會人權觀念的核心價值。如果教育體系傳播的是違反人權的知識，那麼民主運動也就是在糾正這種藉由官方宣傳而造成的偏見。這是一條非常漫長的道路，所有的傲慢與偏見，很早就已經根植在每位受教者的心靈深處。甚至長期受害的女性、同志、原住民，也都無法遁逃於這一套精密結構的知識訓練。有多少女性受教之後，連帶著也對女性產生高度的歧視。她們變成父權體制的幫兇而不自覺，還更進一步把這樣的偏見傳授給她的兒女。如果沒有任何人權觀念，則這樣的偏見便永遠牢不可破。

在解嚴之前，社會上的民主運動已經篤定開展。尤其是大量女性投入職場的同時，女性知識分子也具備足夠信心為自己發言。她們不僅對社會的進步帶來巨大貢獻，也為既有的知識傳播注入全新的思維方式。從一九六〇年代開始，許多女性留學生在國外接受學術訓練，同時也見證西方女權運動的風起雲湧。她們學成歸國時，也正是台灣社會受到全球化浪潮襲擊的時候。她們曾經受過黨國體制的深刻影響，但是留學生的生涯徹底改造了過去的思維方式。她們趕上了第二波西方女性運動，而這個運動也建立在後結構主義思考的基礎之上。不同於第一波女權運動（1890-1960）的思維方式，她們不再停留於選舉權的要求，也不再停留於與男性的辯論，而是以全然不同的思考方式，對西方知識論進行解構，也進行再建構。學成歸國的女性知識分子，為台灣民主運動帶來前所未有的氣象。她們親身介入建立自己的發言權，同時也建立了屬於台灣的女性知識論（feminist epistemology）。

後結構思維方式的女性主義不僅強調主體重建，也強調價值差異。這樣的思考，與戒嚴體制所建構的知識劃清了界線。女性知識分子的參與，使整個民主運動的力量如虎添翼。民主價值的要求，連帶使許多長久被壓抑的議題也次第發生騷動。女性作家的大量浮現，為封閉已久的台灣社會帶來了曙光。在一九八〇年代以前，並非沒有女性作家傳達女性的聲音，但基本上都在反映女性身體被壓抑的事實。女性主體的追求，在文學作品中已是普遍現象。但是更為可觀的是，女性作家還進一步透過小說書寫，開始干涉歷史記憶。過去的歷史撰寫權永遠操控在男性手中，女性從來無法介入。她們所扮演的角色，便只是站在被凝視、被解釋、被賦予意義的位置。

詹明信討論文化詮釋時，提出的一個口號是「always historicized」（永遠歷史化）。他認為要解釋資本主義的發展，同時要解釋人類文化的變化，都必須放在歷史傳承的脈絡裡來檢驗。在他的後現代主義工程的建構過程中，完全是以馬克思主義的思維方式進行。無論是經濟結構、政治結構、社會結構、文化結構，他從來都沒有偏離歷史觀點來分析並詮釋。然而，無論是歷史書寫或歷史解釋，從來都是由男性史家來掌控。因此在詹明信的理論世界，從來未曾對女性議題做過任何分析。當他強調永遠歷史化時，顯然未曾考慮過女性在歷史上曾經有過的處境。

台灣的女性運動者，顯然已經注意到歷史記憶的重要性。在過去的歷史教育裡，歷史事件的解釋往往都專注於男性身上，無論強調導火線、關鍵點、分水嶺的時刻，總是可以看到男性出沒的身影。這樣的書寫方式，等於把女性身分徹底從歷史舞台上抹消。所有的文化研究一旦歷史化，就再也找不到女性的位置，這也是說明了為什麼在歷史上女性總是沒有發言權。她們在承受父權的支配與壓迫之際，找不到任何抗議的聲音。沒有歷史記憶，便注定要將壓迫的經驗再重新發生一次。尤其在中國傳統社會裡，女性進入歷史的最低錄取標準便是以貞孝節烈來檢驗。所有的女性形象，其實都是男性史家的想像。由於無法掌握歷史撰寫權，則所有的女性塑像都出自男性筆下。正如薩伊德所說，「東方」都是由西方人想像出來的。同理可證，中國歷史上的女性自然也都是由男性來量身訂造。

台灣女性意識的覺醒相當遲晚，必須要到一九八〇年代左右才慢慢聽見抗議的聲音。整個一九七〇年代是台灣經濟起飛的階段，拜賜於加工出口區的生產，台灣才有可能變成亞洲四小龍的一員。而加工出口區的成功，卻是有太多的女性投入了職場。她們對台灣社會進步的貢獻，絕對不亞於當時的男性。這種看不見的力量，無疑是在累積墊高台灣女性的發言權。國民義務教育的延長，及國外歸國的女性學者，都有助於女性論述的強化。這種人文景觀的轉移，不能不讓出一片廣闊的空間容許女性發言。

女性記憶的重建

如果依照蕭瓦特（Elaine Showalter）的說法，女性意識覺醒經歷了三個階段。她在《她們自己的文學》（*A Literature of Their Own*）曾經指出，女性文學的發展可以劃分成陰性的（feminine）、女性的（feminist）、女人的（female）。所謂陰性的，指的是女性擁有一個空白的主體。因為是空白的，所以隨時可以添補任何意義。陰性的也同樣是指被動的意味，她無法主動發出聲音。陰性的又是指模仿的，在文學書寫的實踐上，由於沒有前人可以繼承，在摸索文學形式時，必須從男性作家的先例去學習。

具體而言，在陰性的階段女性文學還無法自我定義、自我命名。但是經過了一定的書寫階段之後，女性開始找到自己創作的方式，並且在作品書寫的過程中，逐漸注入屬於自己的價值觀念與思維方式。在女性的階段，她們有意識地抗拒男性作家的影響，甚至也慢慢蓄積能力品評男性作品的美學。到了女人的階段，女性作家已經找到自己的思維模式與美學技巧。她們只要能夠下筆創作，寫出來的作品無須經過抗議，便是屬於女性的文學。到達這個階段時，女性作家已經擁有自己的發言權，也擁有自己的書寫策略，當然更具有屬於她自己的文學觀與世界觀。

蕭瓦特的論點如果可以挪用，拿來解釋台灣女性意識的發展，似乎也是可以成立。以施叔青的小說為例，她早期曾經模仿過陳映真的作品。出國之後，她接觸了西方資本主義社會，終於意識到自己的台灣女性身分，而開始摸索自己的文學形式。她在紐約所完成的《常滿姨的一日》，便是在傳達她一定的抗議聲音。她到達香港之後所完成的系列小說，凡是她一出手便顯露她個人的風格。施叔青是一個典型的範例，足以解釋戰後台灣女性作家，是如何從沒有聲音，到慢慢產生批判，而最後蔚然成家。這漫長的過程，典型地反映了台灣女性如何從父權社會掙脫出來，而建立了自主獨立的女性聲音。

從一九八〇到一九九〇年代，台灣女性作家像星群般那樣誕生。她們所展現出來的氣象，已經改寫了台灣文壇的風景。這些作品如今再次回顧，仍然還是非常雄辯。她們從來不會避開所謂的細節描寫，也從來不會跳脫女性書寫的特質。台灣文學史到達這個階段時，不僅成熟而且精彩。在文學書寫蓬勃發展之際，她們從來沒有遺忘歷史書寫的重要性。當時新歷史主義（New Historicism）也介紹到國內學界，這個全新的思維方式，也對當時的後現代主義文學產生極大衝擊。傳統的歷史書寫，往往偏重於傳記式的、線性的描述。這種線性的歷史書寫策略，無疑是在鞏固舊有父權的歷史解釋。新歷史主義的思考，在於強調歷史從來都是多條軸線在發展。更重要的是，它突破了所謂「歷史是連續不斷」的神話。在整個歷史發展過程中，有太多的縫隙與缺口。而這些斷裂的空間，正好可以使許多被壓抑的記憶填補起來。

如果新歷史主義是可以接受，那們女性史家或女性作家的介入，就不是令人訝異的事。當女性知識分子也積極投入台灣民主運動時，毫無疑問她們也是在爭取自己的發言權。在運動蓬勃發展之際，女性的歷史造像運動也跟著崛起。江文瑜的《山地門之女》、楊千鶴的《人生的三稜鏡》、沈秀華的《查某人的二二八》，都顯現了讓歷史上女性發出聲音的企圖。這種歷史重建的運動，完全不同於稍早之前的政治發展與文化發展。換句話說，歷史上的女性不可能再固守著沉默的位置。她們藉由女性學者的筆，而終於讓她們的形象、聲音、思考重現於台灣當代社會。以她們的筆干涉歷史，無疑是在抗議過去男性史家對於歷史解釋權的壟斷。當這樣的造像運動浮現時，民主運動的圖像才顯得更為完整。

在同一個時期，女性政治運動者也正在開拓她們的版圖。尤其，美麗島事件的女性受難者，不僅在運動中擁有一定的發言權，她們對於自己曾經有過的受難經驗也不再逃避，而是以正視的態度面對自己曾經遭受的不公平待遇。她們終於發出聲音時，不能不使同時代的知識分子致以最高敬意。陳菊的《黑牢嫁妝》、呂秀蓮的《重審美麗島》、邱瑞穗的《異情歲月》，都相當清楚把親身受害的歷程鋪陳出來。在那段時期，小說家周芬伶也完成一本口述歷史《憤怒的白鴿》、邱貴芬的《「(不)同國女人聒噪」：訪談台灣當代女作家》，都足以證明女性的聲音再也不可能被淹沒。

當女性歷史記憶進入重建的關鍵時期，女性作家也開始重新建構歷史小說。戰後以來，歷史小說的鍛造大部分都是由男性作家來書寫。尤其，那種格局開闊、時間縱深的跨時代書寫，我們稱之為「大河小說」，大部分都是由本土作家所建構。如鍾肇政的《濁流三部曲》、《台灣人三部曲》、李喬的《寒夜三部曲》、東方白的《浪淘沙》，都在於填補台灣歷史記憶的斷層。長期以來，由於歷史解釋權操控在國民黨手上。曾經發生在島上的政治事件，如果不是被抹消，便是列入思想禁區。在解嚴之後，本土派作家便積極建構屬於台灣歷史記憶的長篇小說。那種激切、那種進取的態度，可以說前所未見。當整個文學景觀進入版圖重劃的階段，本土作家再也沒有缺席。

正是在這個歷史轉折的關頭，女性作家終於開始介入了歷史小說的領域。平路所寫的《行道天涯》，便是以宋慶齡與孫文的故事為主軸。這本小說顛覆了所謂辛亥革命時的解釋，在過去的國民革命時的書寫中，男性政治領導者往往盤據了整個歷史場面。在那些瑣碎、枯燥、平面的記憶書寫中，竟然使歷史舞台上的女性身分，完全隱而不見。平路的這本歷史小說，翻轉了女性的歷史地位。她寫的是一個悲劇，站在孫中山身旁的小女人宋慶齡，陪伴這位「偉人」參與民國的建立。從來沒有遇見孫中山因心臟病而猝然去世，而且很快就升格為中華民國的國父。宋慶齡的悲劇就在於，她談的是一場戀愛，卻不幸被尊崇為國母。她再也不可像小女人為她的男人守節。變成國母之後，她等於要為整個中華民國守節。她完全失去了私人的生活，再也不可能追求自己的愛情。這本小說的微言大義非常明白，也就是說性愛革命成功了，中華民族翻身了，女人的地位其實並沒有翻身。即使是身為國母的位置，卻成為男性價值的一個標本而已。

施叔青所完成的《香港三部曲》，寫的是殖民地歷史。而在驚濤駭浪的政治演變過程中，呈現一個被綁架賣身的小女子黃得雲之命運。這位女性身分，其實就是香港殖民地命運的隱喻。這位女子歷經兩次愛情，一是與白人幫辦的戀愛，一是與華人侍從的戀情。她所嘗到的苦澀滋味，都是同樣被男人遺棄。他們為了維持虛構的社會尊嚴，而對這位女性棄之如敝屣。其中暗藏的解釋，指向了一個更龐大的歷史觀點。施叔青在質疑，如果殖民地解放了，是否會得到中國人的尊重。同理可證，身為妓女的黃得雲翻身之後，是否可以得到男性社會的尊重。她寫的是小女子的故事，卻投射了巨大的歷史解釋。殖民地是被污名化的歷史，妓女是被污名化的身分。在男性的道德標準下，她們永遠不可能得到翻身的機會。

李昂所寫的《北港香爐人人插》，便是要深入描寫台灣民主運動的過程。事實上這本書原來的名稱是「戴貞操帶的魔鬼」，在於強調貞操帶是男性創造出來虛偽的道德枷鎖，而魔鬼則是身體與生俱來所擁有的欲望。為了符合男性所規範的道德要求，女性天生的欲望都必須自我壓抑，或是被整個社會壓制。台灣的民主運動，其實是追求解放的過程。但這本小說最強烈的意涵，就在於指出即使民主運動解放了，台灣女性的身分其實也沒有得到改變。

把三部小說集結起來，可以看出一九八〇年代以後的台灣女性書寫，早已深入歷史領域，重新解釋被壓抑的女性身分。歷史的干涉，曾經是女性作家所無法觸及的禁區。在解嚴之後，無論是記憶的重建或小說的書寫，都可以看出女性觀點、女性身分的歷史解釋已經巍然誕生。對於台灣文學史而言，這是值得大書特書的重大轉折。通過這一個關卡，歷史書寫再也不是男性所能壟斷。由於女性的介入，我們習以為常的歷史解釋，已完全被推翻。一個全新的歷史階段，也跟著展開。

台灣女性與歷史重建運動

歷史記憶牽動著自我生命的肯定，確切地說，也關係到一個社會文化中主體的建構，沒有歷史記憶，就無法定義生命的過去、現在、未來。這說明了為什麼「消滅一個國家，首先消滅它的歷史」，是任何一個民族必須警惕的。從戰前帝國時代的支配，到戰後黨國體制的統治，台灣歷史總是遭到當權者的壓制。因為失去記憶，也就是失去教訓的借鏡。一八九五年以降，伴隨著殖民體制的建立，日本人相當有計畫地竄改台灣歷史，他們從歷史教科書的編撰，到在台日本作家的文學創作，一直都是採取抽梁換柱的策略。

以吳鳳故事為例，日本人為了驅使漢人到阿里山伐木，開始炮製漢番和平相處的神話。吳鳳故事的最早版本，出自於清朝詩人劉家謀的《海音詩》。最原始的版本，是在詩的後面加註提到吳鳳，略謂吳鳳為了保護族人，在原住民出草的夜晚，建議村人立起紙人，用以製造壯丁眾多的假象。這是吳鳳故事的最初版本，字數不超過一百。日本人開始寫故事時，則持別彰顯吳鳳精神的偉大。由於原住民需要人頭祭獵，吳鳳答應他們在出草的夜晚，看見一位穿著紅衣，騎著白馬的人，可以獵他的人頭。曹族武士終於依照指示砍下人頭，才發現那是吳鳳本人。他們發現犧牲者竟然是部落所敬服的一位漢人，為了表達他們對這位自我犧牲者的尊敬，曹族從此放棄出草的習俗，以懺悔回報這個崇高的人格。這個故事完全是日本殖民者的主觀意願，不僅扭曲事實，而且還羞辱了原住民的文化。從一八九六年開始，台灣總督府便大量設立公學校，進行所謂的現代教育。在義務教育的要求下，台灣學生必須閱讀日本歷史課本，灌輸的記憶無非是日本史上的忠臣與英雄。凡是有關台灣歷史的記載，都不曾出現在課本裡。透過這種所謂的國史教育，島上的孩子無不對日本人的過去懷抱崇敬之意。

一九四五年台灣被國民政府接收之後，整個日治時期的殖民地經驗，便徹底從教科書中消失。台灣知識分子對殖民統治的反抗，台灣作家在戰前所創造出來的文學，全部都遭到官方體制的封鎖。不僅如此，在語言教育上，也於一九四六年頒布禁用日文的命令。台灣知識分子一夜之間便患了失憶症（amnesia）與失語症（aphasia），完全不能藉由過去發生的記憶換取教訓。而日治時代政治運動的遺產、文學運動的傳統，亦因國民黨的接收而立即發生斷層。戰後台灣青年從來不知道殖民地時代到底發生了什麼或完成了什麼，因為沒有歷史記憶，所有發生過的思想內容與價值觀念，都必須重新來過。戰後初期台灣的經濟一片蕭條，而文化美學也成廢墟狀態，所有重建工作幾乎從零開始。這說明了為什麼現代主義運動必須重來一次，寫實主義的實踐也同樣從頭做起。

當歷史記憶遭到黨國統治的封鎖與消滅，台灣知識分子曾經有過的反抗與批判精神，完全夷為平地。戰後世代不知道什麼是歷史教訓，當然也不可能感到光榮。中華民族主義教育的成功，反而讓戰後知識青年回過頭輕侮父祖之輩的日語思維。只要戒嚴體制存在一天，台灣本土歷史記憶就不可能獲得恢復的契機。震懾於戒嚴體制的威嚇，又經由二二八事件與白色恐怖的鎮壓，整個世代被迫扮演著沉默的角色。如果沒有經過一九七〇年代冷戰時期的終結，凌駕於台灣社會的中國體制，就不可能次第崩壞。釣魚台事件、退出聯合國、上海公報的發生，揭露了國民黨代表中國的神話與謊話，使戰後知識青年找到從容空間，重新認識台灣。草根民主運動的崛起，是恢復歷史記憶的出發點。一九七一年，台北《自立晚報》出版了葉榮鐘所寫的《台灣民族運動史》，可以說是歷史記憶重建的一個起點。一九七六年，黃煌雄完成了《台灣的先知先覺者：蔣渭水傳》，更是開歷史人物立傳之先河。

對於當時風起雲湧的黨外民主運動，這些歷史書籍等於加持了這些運動的合法性。他們對國民黨的封閉政權進行對抗時，似乎遙遙與殖民地時代的反抗運動者相互呼應。這代表了歷史傳承，也代表了本土歷史的啟蒙。直到一九七九年，鍾肇政、葉石濤合編的《光復前台灣文學全集》（十二冊），以及李南衡編輯的《日據下台灣新文學．明集》（五冊），更是象徵了殖民地文學運動的全面恢復。那年，正發生美麗島事件，這個事件使台灣的民主進程遭到頓挫，但是並沒有使整個社會對民主政治的嚮往熄滅，反而更加燃起年輕世代的投入。蹲踞之後的跳躍，反而比一九七〇年代的民主氣象更加恢弘龐大。黨外雜誌的普遍發行，也開始對蔣氏家族的幽暗歷史進行揭露與抨擊。

黨外雜誌如雨後春筍那般，似乎不是查禁政策就可抑止。伴隨著街頭運動的崛起，黨外刊物如燎原那般一發不可收拾。史明的《台灣人四百年史》、彭明敏的《自由的滋味》、吳濁流的《台灣連翹》、江南的《蔣經國傳》，也夾帶在黨外雜誌的發行網絡裡。那是台灣社會從未有過的歷史記憶洗禮，不僅揭露了國民黨的腐敗內幕，也同時給新世代的知識分子帶來再啟蒙。記憶的重建，為的是讓台灣社會窺見，過去的歷史教育是如何傷害追求知識的心靈，同時也是讓那些供奉在神壇的政治人物回到人間。黨國尊嚴禁不起這些禁書的挑戰，就像崩塌的城堡那樣，每塊磚石都出現了破綻與裂痕。當民主運動處在上升狀態，威權體制則不斷持續下降。

台灣歷史研究也在那段時期開啟新的風氣，張炎憲、李筱峰、莊永明合編的《近代台灣名人誌》陸續出版，這些人物傳記的破土而出，正是朝向台灣歷史主體性的重建而前進。陳芳明所寫的《謝雪紅評傳》也進一步探索殖民地時期，台灣左翼運動的真相。他為一位「台灣、左翼、女性」人物造像，為的是對抗戒嚴時代歷史教育的主流，亦即「中國、右翼、男性」的史觀。這本女性傳記，其實是要呼應當時台灣社會正在形塑的女性意識。如果沒有女性的歷史解釋，便無法使長期受到邊緣化的女性身體回歸到主體位置。具體而言，盤據台灣島上長達三十八年的戒嚴體制，其實就是中國父權史的橫行暴虐。父權的長期支配，把整個台灣社會陰性化、空白化，而由當權者恣意填補他們的命名與詮釋。這種父權史，本來就是一部連綿不斷的暴力史，充斥著歧視、貶抑、壓迫、剝削的記憶。經過長期的支配，為這個島上創造了多少傷害、苦悶、瘋癲的歷史。

在虛構的中國體制崩壞之際，女性意識也在民主運動中巍然崛起。她們不再扮演被動的角色，而是透過歷史記憶的重建，讓時間迷霧深處的女性身分顯現出來。民主運動不再是男性爭取權力的片面過程，而是容許女性可以主動參與，並且也獲得了發言權。一九八七年解嚴之後，女性的聲音也開始大量介入。尤其是二二八和平運動的開展，使得戰後台灣社會最大的禁區遭到突破。在這段時期，歷史學者張炎憲開始進行二二八事件口述歷史的採集，成果相當豐碩。他非常有計畫地在全台各地訪問受難者家屬，終於使壓抑了長達四十年的苦難記憶發抒出來。所有的受訪者幾乎都是女性，因為她們的丈夫或父親在屠殺事件中被捕、監禁、殺害或槍決。埋藏許久的痛苦歷史，一直完整地存留在母親、妻子、女兒的靈魂裡。整個台灣社會不斷向前發展時，她們反而如受到詛咒般，全然得不到解脫。口述歷史的進行，無疑是一段除魅的過程。讓積壓在身體深處的傷口，因為能夠訴說而得以療癒。

對於台灣本地族群而言，歷史記憶的傳播大多是由女性來承擔。戰後的母親一方面必須負起教育子女的責任，一方面也必須投入職場，使整個社會經濟持續前進。現在已經可以看見張炎憲採集歷史的成果，這些口述歷史的書籍如下：《悲情車站二二八》、《基隆雨港二二八》、《嘉義北回二二八》、《台北南港二二八》、《嘉義驛前二二八》、《諸羅山城二二八》、《嘉雲平野二二八》、《淡水河域二二八》、《台北都會二二八》、《新竹風城二二八》、《花蓮鳳林二二八》。那是浩浩蕩蕩的記憶浮現，使沉埋在河床泥下的事實真相重見天日。大部分的說話者都是女性身分，而這正是讓我們悲傷又讓我們尊敬的女性聲音。女性學者沈秀華也參與了記憶重建的工作，她在出國深造之前，完成

《噶瑪蘭二二八》與《查某人的二二八：政治寡婦的故事》，使整個受害的過程更完整呈現出來。

女性知識論的建立

一九八九年，天安門事件發生的那年六月，讀書市場出現了一本《女性知識分子與台灣發展》，意味著解嚴以後的知識重建，女性不再缺席。這本書係由中國論壇編委會主編，在序言裡編者指出：遠在一九七〇年代出版呂秀蓮的《新女性主義》，為台灣的女權運動理論樹立了一塊新的里程碑。序文特別引述《新女性主義》的話：「今後女子都一如男子，同是獨立自主的個體，她的社會地位之取得，乃因她是某某人而非某某人的妻子！結婚，不再是女子唯一的出路」。這是台灣女性運動最早的宣言，經過十餘年的發展，逐漸擺脫爭取權益的階段，而開始進一步建構屬於女性的知識論。

對於歷史發展而言，這是一個重要的跨越。在爭取政治、社會的發言權之餘，女性也開始建立自己的觀點，來觀看這個世界。父權之所以能夠持續支配下去，顯然是藉由知識的傳播而達到目的。無論是中國歷史、中國文學、中國哲學的傳承，說話者永遠是男性歷史家、文學家、思想家。這些經典作品又經由男性知識分子來傳播，從而形成龐大的網羅。所謂國民義務教育，便是不分男性女性都必須接受男性價值觀念的影響。這種鋪天蓋地的資訊，封閉了女性找到另類出口的可能。一部中國文學史，幾乎都被歷史上的男性作者所占領，而男性美學就無可避免進駐在學子的心靈。凡是受到愈完整的教育，接受男性偏見的機率就愈高。等到獲得學位時，男性觀點的世界觀與知識觀就深深植入女性的靈魂深處。

即使是女性身體，說出來的卻是男性語言。就像張愛玲筆下的《金鎖記》，那位美麗女子七巧翻身成為婆婆時，也開始複製父權模式，對兒子與女兒進行無盡止的干預。因為她們能夠模仿的對象，無非是父親與丈夫。等到在家庭中掌握權力時，仍然還是以女性身體來操作父權。女性身體經驗的反覆與重複，全然是由歷史條件所規訓下來。如果無法建構屬於自己的記憶，或進一步建構屬於女性的知識經驗，便永遠會重蹈覆轍。縱然在戰前帝國時代與戰後黨國時代，女性開始接受義務教育，甚至進入高等學校，她們所承接的知識完全都是由男性所構造出來。這種教育反而使女性的精神史遭到男性價值觀念的囚禁，甚至藉用所吸收的知識來教訓女性自己。從這個觀點來看，呂秀蓮撰寫的《新女性主義》無疑是一大突破。從現在的觀點看，書中的思維方式也許流於簡化，卻是屬於劃時代的非常行動。在如此簡單的基礎上，她已預告一個新時代就要到來。

一九六〇年代的現代主義運動，出現無數的女性作家。從於梨華的《夢回青河》開始，便已經出現素樸的女性意識。直到她完成《考驗》時，女性意識就更加成熟。同樣的，歐陽子在書寫《那長頭髮的女孩》時，基本上還是耽溺於現代主義的文學技巧，還未出現較為鮮明的女性意識。必須要進入一九七〇年代後，她的小說改名《秋葉》的同時，她與楊惠美攜手翻譯了西蒙波娃的《第二性》，才使得女性主義的理論更為完備。台灣的女性主義者基本上在國外留學時，經歷了第二波的女性主義運動。在那洶湧的風潮裡，女性主義者已經察覺所有的知識裡，都暗藏著歧視女性的偏見。凡是受教育愈高，父權的觀念便更牢固地進駐在女性的身體裡。她們主張要重新閱讀所有男性的經典，從而清楚發現知識結構裡的父權謬誤與陷阱。這種後結構主義的思維方式，使現代女性終於有了再啟蒙的機會。她們可以採取批判的態度，再次檢驗過去所接受的知識。

從國外歸來的女性學者，扮演著極為關鍵的角色，她們把這樣的學術訓練帶到台灣社會現實。江文瑜在一九九五年出版的《阿媽的故事》與《消失中的台灣阿媽》，在二〇〇五年出版的《阿母的故事》，便是企圖從家族記憶裡，重新為女性做歷史定位。江文瑜的更進一步行動，便是出版詩集《男人的乳頭》，以及與女性詩人合編的《詩在女鯨躍身擊浪時》，更可以發現她如何藉用習以為常的男性語言來顛覆男性。父權社會的支配，往往透過語言滲透，細緻地控制了女性的身體。研究語言學的江文瑜，通過文字本身的諧擬、同音異義，進行一定程度的翻轉與顛覆。那是一次漂亮的演出，也是相當精準的反擊。

在同樣的脈絡下，另一位女性詩人李元貞同時出版了《紅得發紫》、《女性詩學：台灣現代女詩人集體研究（1951-2000）》，不僅完整呈現女性的詩作，也給予女性觀點的詮釋。李元貞是台灣女性運動者的先驅之一，她所完成的《眾女成城：台灣婦運回憶錄》更是肯定台灣社會在民主化過程中女性的角色。這種知識的建構，在短短二十餘年便呈現開花結果的高度，足以了解解嚴後台灣女性知識分子的努力不懈。女性詩學不斷浮出地表之際，女性的文學批評家也在台灣文學研究領域，建立全新的解釋。

有兩位值得注意的學者，開啟不同的詮釋策略。一是邱貴芬的後殖民女性主義，一是張小虹的後現代女性主義。她們的生產力極為豐富，填補了台灣文學研究的缺口。邱貴芬的《仲介台灣．女人：後殖民女性主義的台灣閱讀》，開啟了另類的閱讀方法。尤其在現代小說的作品裡，她注意到「去勢男人」所扮演的角色。她的閱讀，使文學作品所暗藏的內容揭露出來，讓讀者看見所未見的世界。後殖民女性主義特別強調台灣歷史發展的脈絡，也在於彰顯小說人物的發言位置。她的另一本書《「（不）同國女人聒噪」：訪談台灣當代女作家》，訪問了六位女性小說家，利格拉樂．阿烏、陳雪、李昂、朱天心、陳燁、蔡素芬。她們因為族群的不同，而擁有歷史記憶的差異。這是非常後殖民的訪談錄，可以看出作家身分的不同，決定了她們各自的美學。邱貴芬並且結集《後殖民及其外》的學術專書，她在書中不僅指出台灣社會的遲到現代性，也在於指出文學史建構過程中女性作家的缺席。邱貴芬的觀點對於後來文學史的撰寫，帶來很大的衝擊。

張小虹的學術生產力非常龐沛，她的中英文能力極其旺盛。她把嚴肅的學術論文寫得非常平易近人，並且充滿說服力，可以輕易吸引讀者進入她的論述裡。她以晚期資本主義的觀點來解釋台灣社會的後現代文化，建立了相當穩固的發言立場。她的重要作品包括《後現代女人：權力、慾望與性別表演》、《性別越界：女性主義文學理論與批評》、《慾望新地圖：性別．同志學》、《性帝國主義》、《情慾微物論》、《怪胎家庭羅曼史》。這些都是在建立新世紀之前的作品，展現了她的雄辯。在台灣學界的性別研究，她是重要的指標學者。建立新世紀之後，她對全球化現象的批判更是顯得有力。從女性身體到同志議題，都有她不絕如縷的論述。這樣的學術景觀，完全顛覆了解嚴之前台灣學界的文化。她們不斷注入新的觀點，也持續挑戰保守的、固有的男性論述，使國內學界進入一個前所未有的豐饒境界。

第七章

原住民文化的窺探：內部殖民的拆解

一九八〇年代的兩種理論：內地化與土著化

台灣社會的原住民，是這個海島最初的主人。從明鄭以降，大量漢人移民從中國福建沿海，不斷渡海而來。清朝統治中國以後，為了防止沿海住民的偷渡，明訂海禁政策。然而，這樣的政策並不能有效防止偷渡客的到來。三百餘年來，台灣就是一個移民社會。從清朝開始，移民浪潮未嘗稍止，縱然在一九四九年以後，海峽隔離了台灣與中國，甚至在戒嚴時期，仍然有大批的偷渡者源源從中國沿海前來。不僅如此，從菲律賓、越南、琉球而來的偷渡者，也不計其數。一言以蔽之，台灣就是一個典型的移民社會。早期登陸台灣的漢人，就已經有與「番婦」通婚的事實。即使清廷嚴禁漢人與原住民通婚，仍然無法阻止這樣的趨勢。台灣的先人，都是非法偷渡客；台灣的後人，很多是非法婚姻的結果。在台灣漢人的血脈裡，很早就注入原住民的血統，再也不可能是純種的漢人。清代官方把原住民分成生番與熟番，在平原上定居的平埔族，最後都與漢人移民結合起來，而幾乎都消失了。

討論台灣社會的議題，必須具備道德勇氣來面對原住民的文化。無可否認，在許多漢人的身體裡，確實具有原住民的基因。陳耀昌所寫的《島嶼DNA》相當生動地描繪了台灣人血液裡的因子，他是從醫學的觀點，提出可靠的見解，讓我們更清楚先人如何在漢番之間流動。我們開始面對這樣的問題時，必須要等到一九八〇年代威權體制鬆動之際。在那社會運動蓬勃發展的時期，所有的性別、族群、階級議題也跟著浮上檯面。而在這段時期，台灣的學術研究也逐漸開放，使我們這個世代，可以對歷史問題看得更加明白。

有關台灣歷史解釋在一九八〇年代出現兩種解釋，一是李國祁從清朝統治的觀點，強調台灣社會是如何逐漸接受「內地化」。一是陳其南從漢人移民的觀點，主張台灣社會是如何「土著化」。前者是歷史家，他站在官方的立場；後者是人類學家，他站在民間的立場。把兩種觀點結合在一起，大約就可以充分解釋官方與民間的兩種力量，是如何拉扯又如何改造整個台灣。李國祁的專書《中國現代化的區域研究：閩浙臺地區，1860-1916》，基本上是以官方的視野，來看待台灣社會是如何開拓。這本著作雖然是以閩浙臺為主要考察的地區，但大部分的重點還是放在閩浙兩地，台灣只是附屬在福建省的範圍來討論。事實上，要討論清代台灣，就不能不優先考慮到北京政府在取得台灣土地之初，所頒布的海禁政策。根據這個政策，清朝不許沿海百姓偷渡到台灣。不僅如此，派遣來台的官員也不可攜眷到台灣。他們的憂慮，自然是擔心海島會變成割據之地，而終於形成叛亂之源。

台灣的內地化與現代化，必須要到甲午戰爭之前才有跡可循，可以說相當遲晚。兩百餘年的統治史，清廷未曾繪出完整的台灣地圖。縱然對台灣的行政區劃分逐漸完備，卻未嘗對島上的原住民族有充分理解。內地化理論強調的是清朝如何在台灣推行儒學、建立孔廟，同時也把台灣書生納入科舉考試制度。從孔廟的分布，就可以看出清代文治是如何在島上緩慢擴張。從府志與廳志的地方文獻，可以發現儒家文化在台灣的傳播其實相當有限。所謂內地化是從上層的政治結構，來看待孤懸海外的島嶼是如何被收編。縱然文風逐漸興盛，但基本上仍然維持著貴族的習性。連雅堂所寫的《台灣詩乘》特別指出，在林爽文事變前島上所流行的漢詩稱為「宦遊詩」。這些派駐台灣的內地官吏，往往傳達了內心情緒的憂憤與苦悶。他們所創造的漢詩，基本上都在描述內心抑鬱。林爽文事變後，台灣本地的文人逐漸崛起。他們開始描寫台灣本地的風景，從而也寫出相當真實的內心世界。這些作品，連雅堂稱之為「台灣詩」。具體而言，《台灣詩乘》縱然是蒐集靜態的文學作品，卻相當生動地解釋了台灣詩學是如何本土化。至少在美感與心情方面，文學作品與這海島的土地密切結合在一起。

陳其南的博士論文《台灣的傳統中國社會》，在詮釋台灣社會發展時，正好與李國祁的歷史解釋形成強烈對比。如果李國祁是站在官方的立場，則陳其南便是站在民間的立場。他從漢人移民的過程中，清楚發現他們的生活方式並未內地化，而是逐漸土著化。陳其南所提出來的觀點，或許與一九八〇年代本土化運動有某種程度的聯繫。但純粹從學術研究來看，這項土著化理論的建立，顯然有它獨到之處，而且對於後來的台灣歷史文學的研究，產生相當程度的衝擊。陳其南在他書中的最後一章「論清代漢人社會的轉型」，特地比較內地化與土著化兩種理論的內容。他特別指出，李國祁研究的重點在於論證沈葆楨以來，歷代負責台灣事務官吏的政治貢獻，也就是如何使「台灣內地化，成為中國本部的一部分。」這樣的解釋，只是針對漢人移民社會而言，卻沒有包括高山族與平埔族在內。或者確切而言，所謂內地化理論，就是現代化的過程之一。李國祁最後只偏重於台灣的社會組織與文化層面，討論清代台灣如何「由移墾社會轉變成中華文化的文治社會。」具體而言，李國祁所注意與強調的只有台灣社會的上層建築，而對於下層建築則完全忽略了。

陳其南的解釋，在一定程度上注意到漢人移民的血緣關係。他並不是側重在政治制度的建構，而在於強調宗教、地緣意識、人口組成、社會階層、生活習慣，並且把漢人與原住民的互動關係考慮進來。他指出台灣漢人社會從一個移民階段，進入土著階段的過程，村落的寺廟神和宗族組織具有最重要的角色，漢人移民把從中國本土社會所帶來的信仰也逐漸在地化。他強調，土著化理論先認定初期的漢人移民之心態，是中國本土的延伸和連續。到了後期，才與中國本土社會逐漸疏離，而變成以台灣本地為認同之對象。他更進一步解釋，在台灣土著化了的漢人社會，實際上是把台灣漢人在華南原居地的社會型態，重新在台灣建立起來。

一言以蔽之，儒學在台灣的傳播，可以視為內地化的一部分。例如，孔廟的設立、書院制度的建置，以及科舉制度的發展。基本上，那是以仕紳階級或地方意見領袖為中心的文化內容。從孔廟的設立，大約可以看出清代官方文化推展的軌跡。但是如果從媽祖廟的設立，便可以看出台灣社會底層漢人墾殖的過程。媽祖在台灣移民社會所受到的崇拜，恐怕比士大夫對孔廟的尊崇還更強烈。孔廟的分布，只限於人口較為集中的地區。而媽祖信仰則不分地區，在民間社會處處可見。或許可以這樣解釋，內地化與土著化是兩股重要文化力量的拉扯。而這兩種力量，在每一個時代都是存在著。

內地化理論是站在統治者的立場，而土著化理論則是站在社會底層百姓的立場。從整個台灣歷史的演變來看，凡是握有政治權力的帝國，都想盡辦法要使台灣內地化。荷蘭時期也曾經推展基督教文化於台灣，清朝時期則是以儒學文化來教化台灣社會，日本殖民時期則是以官方力量使台灣社會接受日本化，戰後的國民黨時期，則把整個台灣納入中國化的範疇。更確切而言，內地化其實是一種殖民論述。統治者不斷更迭，堅持內地化的立場卻從來沒有改變。

土著化理論則是站在被統治者的立場來解釋，移民浪潮從來就是不斷推湧。他們一旦在島上生根之後，便以這塊土地為安身立命之處。縱然殖民者不斷更迭，帝國權力不斷干涉，他們也決心把自己稱為台灣人。只要在這土地上通婚，便或多或少帶有原住民的血統。如果要解釋台灣歷史發展的過程，陳其南的土著化理論，可以說是最好的根據。如果要檢討台灣的殖民統治史，李國祁的內地化理論，顯然可以拿來作為借鏡。縱然兩個理論的內容頗有分歧，卻相當精確指出官方與民間兩種記憶的歧異性。

原住民與漢人移民社會

原住民本來就有自己的文化與文學，由於審美標準與文化內容不符殖民者或漢人的要求，在所謂主流社會裡往往無法受到承認。他們的神話與傳說是部落歷史記憶的泉源，他們可能沒有文字，但是部落裡的圖騰、工藝、歌唱、舞蹈，都是文化傳承的憑藉。他們的傳說故事一代傳給一代，由於是經過口語傳遞，故事內容一直沒有定型，總是在傳承過程中略有增補。那樣的故事是生動的，夾帶而來的記憶也是流動的。在「文明」還未來到之前，部落裡的故事充滿了生命力。日本殖民者進來後，開始採集原住民的神話傳說，並將之文字化，終於使具有彈性的故事內容凝固下來，反而讓這種生動的文化失去了力道。

原住民知識分子在一九八〇年以後，逐漸躋身於漢人社會，逐漸建立他們的文化發言權。這是相當漫長的歷史過程，絕對不是漢人知識分子所能想像。這個海島原是他們的樂園，帝國殖民與漢人移民來到台灣後，終於使這個海島變成他們的失樂園。透過謊言、利誘、誆騙、暴力，使得原住民部落次第消失淪亡。清朝帝國曾經占有台灣長達二百餘年，卻對原住民文化一無所知，只是以政治優勢強硬把原住民分為生番與熟番，接受漢化的是熟番，其餘都屬於生番。被定義為熟番的平埔族，遭到漢人移民的欺負與掠奪，而終於消失淨盡，在許多漢人的體內，其實是流著平埔族的血液。沒有被屠殺滅亡的生番倖存下來，就是今天台灣海島上的原住民。

對於原住民的認識，必須要等到日本殖民台灣之後，才出現具有人類學意義的調查。所謂人類學，其實就是帝國的知識論，為了完成占領的意圖，人類學家往往是帝國欲望所延伸出去的觸鬚。他們了解每個地方的原住民族，用科學方法從事踏查，並且貼近原始部落的文化，觀察原住民的生活起居，以帝國之眼來凝視原住民的面容與身軀。十九世紀末期，照相技術發明之後，人類學家深入原始部落進行各種攝影。他們要求原住民站在相機前面，以正面、側面、背面的姿勢，供帝國人類學家的觀察。表面上是人種的科學調查，實際上卻強烈投射著帝國的貪婪眼光。他們被看、被凝視、被解釋、被填補意義，構成了殖民論述不可分割的一環。這樣的觀察，相當有計畫地形成優越與落後的文化序階。優先進入部落的帝國人類學家，在描述過程中，自然而然就建構了現代文化的優越性。而居於劣勢的原住民，也就淪為被支配的地位。

一八九六年，來台傳教的加拿大牧師馬偕（George Mckay），使基督長老教會在台灣這個土地深根。他所完成的《台灣遙寄》（*From Far Formosa*），完整描述他如何在這個島上傳教。他所帶來的醫學，可以說是這個海島最早接觸西方的現代性。他曾經從淡水一路走到新竹，為的是把基督教福音傳播到原住民部落。沿途受到各種抵制與羞辱，但是他也毫不埋怨地堅持走下去。他接觸了無數的平埔族，後來也與平埔族女性結婚。他文字裡所散發出來的宗教性與民間性，完全迥異於清代來台官員的權力傲慢。他最初是奉命被派到汕頭，卻因為夢見上帝指引他必須來到淡水，從此他的生命與福爾摩沙就牢牢結合在一起。傳教的工作，基本上是殖民權力的延伸。但是，他以奉獻的方式徹底在地化，不能不使後人產生敬仰。

在同一時間，日本已經取得統治台灣的主權。日本所派駐的台灣總督，也希望在最短時間就可以掌控全島。曾經是荒蕪未闢的瘴癘之地，日本軍隊登陸之後，立即展開各種調查工作。從人口、土地、山林、農田、礦產，各個層面進行相當完整的了解。日本的殖民統治，其實是效仿西方的殖民經驗。要全面控制占領的殖民地，就必須比本地人還更了解他們所賴以生存的土地。因此，日本統治者以科學的方式，進行全面調查。除了人口與土地資源之外，他們還進一步進行舊慣調查。而且分成漢人與原住民兩種不同調查方式，徹底了解不同族群的生活方式與風俗習慣。在這些調查工作中最艱鉅的一項，就是伊能嘉矩在一八九七年所完成的《台灣踏查日記》。在兩百多年的清朝統治過程中，他們對原住民的理解非常有限，只是把這龐大的族群劃分成生番與熟番。而日本人在短短一年內，對於所有不同族群的名稱、番語、番情，都有過詳細的考察。

伊能嘉矩從一八九七年五月三十日到十二月一日的半年時間裡，走了大約一千八百公里。這是台灣最早建立起來的地理學與民族誌。他出發時，是從新店的屈尺開始進入中央山脈。在沿途踏查時，對於各個族群部落的文化差異，描繪得非常詳盡。他為自己規定了踏查三原則：「第一、即使生病或有其他事故，當天查察的事實必須當天整理完畢。第二、為達到科學查察的目的，其要訣在於『注意周到』四個字。日後撰文時，如果還有細微不明之處或疑點，就是當初犯了注意不周的罪過。第三、以周到的注意查察的結果，必須以同樣周到的筆法記述。」（參照楊南郡譯註的序文）這三原則可以讓後人窺見，這位人類學家的專業與敬業。他是第一位突破生番熟番的定義的人，並為後來的九族找到原初命名，包括泰雅、布農、賽夏、排灣、阿美、卑南、鄒族、魯凱、雅美。

無可否認，伊能嘉矩在考察旅行時，不免帶著帝國的文化優勢。縱然他與原住民族的互動相當頻繁，不時透過以物易物的方式，進行生活習慣的窺探。所有的傳教工作與種族調查，都是在為帝國的權力服務，並且把詳細的資訊傳送給權力在握者。首先了解了人種與文化，繼而展開控制與統治的手腕。這說明了為什麼台灣總督府，能夠在短時間內相當有效率地建立了權力網絡。經過這樣的調查，原住民的部落意識，終於在所謂的主流社會中獲得理解。

從歷史的角度來看，原住民一直是處在雙重的邊緣。就殖民史而言，原住民始終受到帝國權力的支配與驅使。就移民史而言，原住民也不斷受到漢人的欺騙與迫害。在後殖民理論盛行的今天，漢人總是指控西方帝國與東方帝國的侵略，卻忘記了島上漢人移民對原住民的欺侮毫不遜色於帝國。帝國殖民是外來的，漢人對原住民的歧視，則是屬於內部殖民。對於這個殘酷的事實，當代的知識分子應該要具備勇氣來面對。

台灣社會運動中的原住民

原住民意識的覺醒相當緩慢，但是成長的速度卻篤定而迅速。進入一九八〇年代以後，台灣社會運動普遍展開時，原住民也逐漸匯入這個洪流。一九八六年，鄒族青年湯英伸在城市工作，受到漢人雇主的欺負，他的身分證遭到扣押，終於迫使湯英伸持刀殺死雇主。法院速審速決，在一九八七年五月立即處以死刑，是台灣社會最年輕的死刑犯，年僅十九歲。湯英伸事件衝擊了整個原住民族，也喚醒了無數漢人知識分子的心靈。如果有所謂的原住民復權運動，那麼一九八七年可能是最為洶湧的一年。

這是相當漫長的意識覺醒運動，自一九五〇年代以降，國民黨為了達到反攻大陸的目的，開始依賴美國的經濟、政治、文化的支援。同時也為了使反共教育獲得成效，所有在台的住民包括漢人移民與原住民，都納入民族主義的精神教育。原住民的歷史教科書都同樣以黃帝作為他們的祖先，這種齊頭式、無分差別的教育體制，更進一步使原住民文化壓服在威權統治的支配下。與漢人教育完全沒有兩樣，都同樣要背誦秦漢唐宋元明清的歷史演變。國民黨也繼承了日本人所遺留下來的漢蕃隔離政策，又在原住民的族群裡，劃分成山地山胞與平地山胞，為的是方便統治。漢人要進入山區，必須申請入山證，再加上戶籍制度的嚴厲控制，原住民也無法自由出入。

透過教育與宣傳，使得漢人沙文主義不斷膨脹。表面上稱呼他們為同胞，骨子裡卻暗藏著高度歧視。特別是在國語教育的政策下，不僅使來台外省族群的方言消失，也使閩客的方言慢慢蒸發。而原住民的部落語言，更是受到嚴重傷害。所有的原住民孩童與漢人沒有兩樣，都必須接受國民義務教育，同時也灌輸中國歷史記憶與中華民族主義。更荒謬的是，他們也被迫閱讀三民主義，使黨國思想也在原住民部落傳播。

台灣是一個多元族群的社會，卻在戒嚴時期不斷被一元化。這種單面價值的教育，使台灣在地文化的豐富性逐漸單薄化。整齊劃一的思考，扁平枯燥的價值，非常有利於國民黨的再殖民統治。尤其在一九七〇年代以後，資本主義開始蓬勃發展，原住民的工藝與舞蹈也一併被劃入觀光產業的範疇。為了提升工業生產力，國民黨也制定了產學合作的政策，讓國中畢業的原住民學生，在建教合作的假面下，驅使部落的原住民學童投入加工出口區。這是強悍有利的政治支配，原住民人口結構發生巨大改變。為了尋找工作，有太多的原住民青年都被迫流入平原的都市。當時流行著一句話：「男人出海，女人下海」，指的是原住民男性要在工廠或海上出賣勞力，而原住民女性則在都市的黑暗巷弄出賣身體。

在土地開發的口號下，投機的漢人建商也開始覬覦原住民領域的山坡地。「開發」（development）是很好聽的名詞，其中卻夾帶了黑暗之心。所有漢人的貪婪、自私、偏見，也在開發過程中污染了原住民部落。那是前所未有的瘋狂掠奪，日本殖民者所不敢做的，漢人政權都做到了。被艷稱「經濟奇蹟」的一九七〇年代，當台灣慢慢躋身於亞洲四小龍之際，原住民所付出的體力與勞力，以及他們所付出的尊嚴與人格，也在經濟奇蹟的浪潮中全部滅頂。當權者在意的是經濟成長數字，而在地文化所遭到的摧殘，或原住民部落裡的豐饒文化之受到蒙蔽，並沒有在國民黨的文化政策中留下任何紀錄。

卑南族學者孫大川在《夾縫中的族群建構》書中指出，「姓氏的讓渡，母語能力的喪失，傳統祭典的廢弛，文化風俗的遺忘，社會制度的瓦解，加上都市化後『錢幣邏輯』的誘惑，以及外來宗教的介入，一九七〇年代以後的台灣原住民，幾乎失去他們所有民族認同的線索和文化象徵，『內我』完全崩解。」這可能是最痛心的批判與反省。當他目睹原住民文化受到侵略，不能不產生強烈的危機感。面對這種文化挑戰與危機，必須要有原住民族群的集體覺醒，而且也必須要有自發性的反抗運動，才有可能維護既有的文化版圖。

原住民運動的發韌，似乎是在台灣黨外運動崛起之後，就跟著開始。「黨外」的命名，是一個非常開放而廣闊的概念，它指的是國民黨之外的人民力量。這股洶湧的社會力量，涵蓋了性別、階級、族群的文化內容。所有被剝削、被歧視、被排斥的社會底層人民，最後都匯入澎湃洶湧的黨外運動。他們包括女性、工人、農民、老兵、原住民，以及知識分子，在整個經濟剝削的體制正在形成之際，島上的任何一個組成分子都無法遁逃被壓迫的命運。黨國體制的壓迫在一定程度上與日本殖民體制沒有兩樣，都在保護統治階級的利益。在那黨國不分的年代，國營事業與黨營事業簡直是同義詞，受到剝削的，便是沒有任何發言權的底層人民。因此，黨外運動崛起之後，原住民也沒有缺席。他們同樣都抱著憤怒的心情，縱身投入浩浩蕩蕩的反抗運動。黨外運動相當和平，但最後卻遭到國民黨的強勢反擊。一九七九年發生的美麗島事件，使得正要萌芽的草根民主運動與鄉土文學運動，都同樣受到沉重的打擊。

在那段時期，公民運動的命名還未誕生，因為民主化的發展還處在緊張階段，威權體制尚未出現任何鬆動的跡象。所有的反抗運動都被稱為社會運動，這種批判意識的覺醒，一方面預告未來台灣民主政治的誕生，也預告日後公民意識的覺醒。當時許多原住民知識分子，都以個別身分參加黨外運動。在一定的意義上，黨外運動讓所有的族群、性別、階級意識，次第誕生。進入一九八〇年代以後，受到美麗島事件的影響，年輕世代開始構思組黨運動的可能。一九八六年十二月十日民主進步黨宣告成立時，不僅突破了戒嚴令的禁忌，也使國民黨一黨獨大的神話化為烏有。

民進黨成立時，在中央黨部立即設立一個原住民委員會，這是原住民批判意識逐漸進入政治體制的象徵。在一定程度上可能被視為是虛設的機構，但是它在政黨結構裡的出現，似乎也意味著台灣歷史正要重寫。原住民運動當然不能依賴一個剛剛誕生的新興政黨，但伴隨著民進黨逐漸厚植實力，原住民對外發言終於也在政壇上找到一個據點。

解殖的起點：原住民復權運動

對於原住民而言，殖民統治者從來沒有施行過寬容的政策。從荷蘭時期開始，就必須以體力、以獵物去供奉權力在握者。殖民者透過宗教或文化侵略，來取代原住民固有的傳統。在清代時期，原住民還被迫改姓或賜姓，破壞了部落的家族記憶。日治時代，總督府強迫他們接受日語教育。國民黨來了以後，又被迫學習中國白話文。他們所受到的被支配的待遇，其實與漢人沒有兩樣。但是在經濟結構與文化結構上，又同時受到漢人的支配。對漢人社會而言，他們確實面對了外來殖民的威脅。而對原住民而言，他們受到的殖民是雙重的，一個是來自外部的帝國，一個是來自內部的漢人社會。這種雙重殖民，徹底剝奪了原住民的發言權。日治時代以降，漢人與日本資本家的結盟也聯手剝削原住民的資源。到了戰後時期，中華民族主義當道之際，原住民的地位更顯低落。

所有解除殖民的行動，都是從爭取發言權作為起點。所謂發言權，並不必然指的是政治上的發言。文化上的恢復歷史記憶，以及更進一步為自己的文化進行雄辯，更是發言權不可分割的一部分。如何糾正歷史上受到扭曲、遮蔽、改寫的記憶，在解殖工程上特別重要。受到創傷的原住民文化記憶，必須要在一九八〇年代本土運動覺醒時，才受到注意。中央研究院人類學研究者胡台麗，寫了一篇小說〈吳鳳之死〉，顯示台灣歷史故事的虛構與虛妄。她透過田野調查才發覺，吳鳳在鄒族部落裡的名聲相當不堪，受到世世代代的仇視。胡台麗相當震撼，她這篇文字一方面揭穿吳鳳之死的造假，那完全是殖民者所炮製出來，日本統治者開其端，國民黨又全盤接受，以致吳鳳神話成為黨國教育的偶像。這篇作品一方面揭露歷史故事的死亡，一方面也揭露吳鳳神聖地位的消亡。對於原住民復權運動的發展，帶來極大衝擊。伴隨著湯英伸的死刑事件，鄒族青年發起了拆除吳鳳銅像的運動。一九八八年，他們把嘉義市中心的吳鳳銅像用鐵鍊拉下來。這項行動不僅使教育部從教科書廢除吳鳳的故事，同時也把吳鳳鄉改名為阿里山鄉。

對原住民文化的歧視始於清朝，經過日本的殖民統治又更為強化。戰後國民黨來台，也夾帶著漢人沙文主義來支配原住民部落。必須要到一九八〇年代末期，原住民意識終於宣告成熟。他們一方面要求恢復自己部落的姓名，把清朝以降的賜姓陋習完全革除。同時，他們也要求國民政府放棄「山地同胞」的稱呼，主張把「原住民」寫進中華民國憲法。在國民大會的討論中，國民黨委員堅持稱呼他們為「先住民」，引起了原住民青年的抗議，甚至也付出了坐牢的代價，才使得「原住民」一詞，正式寫入憲法條文。當時民進黨立委張俊雄也提案要求把「山地行政司」改為「原住民委員會」，這些行政制度的更改，正好顯示整個社會對族群議題的重視，並且也使原住民復權運動跨進了一步。

所謂復權運動，其實是解除內部殖民的起點。漢人移民占領這個海島之後，原住民便開始承受雙重的殖民。一個是外來的殖民政權，從西班牙、明鄭、滿清、日本，到戰後國民黨，他們都被迫站在權力的最邊緣。對於內部社會的結構而言，原住民又不斷受到漢人移民的欺負與歧視，吳鳳故事便是最典型的實例。透過有計畫的教育，殖民者與漢人移民總是以俯視的態度來看待部落文化。不僅如此，也透過各種管道，對山區進行有計畫的資源剝削。尤其日本殖民者來台之後，藉著現代化的名義，並訴諸武力手段，使原住民在裹脅下屈服。

原住民復權運動的最大突破，莫過於部落的知識分子開始借用漢字來表達自主意願。原住民文學的誕生，便是在歷史條件的要求下，慢慢在台灣文壇建立他們的能見度。一九八七年，田雅各（本名拓跋斯．塔瑪匹瑪）出版小說集《最後的獵人》，立即受到文壇矚目。稍後又出版散文集《蘭嶼行醫記》，見證了原住民的生活實況。最早以漢文出版詩集的是莫那能《美麗的稻穗》，這本詩集最早表達了原住民青年的深沉抗議。所有的解殖運動往往都是從書寫開始，唯有透過文字記錄，才可以使被壓抑的心靈與感覺鏤刻下來。文字的傳播代表一種抵抗，也代表生命尊嚴的呈現。原住民文學的借用漢語，跟國族認同完全沒有關係，而是以漢語作為一種媒介，使漢人讀者看見自己的罪惡。莫那能的詩渲染著憤怒與抗議，其中的一首〈鐘聲響起時──給受難的山地雛妓姊妹們〉，讀來令人感到膽戰心驚。部落女性被販賣到都市的黑暗處，一方面承受賀爾蒙的針頭，一方面也承受保鑣的拳頭。簡單的詩句，呈現了漢人的醜惡。通往部落的道路，可謂無數，但原住民的許多年輕女性卻都被迫走向同樣的命運。流浪在都會裡的莫那能，其實是在尋找他失蹤的妹妹。當這樣的文字流傳於讀書市場時，它所帶來的震撼可謂雷霆萬鈞。

泰雅族的瓦歷斯．諾幹，最初以漢名吳俊傑出書，但是回到部落後，開始使用族名出版詩集、散文、小說。他是產量豐富的作家，一九九四年出版詩集《想念族人》，再次呈現原住民的流亡命運。這塊土地原來是屬於他們，經過現代化之後，他們反而被迫在自己的鄉土展開流亡的命運。這是內部殖民所帶來的悲慘命運。尤其經過制式的黨國教育，他們被迫接受與部落文化毫不相干的意識形態與歷史記憶。國民黨政權所施行的戒嚴體制，相當公平地對島上各個族群母語文化進行徹底的清除。

布農族的小說家田雅各，在一九八三年就寫出一篇〈最後的獵人〉。字裡行間所透漏的危機感，非常強烈。當他見證整個山區不斷被漢人資本家開發時，似乎已經預見了部落文化的沒落。他甚至表達這樣的感嘆：「……再過幾年，森林到處是人聲、車聲，動物會因森林的浩劫而滅跡，從此獵人將在部落裡消失。」文字裡的獵人，象徵著原住民的部落文化。由於土地持續受到侵蝕，民宿與觀光也開始滲透到族人的領地。他已經感受到那不只是經濟掠奪而已，在地文化的消失以及生活方式的改變，將使他們的傳統信仰與價值觀念徹底被取代。在資本主義不斷擴張之下，甚至原住民原有的祖墳也開始被挖掘。神聖的祖靈受到這樣的羞辱，不得不使原住民作家發出悲嘆。

原住民意識的覺醒相當遲緩，似乎與平原上漢人知識分子的本土意識同步展開。經過美麗島事件的衝擊之後，整個台灣社會開始高舉人權的旗幟。而人權的概念，自然也包括母語權、歷史解釋權、政治發言權。當都市裡的抗議行動持續發生時，原住民在他們的部落也開始發出聲音。其中最重要的關鍵，便是受到義務教育的原住民知識分子，一個一個決心回鄉。瓦歷斯·諾幹回到泰雅族的原鄉，夏曼·藍波安回到達悟族的部落。他們在漢人社會其實可以順利生活下去，卻因為意識的覺醒願意回去重新投入文化改造的運動。

二〇〇三年孫大川主編的《台灣原住民族漢語文學選集》，包括詩歌卷、小說卷、評論卷共七冊，這可能是戰後以來最龐大的展現。孫大川所寫的序言〈台灣原住民文學創世紀〉，正好可以彰顯原住民作家創作力的生生不息。這些作品不僅在原住民的刊物發表過，例如瓦歷斯．諾幹主編的《獵人文化》，或孫大川創辦的《山海文化》，都成為原住民作家的集結地。這些卓然成家的作者，也不斷向漢人的文學雜誌投稿，同時不斷獲得文學獎。他們的語法與句式，反而給予漢文書寫更寬闊的想像力。孫大川在這本書裡面已經指出，當文學場域出現原住民作家之際，台灣學界也開始出現原住民學者的聲音。

孫大川指出：「九〇年代末期，台灣原住民研究逐漸掙脫人類學和一般社會科學的藩籬，往更接近原住民主體心靈的方向逼近，語言、文學的研究因而顯得愈來愈重要。」這段話非常重要，特別強調原住民研究已經脫離了人類學的範疇。所謂人類學其實是西方殖民者建立起來的知識領域，他們把原住民置放在被凝視、被解釋、被定義的位置。在某種程度上，人類學就是殖民主義的延伸。當台灣原住民的文化內容，愈來愈豐富而多元，原住民的主體性也跟著建立起來。所謂解殖，最重要就在於能夠有自己的觀點。不僅以主體的聲音發言，而且可以自我定義、自我詮釋、自我命名。只有文化信心建立起來，被帝國殖民、被漢人再殖民的命運，才得以翻轉。

第八章

同志文學與台灣民主

「家」的意義是什麼？

教育體制傳達給我們的「家庭」意義，始終圍繞在父慈子孝的觀念，也傳達「家」就是個人生命的庇護所。在漢人社會裡，家庭的形成完全是依據儒家的定義，也就是在君君、臣臣、父父、子子的權力序階（power hierarchy）下確立下來。這種依據中華觀念所規定出來的家庭格局，完全是抽離了人與人之間的互動關係，而是相當抽象地注入父權觀念。所謂父權（patriarchy），一言以蔽之，指的就是男性的繼承權。只要按照這種權力繼承的遊戲規則來組成家庭，便是符合合法性（legitimacy）的要求。凡是溢出這樣的遊戲規則，不僅被視為違法，而且也被看成異端。傳統家庭的體制，表面上來看非常和諧，但是貼近每個家庭的生活方式，就知道這種父權支配其實非常違背人性。

傳統父權，一言以蔽之，便是男性中心論。或確切地說，這也是不折不扣的異性戀中心論。男人為了永遠擁有財產繼承權，而且萬世一系延續下去，方法非常簡單，就是把女性身分完全排除在外。連帶地，在這樣精密的家庭結構裡，如果有人被發現是同性戀，那更視為大逆不道。「不孝有三，無後為大」，便是在譴責沒有子嗣的男人，或者是不會產生後代的同志族群。財產繼承權如果因為沒有子嗣而中斷，那是對家庭權力的最大破壞。這種殘酷的觀念，可以在中國歷史或漢人社會鞏固如此之久，便在於儒家思想早已內化成漢人社會的固定觀念。「作之親，作之師，作之君」的模式，就像枷鎖一般，牢牢綁住了男性、女性的身體，完全不能踰越。

日常生活中的權力運作，並未為傳統家庭帶來和諧感情。即使不談長子繼承制，家庭中的女性長期受到排斥與剝削，往往是藉著倫理觀念而得以遂行。女性從來無法擁有基本人權，總是在隱忍或屈辱的狀態下度過一生。家庭成員如果出現同性戀傾向者，不僅無法獲得認同，還受到無情打壓，因為他被視為傳宗接代的破壞者，也是切斷財產繼承權的禍首。歷史上的同性戀，往往受到刻意遮蔽，除了在民間的話本小說偶爾可以發現，在儒家的經典裡，完全被擦拭得乾乾淨淨。儒家思想所提倡的性別意識，基本上都是從長子繼承制的觀念出發。這種牽涉到權力與利益的保守觀念，也有助於帝王權力的鞏固。

從《詩經》以降，就已經存在著同性戀的文學。在傳統二十五史的紀錄裡，也不時可以看見上層權力結構中，有太多有關同性戀的記載。這些時隱時現的歷史記憶，在文學經典化的過程都有系統地遭到擦拭。近代以來，有關中國文學史的建構，基本上也是以異性戀為中心。凡是涉及愛情的文本，莫不彰顯男歡女愛的事實。而男歡男愛與女歡女愛的愛情，就被貶抑為淫亂悖德的行為。一個典律的形成，無疑就是美學標準的建構。當男歡女愛的作品形成典律時，自然而然就抹消了男歡男愛、女歡女愛的記載。「問世間情為何物，直教人生死相許」，這是陳腔濫調的愛情描寫，卻也是相當真切的情感描述。這種生死相許的事實，發生在異性戀族群之間，也發生在同性戀的族群裡。如果愛情是神聖不可侵犯，同性之間的戀情就不應該遭到刻意排斥。

台灣社會經過帝國殖民與黨國統治，近一百年來都是接受儒家思想的薰陶。整個東亞世界其實都是屬於儒教國家，凡是這種父權思想所到之處，在性別議題上往往顯得特別保守。在戒嚴時代，島上青年都必須接受中國文化基本教材的訓誡。經過長達三十八年的戒嚴時期，儒家思想在社會各個角落的影響，可謂無遠弗屆。伴隨著蔣家統治，更使長子繼承制的觀念牢不可破。從而帶來的效應，便是對同志族群進行各種污名化或妖魔化。正規教育的知識啟蒙，相當有系統地為知識分子帶來畸形的性別觀念。當男性中心論到處氾濫之際，異性戀中心論也跟著強化起來。

當儒教國家開始接受西方基督教的傳播，也同時帶來了極為僵化的異性戀中心論。聖經變成不可侵犯的法典，為了履行侍奉上帝的承諾，異性戀信徒總是引經據典，對同志族群展開污衊。借上帝之名，對同志族群進行各種不符事實的貶抑。在某種程度上，其實也與儒家的長子繼承制，形成了共犯體制。那是看不見的跨文化剪影，東方帝國與西方帝國的權力支配，竟然完成了無懈可擊的結合。這種套在身體上的枷鎖，嚴重違背了人性與人權觀念。如果上帝創造萬物，同志族群也應該是經過上帝之手而誕生。借上帝之名，對同志族群進行各種污衊與羞辱，這種行為本身就是在褻瀆上帝。

整個東方的儒教國家，包括台灣、中國、日本、韓國、越南，在現代到來之前，基本上都是以家為基礎單位，來維持整個社會秩序。家的結構，其實就是權力的根本。而權力的內容，也都是以男性中心論、異性戀中心論為主要取向。只要有家的存在，東方社會的同志族群從來都是遭到歧視或驅逐。把家與國牢牢結合在一起之後，國家權力對同志的排斥與壓制就更變本加厲。西方資本主義的襲來，加速了整個社會的流動。這種流動不僅使僵化的階級觀念受到破壞，也使安土重遷的農村社會受到動搖。尤其十九世紀以後，工業革命的發生，使現代都市不斷崛起，農村人口開始朝向工廠集中地匯流。

人類歷史第一次見證離家出走的故事大量發生，在一定的意義上，離家也是一種離開枷鎖的行動。

資本主義的崛起，從西方一路侵襲到東方。所到之處，都加速了現代都市的誕生。離家出走的浪潮，直接間接都助長了個人主義的抬頭，也助長了個人對於父權的抗拒。東方社會的儒教國家，在追求現代化的進程上，也不能不次第卸下傳統的包袱。中國在晚清民初之際，開始出現反傳統的浪潮。林毓生所著《中國意識的危機》，相當生動描寫了現代知識分子對儒家思想的批判。包括胡適、魯迅、陳獨秀等近代知識分子，對於傳統思想的批判，可謂不遺餘力。對傳統文化的抗拒，無形中也夾帶了對於父權的抗拒，從而使女權意識抬頭，稍後也使同志意識跟著抬頭。

就西方歷史而言，一八九〇年代是重要的分水嶺。西方都市已大致興起，從而帶來的文化效應也非常廣泛。伴隨著工人意識的覺醒，馬克思主義形成了重要的思想流派，英國工黨也宣告成立。同樣地，都市裡的中產階級也開始釀造現代主義美學，使西方浪漫主義思潮逐漸式微。在這關鍵的歷史階段，女性意識也逐漸形塑而成，第一波女性運動便是發軔於這個時期。無論是階級意識或性別意識的浮現，毫無疑問，都開始對既有的父權觀念進行或強或弱的批判。資本主義的浪潮也跟著帝國主義的擴張以及殖民地的掠奪，加速在整個東方社會蔓延。資本主義的衝擊，使得東方保守的儒教觀念也跟著動搖。對於階級解放與性別解放，產生了相當巨大的影響。都市生活與個人主義的雙重影響下，性別意識慢慢脫離父權體制的操控，不只女性族群之間出現自主意識，同志族群也在都市生活裡找到棲身之地。

同志文學在台灣的發展

台灣社會歷經戰前帝國統治與戰後黨國支配，基本上建構了一個牢不可破的權力中心。日本殖民者在台灣也宣傳了一套有系統的儒家思想，透過教育體制的耳濡目染，這小小海島對父權的尊崇，勝過之前的清代漢人社會。國民黨接收台灣之後，經過二二八事件的血洗，以及白色恐怖的震懾，使得父權觀念得到滋長的空間。戰前的天皇崇拜，戰後的領袖崇拜，便是得力於儒家思想的父權傳統。尤其在戒嚴時期，學校教育所宣傳的中國文化基本教材，使儒家思想的傳播獲得了溫床。男性中心論與異性戀中心論相當穩定地支配了社會的每個角落。

然而，歷史發展過程中，無意間總會出現破綻。蔣介石能夠建立領導中心的重要關鍵，便是背後受到美國的支持。台灣不僅在聯合國安理會擁有席次，台灣海峽的防衛也同時強化起來。美帝國主義的加持，使戒嚴體制得以遂行。在政治、經濟、軍事方面受到美國的支援之際，在文化層面也開啟了一個窗口，那就是讓美國的現代主義思潮，源源不斷進駐台灣。現代主義其實就是資本主義社會的人文思考，一九六〇年代島上的城市還未臻於成熟之際，現代主義的書籍已經迅速滲透了當時的知識分子。彰顯個人的無意識世界，是現代主義的重要特色，它使許多苦悶作家找到可以逃逸的精神出口。

同志議題的浮現，便是夾帶在現代主義運動蓬勃發展之際。文學，從來不是靜態的文字表演，其中的美學思考為讀者接受之後，往往會帶來豐富的想像。作家可能不是先知，卻是最具藝術敏感的族群，往往可以嗅出潛藏在社會底層中的各種感覺。現代主義文學逐漸蓬勃發展時，同志議題也潛伏在許多文學作品裡。紀大偉所寫的《台灣同志文學簡史》已經指出，在一九六〇年代前後，有關同志的描寫已經出現在大眾小說裡。無論是使用暗示、隱喻、象徵的方式來敘事，被壓抑的同志認同早已神出鬼沒地流動於小說文本。

從文學史的觀點來看，使同志議題真正受到矚目，其中最重要的推手莫過於白先勇的小說。他在《現代文學》第一期發表的〈玉卿嫂〉，並非是同志小說，但是在行文之際，白先勇已經暗暗透漏他個人的性別取向。小說中的主角容兒，非常喜歡他的保姆玉卿嫂。這位體面的保姆往往在半夜出門，容兒也起床跟蹤著她，才發現她與一個年輕男子私會，偷窺的容兒訝異地看見男歡女愛的場面。整篇小說的敘事往往透過容兒的眼睛來描述，他就像一個電影鏡頭，往往可以抓到故事的關鍵與轉折。夏志清在分析這篇小說時指出，白先勇描繪男女歡愛的情節時，都只注視著男性的身體。夏志清委婉地透露，白先勇有一種美少年的身體崇拜，就像是水仙花的顧影自憐。在台灣的批評家行列裡，夏志清所實踐的新批評相當精確點出了白先勇的性別取向。

白先勇也許不是台灣同志文學的開創者，但毫無疑問，他把這樣的議題帶進文學體制裡。確切而言，由於他文字藝術的精煉，擅長橫跨於傳統與現代之間，真實與虛構之間，過去與當代之間，現實與夢想之間，讓讀者耽溺於出神入化的敘述演出。他讓傳統的漢字一方面獲得提煉，一方面擺脫了白話文的貧乏，相當傳神地使故事人物進入讀者心靈。他擅長做細節描寫，使故事場景更真切地浮現在讀者眼前，無形中也讓讀者陷入他所構思的情境。他也相當準確把握了漢字裡暗藏的顏色、氣味、溫度，使讀者不知不覺受到了觸動。這種文字技藝，使得同志議題更具說服力。《台北人》十四篇短篇小說，幾乎掌控了讀者的心情。這些短篇小說其實是作者個人的民國史記憶，相當委婉、也相當有力地對現實政治進行了曲折的批判。《台北人》收錄的〈孤戀花〉與〈滿天亮晶晶的星星〉，便是最早的同志小說。隨著這部作品升格為台灣文學經典，他所營造的任何議題都相當順利為廣大讀者所接受。他首先是一位成功的現代藝術作家，然後他才是一位被尊敬的同志作家。這是一種漂亮的轉換，使得同志議題不再那麼敏感，也不再受到任何非議。

同志題材成為公共議題，必須要等到一九八三年他完成了長篇小說《孽子》。經過十年的營造，這部小說問世時，也正是台灣社會開始要進入威權體制鬆動的階段。小說的開場令人驚心動魄，一位年長的父親發現兒子是同志時，握著手槍把他趕出家門。在《台灣新文學史》，我特別指出，這個場景是台灣文學的一個經典。那位憤怒的父親，可能是傳統歷史的最後身影。而那位被驅逐出走的兒子，則正要開啟一個長路漫漫的新時代。兩條不同的歷史長流，就在這關鍵時刻交錯而過。白先勇所完成的這部小說，已經不是靜態的作品，而是相當動態地對當時欲開未開的台灣社會，帶來巨大衝擊。

歷史上的同志族群，從來都是在「異」國漂泊流亡。所有的社會都是以異性戀為主流的社會，所有的同志注定以流亡的姿態逐波浮沉。《孽子》的場景，是以台北市的新公園為集散地，同志在那個尺幅有限的空間裡，建造了屬於他們自己的倫理世界，他們以父子、兄弟相互稱呼，既像家庭，也像王國。以「孽子」自我命名，無異是一種書寫策略。便是把污名化的身分予以翻轉，凡是讀過這部小說者，便不再以污名來看待同志。這種污名化的策略，在日後的同志小說也不斷出現。如邱妙津的《鱷魚手記》、洪凌的《肢解異獸》、陳雪的《惡女書》與《惡魔的女兒》，其實都是援用白先勇所創造的策略。透過這樣的書寫，可以更直接地翻轉他們的傳統定位。

《孽子》所產生的影響力，必須要到二〇〇三年改編成電視劇之後，方造成更大的文化衝擊。確切而言，透過公視來傳播同志議題，似乎使曾經受到身分扭曲的同志，在台灣社會逐漸取得合法的位置。有多少同志家庭的父母，開始與自己的孩子達成和解。這種潛移默化，使得台灣社會對同志議題有了接受的空間。在這段時期，威權體制早已煙消雲散，整個民主體制也經歷了總統直選與政黨輪替。更精確來說，同志議題的開放，其實與台灣民主體質的強化，有不可分割的關係。

有一次台日韓女性文學會議在政治大學台文所舉行時，日韓作家不約而同提問：為什麼台灣文壇對於同志作家那樣尊敬，而且同志文學也得到正面的評價？她們表示，日本與韓國也有同志文學，但是大部分都在網路上流傳，而同志作家也很少現身。與台灣文學相互比並，她們覺得很慚愧。在會議中，我只能這樣回答：台灣同志作家最早出發時，並未透露他們的同志身分。他們都是以成功的藝術演出說服了讀者，他們首先是成功的作家，之後才是被承認為同志作家。以白先勇、林懷民、蔣勳的作品為例，他們的散文與小說藝術性特別高，贏得台灣讀者的尊敬。對於整個台灣文學的發展，同志作家的貢獻相當巨大。而更重要的是，他們對於自己的作品頗具信心，也頻繁地與讀者保持互動、對話。伴隨著台灣民主運動的強化鞏固，讀者對於性別議題的作品也特別重視。

民主精神所強調的，在於公平與正義，從而對於基本人權也非常重視。異性戀者在強調人權之際，在爭取民主之餘，不可能以有色眼睛看待不同的族群。如果還維持著異性戀中心論的社會，或保留著男性中心論的思考，這樣的民主是虛偽的，甚至是虛構的。一個健康的民主社會，必然是強調命運共同體。在這樣的共同體裡，所有的性別差異、階級差異、族群差異，都必須具備勇氣去克服。當台灣社會能夠實踐總統直選時，也能夠接受政黨輪替時，則文化上的議題，也應該是開放的，而且可以公開接受的。以民主或人權的標準來檢驗，台灣進入二十一世紀時，已經翻開了歷史新頁。

同志社群及其論敵

任何一個社會運動在出發之際，總會遭到各種既得利益者的反撲。同志之愛與世間的任何愛情都沒有兩樣，愛是人性的高貴品質，並不可能以固定的模式或習以為常的思維來規範。人與人之間會發生愛情，必然是從靈魂深處所釋放出來的愛慕、親敬，而產生相互的吸引力。愛情發生時，沒有任何外在的力量可以阻擋，往往可以跨越族群、性別、階級，而造成沛然莫之能禦的衝撞。白人與黑人的戀愛，帝國女性與殖民地男性的戀愛，總是存在著各種無形的障礙。有人藉由固有文化論述，或藉由宗教信仰的模式，對各種愛情虛構種種污名與貶抑。這些外在的阻擾並不可能使愛的力量稍減或稍弱，愛情是天生的本能，也是形塑美好世界的高貴價值。借用道德、傳統、倫理的名義，或訴諸國家情操來貶抑跨界的愛情，徒然製造許多悲劇。

同性之愛的傳統，自古已然，舉世皆然。卻因為霸權論述的干涉，或者自以為是主流價值的傲慢，使得男歡男愛、女歡女愛的事實，終於被逼迫存在於黑暗角落。借用傳統思想的教條來審判同志，在歷史上屢見不鮮，卻並沒有因此而使同志之愛從這個世界消失。傳統論述之薄弱由此可見。如果真的能發生效用，同性之愛自然會消失。畢竟，世間所有的愛情都有它存在的理由，絕對不是借用價值觀念、傳統論述、國家權力、宗教約束就可抵擋。其中最為荒謬、最為可笑的，莫過於借上帝之名，來譴責同志族群。上帝從來不會說話，祂高過世間的一切。如果有人使用上帝之名對同志進行審判，那絕對是神棍，或甚至是自我膨脹。這種僭越的行為，其實是對上帝最大的褻瀆。以人為主體就可以發言，為什麼必須冒用上帝的名義，原因很簡單，世間的愛情從來不是用法律、戒條、道德傳統就可輕易否定。愛的發生與大自然一樣，就像陽光、空氣、雨水，無所不在地傳播於人與人之間。愛的無所不包，跨越族群、階級、性別。當它發生時，沒有任何力量可以阻擋。

戰後同志文學開始受到矚目，應該是在一九六〇年代。在那政治權力高於一切的年代，台灣作家不斷嘗試各種同志的議題，一方面是在尋找愛情的出口，一方面則是在抗拒異性戀論述的干涉。同志意識的覺醒經過漫長的歷史演變，現代主義在台灣的浮現，其實是伴隨著美帝國主義在台灣的影響。藉由無意識的挖掘，不少台灣作家才清楚看見體內存在著不受承認的身分。就像台灣意識、女性意識的覺醒，都是經過長期的政治壓迫而釀造出來。無論是反共體制或是冷戰體制，提供了一個製造大敘述的環境。所謂大敘述，可能是民族主義、可能是父權文化、可能是儒家思想，甚至是黨國的控制，都從不同管道構築密不通風的高牆。同性戀的議題變成高度禁忌，因為這種性別取向的存在，似乎會影響戒嚴體制的合法性。只要出現一個缺口，那森嚴的城牆就有可能動搖，甚至崩潰。同志議題也是構成文化內容不可分割的一部分，正如左翼思考或女性主體在大敘述的年代永遠被邊緣化，也常常被污名化。對這些被壓抑或被壓迫的族群進行各種攻擊，那樣的行為其實就是威權體制的共犯。

一個威權體制的崩解，其實是蓄積了整個社會的反抗力量與批判文化才得以完成。不能否認，一九六〇年代以來的同志書寫，在相當程度上，也是台灣民主運動的重要力量。同志族群所懷抱的民主自由、公平正義，確實與民主運動的精神密切接軌。他們的身體長期受到壓制與貶抑，甚至在很長的時間持續受到妖魔化。他們所受到的待遇，較諸女性、原住民還更不堪。當作家開始著墨描寫同志生態時，無疑是高舉旗幟與民主運動匯流。一九六〇年代的《現代文學》，次第發表歐陽子的〈素珍表姊〉、白先勇的〈孤戀花〉，隱隱約約透露了某些潛藏的思維正在蠢蠢欲動。正如前述，跨越一九八三年之後，白先勇《孽子》的問世，等於是宣告一個全新時代的到來。同志文學的合法化，也反襯了戒嚴時代異性戀中心論的非法存在。當一個社會可以平心靜氣面對同志議題，而且在學術界可以公開討論，才有資格宣稱這是一個民主社會。

男歡男愛、女歡女愛的小說進入一九八〇年代後，逐漸浮出地表。朱天心的長篇散文《擊壤歌》，李昂早期的小說〈回顧〉、〈莫春〉，在在證明了風氣漸開的台灣，已經開發足夠的容量，使女同之愛找到各自的閱讀市場。其中相當關鍵的因素，莫過於一九七〇年台灣加工出口區的成立。太多女性勞工為跨國公司效勞，在規律性、枯燥性的時間循環裡，需要大量的讀物，從而有關女性勞動族群的愛情小說也因運而生。林芳玫所寫的《解讀瓊瑤愛情王國》，正好揭露一個龐大的閱讀市場已然存在。這些女性讀者可以接受任何愛情形式的讀物，自然而然也釀造了一個生態環境，容許跨性別議題小說出現。也許是言情小說，也許是純文學，所有書寫的存在正好對應著多元價值的社會。過去現代主義文學的誕生，往往被解釋是受到美援文化的影響。但是進入一九七〇年代以後，冷戰體制逐漸宣告式微，全球化浪潮也適時到來。台灣文學不再只是受到美國單方面的影響，而是全面開放接受歐洲文學、東歐文學、中南美文學、義大利文學、日本文學的影響與衝擊。多元文化生態的誕生，也讓島上讀者開始看見各種愛情故事的存在。通過龐大的閱讀，使得單一的異性戀文學逐漸受到稀釋。晚期資本主義的衝擊，使得過去許多合法性的體制不斷產生危機。受到法國女性主義的影響，台灣女性作家也開始出櫃。一九九四年，台灣文壇出現兩本小說，一是邱妙津的《鱷魚手記》，一是朱天文的《荒人手記》。同樣以手記來命名，正是要觸探女性最幽微、最神祕的區塊。

邱妙津的作品在今天已經升格為女同的經典。這部小說透露了女同的困境，作者的遣詞用字幾乎到了出神入化的地步，她把最痛苦、最幽微的感覺，透過文字描述而彰顯出來。在很大程度上，她為黑暗裡的女性同志，發出了淒厲的吶喊。在這部小說之後，邱妙津為台灣文學留下最後一部《蒙馬特遺書》。世間的愛情，其實都充滿了自私與占有，異性戀如此，同性戀亦復如此。邱妙津帶來的震撼是，她為台灣社會的女同發出強烈抗議之聲，也為女同的「異國流亡」做了最佳詮釋。所謂異國，不僅是指她留學的法國，也是指故鄉台灣是異性戀霸權的國度。相較於之前的同志書寫，邱妙津的小說為女性同志劃出一塊相當龐大的版圖。

同志族群是轉型正義的一環

一九九〇年是李登輝主政時期，他一方面呼應野百合學運，終於勸退立法院與國民大會的萬年代表，使衰老不堪的法統宣告終結。一九九一年，他正式宣布動員戡亂時期終結。同時，與當時的民進黨聯手舉行國是會議，為未來的凍省與總統直選做好鋪路工作。當整個台灣社會走向開放之際，同志文學也得到了發展空間。讀書市場已經有足夠的空間，容許同志作家得以施展豐富的想像。從禁忌的年代，到法統終結，到政黨輪替，同志文學其實是民主進程的最佳見證。進入二十一世紀之後，同志文學的生產已經構成台灣文學史不可分割的一環。在同樣的歷史階段，台北市也逐漸升格為對同志族群最寬容的城市。相較於東京、首爾、北京、香港、新加坡，同志遊行已經成為每年十月的重要儀式。

一九九六年之後，總統直選已經變成事實。二〇〇〇年，台灣第一次經歷政黨輪替。二〇〇八年，又經歷第二次政黨輪替。二〇一六年，台灣完成第三次政黨輪替。蜿蜒的歷史軌跡，最後都朝向改革、開放、民主的目標持續前進。但是在性別議題上，可能是民主進程上最為緩慢的區塊。當整個社會張開雙手，擁抱民主價值時，有一群天主教徒成立「守護家庭聯盟」，對同志族群進行有計畫卻又充滿惡意的污衊與污名。這是一群自稱天主教徒的信仰者，他們以上帝之名，對台灣同志族群進行無止盡的審判。他們所堅持的理念，正好站在台灣民主價值的對立面，也站在多元文化的反對立場。台灣社會確實是言論自由的國度，但所謂自由應該有一個客觀原則，那就是不能逾越民主與人權的原則。他們口中的上帝，其實是當作他們心裡的傀儡，任意遭到操作。

如果我們稍有歷史記憶的話，便知道天主教與基督教傳播到東方時，受到日本、韓國、中國既得利益者的反抗。他們屠殺教士、燒毀教堂，種種殘忍的行為都施用在教徒身上。換言之，無論是基督教或天主教，都被判定為異端邪教。經過教徒長期的抗爭，而逐漸成為當地的合法信仰。這樣的事蹟，也曾經發生在十九世紀末期的台灣。如果閱讀馬偕所寫的《台灣遙寄》，就可以知道基督長老教會從加拿大傳播來台時，遭到本地居民的多少反抗與羞辱。經過日治時代、戰後國民黨時代，基督教一直是威權統治的假想敵。

隨著民主時代的到來，基督教與天主教已經成為中產階級的重要信仰。或確切而言，他們已經獲得既成（establishment）的地位，基礎相當穩定。但是，在天主教信徒中，開始出現一群反同的行動者，對同志族群無端進行攻擊。他們完全忘記天主教東來時所遭到的苦難，如今他們合法化之後，竟然反過來對同志族群進行不實的攻擊，或指控他們主張人獸交、或污衊他們是戀屍癖。種種不實的指控，完全出自他們的想像。散播出來的言論既非事實，也非理性思考。如果他們堅持傳統異性戀的價值，就應該好好探討多少異性戀家庭是如何不負責，又是如何違背民主價值。

台灣社會發生多少隨機殺人的事件，那些兇手不都是異性戀家庭的孩子。這個世界所以混亂，從來都沒有任何同志的參與，而是異性戀者長期壟斷政治權力，造成許多不健康的異性戀家庭，從來不負起教育孩子的責任。台灣社會秩序失衡，掌權的異性戀者必須負起最大責任。護家盟如果真的要維護家庭的傳統價值，就應該對現有的婚姻制度、家庭制度進行嚴肅思考。異性戀沒有什麼了不起，人格也未必特別崇高。多少朝代滅亡了，不就是三妻四妾的皇帝所造成。這個世界如此混亂，原來都是權力在握的異性戀者所造成。護家盟把這種混亂狀態，歸咎於同志族群的出現。不僅沒有任何歷史意識，甚至也沒有社會常識。

反對同性戀，等於是反對開放社會的精神，也等於是反對民主生活的價值。今天基督教、天主教能夠在台灣社會立足，其實是拜賜了台灣宗教多元的民主環境。對同志族群構築各種妖魔化的口實，不僅是對上帝的最大褻瀆，也是對台灣得來不易的民主文化做了最大的矮化與醜化。長期以來，台灣的教育體制最欠缺的便是愛的教育。到今天整個社會已經進入後現代，竟然還有那麼多人所抱持的愛情觀念還停留在前近代。他們的觀念裡只要討論男女愛情，便聯想到肉體與情慾，完全無法理解世間愛情的高貴情操。因為不懂得愛，他們對愛情的觀念仍然停留在占有或排斥的情緒。也因為不懂愛，他們總是以僵化的、腐朽的模式，去揣想別人的愛情。因為不懂愛，所以對無法擁有的愛情，施以報復或凶殺。這種思維方式，其實不是愛，而是仇恨，是粗暴，更是霸道。他們不懂甚麼叫作寬容，凡是世間所不能想像的愛，他們備極辛勞地進行各種扭曲的想像，甚至給予詛咒、譴責，或更進一步破壞。在異性戀的世界裡，充滿太多的爭奪與占有。他們永遠無法企及超越的境界，從而也無法對同性之愛表達同情與共感。他們懷著無可理喻的仇恨，對同志族群進行無盡止的傷害與攻擊。

進入二十一世紀之後，台灣公民社會的形塑愈來愈成熟。尤其在追求轉型正義的時刻，我們應該具備能力對過去所犯過的錯誤深刻檢討，使健康的公民文化可以持續前進。在長達三十八年的戒嚴時代裡，由於權力在握者都是異性戀者，而且是民族主義者，甚至是儒家思想傳播者，因此建構起來的教育體制不僅是男性中心論、漢人中心論，而且也是異性戀中心論。凡是接受這種教育的薰陶，往往不知不覺中對於女性、原住民、同志產生歧視或壓制。這種歧視文化應該在成熟的公民社會得到糾正。長期的知識建構夾帶太多的偏見與傲慢，才使得今天的同志族群仍無法掙脫被辱罵、被扭曲的階段。健康的公民社會，是容許各種價值觀念同時並存的社會。如果還崇尚著戒嚴時代所建構起來的知識，則不僅是違背民主精神也嚴重違背開放的人文精神。

台灣社會選擇民主政治確實是正確的歷史方向，但是在到達真正的民主境界之前，速度可以說是非常緩慢，能夠讓所有的人平等相處的理想社會，恐怕還需要更長時間的追求。民主的手段從來都是非常遲緩，主要原因在於社會中每個人的願望都受到照顧。如果要迅速達到公平的境界，就有可能犧牲某些人的理想與願望。對於同志的尊重，需要透過長期的教育過程才能獲致。台灣社會亟需開放的教育方式，也亟需愛的教育、寬容、平等、多元的價值觀念，是最根本的愛的教育。我們必須承認台灣是一個相當年輕的民主國家。一九九六年，我們才享有總統直選的制度。二〇〇〇年，我們才經歷第一次政黨輪替。進入二十一世紀之後，公民運動才次第誕生。從反核、反國光石化、反都更的運動，一直到同志遊行、太陽花學運，在在顯示了我們還在學習的階段。如果與東北亞的日本、韓國相互比較的話，台灣社會對同志族群的態度其實是非常前進。但是從社會內部來看，同志身分之受到承認，較諸女性運動則相對落後。當我們在奢談轉型正義之際，同志議題應該提到民主的日程表，並且應該作為追求更高民主價值的重要目標。

第九章

和解為什麼可能

省籍政策是一種隔離制度

我們都是歷史的產物，時間所畫下的軌跡一旦形成，就不再有迴轉的可能。歷史不可能重來一次，我們只能站在時間的下游，接受前人所遺留給我們的記憶。在一九九二年之前，當省籍制度仍然還在實行時，台灣社會曾經陷入本省外省觀念的糾葛中。這種省籍隔閡帶給台灣社會的傷害，相當嚴重。尤其是在一九八七年解嚴之前，看不見的裂痕似乎在社會底層處處存在。外省族群的抗日戰爭記憶，本省族群的殖民地記憶，似乎被置放在對立面。由於黨國政策的錯誤，竟必須讓無辜的百姓承擔這種歷史誤解。在這種緊張狀態下，似乎很少有人能夠平心靜氣看待過去所發生的一切。戒嚴體制的干涉，使得歷史記憶從未獲得整頓的機會。不同的歷史記憶，帶出不同的生活方式，也延伸出不同的語言表達。在特殊的政治環境裡，不同省籍的族群很難有相互對話的機會。

在檢討文學史時，我曾經指出外省作家與本省作家的文學精神，確實有所不同。大陸來台作家對於自己失去的鄉土，抱持強烈的懷舊感。而本省作家無法理解外省作家的原鄉記憶。畢竟本省作家的故鄉，就在他們腳踏的土地上。我以「孤臣文學」來形容外省作家，以「孤兒文學」來形容本省作家。孤臣文學意味著外省作家有強烈的文化認同，卻失去了自己的土地。孤兒文學指的是台灣作家擁有自己的土地，卻沒有確切的文化認同。這兩種文學必須到一九六〇年代以後，才開始產生連結。同樣是一九三七年出生的白先勇與陳映真，他們所標籤出來的書寫策略截然不同。白先勇的小說〈芝加哥之死〉與〈謫仙記〉，彰顯了兩位具有中國意識的男性與女性知識分子，最後因為認同的茫然而選擇自殺。陳映真的小說〈將軍族〉與〈第一件差事〉，也描繪了人生的絕望而選擇自殺。白先勇彰顯的是中國認同，陳映真強調的是省籍問題。無論如何，都代表了兩位作家的歷史記憶與成長過程截然不同。

如何處理歷史記憶，確實是台灣社會的特殊經驗。孤臣文學與孤兒文學的雙軌發展，意味著兩種不同歷史經驗的磨合與結合。回顧整個歷史發展，本省作家與外省作家確實是有各自的源頭。在一九四五年之前，中華民國並未擁有台灣；而一九四九年之後，中華民國並未擁有大陸。這種斷裂式的歷史發展，考驗著我們的智慧，如何將這兩種落差甚鉅的歷史記憶銜接起來。如果要撰寫歷史，在面對這樣嚴肅的問題時，就必須具備雙重視野。畢竟外省族群所擁有的歷史記憶，延伸到一九一一年中華民國建立之初。而本省族群的歷史記憶，是上溯到一八九五年滿清政府的割讓台灣。具體而言，台灣淪為殖民地時，中華民國還未建立。同樣地，中華民國接收台灣時，中華人民共和國也還未建立。對於這個在海上航行的島嶼，歷史開了一個很大的玩笑。正因為如此，我們不能不採取雙元史觀，來看待戰前與戰後的台灣。

歷史把中華民國與台灣置放在不同的文化軌跡，當台灣人在一九二〇年代開始被迫接受現代化之際，中國還停留在軍閥割據的階段。從一九二〇年代開始，台灣文化協會（1921）、台灣農民組合（1926）、台灣民眾黨（1927）、台灣共產黨（1928）、台灣地方自治聯盟（1929）的次第成立，顯示台灣知識分子建立文化主體的決心。從極右派的台灣地方自治聯盟，到極左派的台灣共產黨，在意識形態上各有不同，但是把自己的政治運動目標定位在台灣主體上，則是無可懷疑。這種台灣意識的建立，顯然與中華民國的歷史軌跡頗有差異。中國民族主義的萌芽，必須要到五四運動時才出現端倪。一九二七年北伐成功、全國統一之後，中國民族主義才有完整的呈現。一九三七年日本軍閥發動對中國的侵略之後，中國意識顯得更加高漲。非常不幸的，高漲的中國民族主義與高漲的台灣主體意識，正好站在敵對的兩端。尤其台灣知識分子在一九三〇年代以後，逐漸熟悉日語的使用。進入一九四〇年代，日文書寫已是普遍的現象。兩地所負載的歷史記憶是如此截然不同，以致鑄下了戰後初期台灣意識與中國意識的緊張關係。由於國共的對峙，自然而然發展出右派中國民族主義，與左派中國民族主義。

一九四五年國民黨來台接收時，也帶來了右派民族主義。一九四九年之後，國民政府被迫遷台，整個台灣被編入了反共體制，使得台灣知識分子也被迫站在中國共產黨的對立面。歷史是如此分歧而複雜，台灣意識與中國意識不僅不能相互對話，而且還牢固地處在對峙狀態下。一九五〇年代外省作家所創作的孤臣文學，以及台籍作家所書寫的孤兒文學，正好顯示兩種歷史經驗的並置。其中的緊張關系，可從文本細讀中探測出來。五〇年代的反共文學如陳紀瀅、潘人木，絕對不是台灣作家所能介入的想像。而鍾理和所寫的鄉土文學如〈貧賤夫妻〉、〈菸樓〉，也不是外省作家所能企及的生活方式。

反共政權所強力推行的國語政策，使得在地的福佬語、客家語受到有計畫地邊緣化。甚至原住民的語言，也開始受到有系統的禁止。中華民國所帶來的歷史教育，完全是為了配合反攻大陸的政策，在地的歷史記憶不僅沒有受到尊重，反而遭到粗暴壓制而近乎滅絕。所有受教的台灣學童，所接收的歷史記憶與地理教育都是他們這一輩子不可能參與的。更不堪想像的是，本地的歷史記憶與文學傳統反而遭到徹底排除。對於台灣族群文化的傷害，莫過於省籍政策的推行。從身分證就可以立即辨別，誰是本省人誰是外省人。就像南非所實施的隔離政策（Apartheid）那樣，不僅把本省人外省人分而治之，也把漢人與原住民隔離在不同的生活環境。凡是要進入山地的漢人必須申請入山證，這種嚴酷的統治與日本殖民統治完全沒有兩樣。這說明了為何日治時期台灣作家，從來沒有在作品中觸及原住民的議題，除了賴和、吳新榮、龍瑛宗之外，在殖民地文學作品中看不見任何原住民的形象。一九五〇年代到一九七〇年代，同樣的情況也發生在台灣的文學書寫。這種隔離政策，造成族群之間的相互猜忌、相互歧視，甚至相互壓迫。

為了鞏固威權體制，中華民國政府所實施的文化政策，不僅無助於族群之間的彼此理解，反而使不同族群文化之間，產生極大落差。依據這樣的文化政策，國民黨顯然不樂於看見本省人與外省人的合作，也不樂於鼓勵漢人與原住民的彼此和諧。省籍政策實施的結果，終於造成島上族群長期處在分裂狀態。而且更進一步造成不同省籍之間的相互傾軋，從而也使文化認同長期處在對峙的緊張關係。台灣族群的相互融合，之所以變得如此困難，完全是人為因素的操作，而且是為了有利於一黨獨大的統治。族群問題變成如此嚴重，黨國教育必須負最大責任。

不同的過去，共同的未來

省籍情結或省籍歧視，是如此變成島上住民的歷史噩夢。這樣的噩夢曾經籠罩在台灣土地上，那種緩慢的過程正好與戒嚴體制等長同寬。歷史開了一個很大的玩笑，讓各個不同族群的住民各懷鬼胎。然而我們必須承認，所有個體生命都是歷史的產物。我們無法讓發生過的歷史完全不算數，也無法讓歷史重新來過一次。時間長流的起伏、波動、曲折、傷害，其實都鍛鑄在每個生命的靈魂深處。我們只能選擇勇敢面對它、處理它、解決它。

除了原住民之外，所有島上住民都是外來的移民。最早的漢人移民來自中國的福建海岸，自明鄭以降漢人的遷徙愈來愈盛，縱然在清朝統治時期實施海禁政策，還是有太多移民冒險犯難而來。台灣史上最大的移民潮，莫過於一九四九年外省族群的渡台。掌握中華民國統治權的國民黨，為了合理化自己具有法統，自始便制定了省籍政策。在不同省籍之間劃分界線，從而身分就跟著不同，而待遇也更加不同。這種人為傷害的記憶，到今天仍然存在於本省外省之間。國民黨最初的制度設計，是為了證明它持續有效地統治中國，因此堅持來台外省人的戶籍，都必須註明是原來的省分。實施這種制度，為的是證明中華民國仍然有效管理著不同省分的住民。

省籍制度的弊端，也因此而衍生出來。如高普考制度的實施，便是按人口比例來分配省分名額。例如來台的江蘇人，代表了原來的江蘇省人口。參加公務員考試時，人口比例必須沿用江蘇省的人口數。而參加考試最多的台灣省籍人士，錄取的比例最小，因為台灣省人口占全國各省分的人口比例屬於最小。這說明了為什麼台灣人進入公家機構是如此困難；而在台外省人，則非常輕易地在高普考中獲得高比例的錄取率。省籍情結與省籍歧視，便是在這樣不公平的制度下鑄成。省籍的區隔無異是一種階級問題，也是一種膚色問題。只要在身分證上註明是屬於台灣省，在高普考檢驗過程中，自然而然便受到排擠。

同樣住在一個海島上，同樣相處在一個社會裡，身分證所註明的省籍，便可以決定他一生的命運。省籍問題的傷害，尚不止於此。由於黨政不分，黨務工作人員的年資，竟然可以與公家機構的年資合併計算。台灣人無法進入國民黨黨務系統，或無法進入公家機構的行政系統，便不可能享有各種福利制度或退撫制度。不同省籍之間，有一條看不見的裂痕。如果有所謂的省籍衝突，完全是由不公平的公務員晉用制度所造成。陳映真在一九六〇年代寫出的一系列短篇小說，就在於點出外省與本省的感情結合，簡直是沒有前景。他所寫的小說敘事都相當清楚地指出，本省人與外省人的結合，其中總會有一個人選擇自殺。小說所呈現出來的絕望，以及故事結局所安排的死亡，正好反映了那個時代知識分子的淒涼與灰心。

只要省籍政策存在一天，台灣社會的族群和解就會拖延一天。在身分證上標明不同省籍，似乎也強烈暗示著，每個人有著不同的過去，也有著不同的現在。這種人為政策的隔離，使得族群和解變得非常遙遠。不僅如此，以中國為唯一取向的歷史教育與文學教育，不僅讓外省族群對台灣這塊土地的認同徒增困難，也對在地的本省族群造成極大傷害，使他們完全對自己先人的歷史記憶感到陌生而疏離。為了強調中華民國是合法政府，就只能在思想上進行干涉與控制。從黨國教育到省籍政策，相當有計畫地在本省與外省之間劃出界線。

從一九七〇年代以降的民主運動，其目的就在於努力拆解這種看不見的圍牆。那是一個終結的開始，特別是釣魚台事件、退出聯合國、上海公報的衝擊，都相當殘酷地逼迫中華民國政府必須面對現實。草根式的民主運動長其遭受到阻擾、迫害、分化，可謂舉步艱難。縱然蔣經國政府開始實施國會增補額選舉，卻仍然維持既有的萬年代表法統。當整個社會不斷產生騷動時，國民黨所實施的省籍政策，仍然維持不變。這樣的高牆政策，使得族群之間的和解，更加不可能。一九七九美麗島事件的爆發，一九八〇年林家血案的發生，以及同年四月的美麗島大審，更使本省外省之間的傷痕更加擴大。

進入一九八〇年代以後，國民黨開始顯露頹勢。黨內的派系鬥爭、蔣經國的身體衰敗，再加上江南的暗殺事件，使國民黨的威權一落千丈。一九八六年九月，民進黨宣告成立。一九八七年宣布解嚴，一九八八年蔣經國去世。這是一場前所未有的歷史交替，國民黨不再是中國的合法政府，而開始爭取他如何代表台灣的合法性。具體而言，民主運動的崛起，也使國民黨不能不參加這場公開的遊戲。如果要在台灣取得合法地位，就必須經過人民的檢驗與背書。一九九二年，李登輝政府正式取消省籍制度。一九九六年的第一次總統選舉，代表著威權時代已經一去不復返。人民力量的崛起，終於宣告腐敗的省籍政策被棄置在歷史灰燼裡。身分證再也沒有註明省籍差別，而只標明各自的出生地。高普考制度，也不再以省籍的人口比例來決定錄取名額。

台灣省政府的虛級化，在一九九八年正式宣告完成。省長的選舉曾經是一九四七年二二八事件發生時，台北市的處理委員會所提出的三十二條政治要求之一：省長應該由台灣人選舉出來。將近半個世紀之後，省長選舉的夢想才獲得實現。但是，一九九六年開始實施總統直選之後，省長就失去實際的政治作用。「凍省」之議，成為台灣朝野人士的共識。這項行動可以說是劃時代的，讓省籍的問題從此徹底根除。島上住民全部都是屬於中華民國國民，生命共同體的觀念也因此而確立下來。一九九〇年野百合學運爆發，要求所有的資深立委與國大代表全部退休。經過長達一年的折衷，李登輝終於提出優遇辦法，讓所有被稱為「老賊」的資深立委與國代退休。

野百合學運的成功，意味著台灣草根的民主力量崛起。他們所採取的是和平的方式，以強大民意要求總統李登輝與他們對話。李登輝借力使力，承諾讓萬年法統宣告終結。緊接著在一九九一年，李登輝總統宣布取消動員戡亂時期，使得台灣民主進程上的障礙完全清除。這是和平演變的結果，完全避開政變、暴動或革命的方式，使台灣社會開始進入完全民主的時代。總統直選與政黨輪替，鞏固了台灣的民主體質。所謂政黨輪替，便是容許失敗者保有捲土重來的機會。而更重要的是，讓族群之間的歧視與猜忌徹底泯滅。

台灣民主制度的創造，完全是由島上所有的族群所共同努力出來。民主制度最公平的地方便是，每個人都擁有一張選票。這種公平的設計，不容許有任何自私或偏見滲透。縱然在許多地區，還存在著買票的現象，這種前近代的落後行為，即使在最先進的國家也還遺留這種腐敗的痕跡。民主制度的追求速度非常緩慢，因為必須要照顧到每個人的意願。正如前文所說，最有效率的行政實踐，便是實施獨裁。但是民主制度不容許有任何獨裁的現象。我們必須學習尊重社會裡每個個人的意志，只有讓公平制度實現了，個人與個人之間的猜忌、族群與族群之間的仇視，才有可能逐漸拆解。

我們曾經度過一個大磨合的時代，因為我們都懷抱著不同的歷史記憶，也夾帶著不同的價值觀念。這種磨合的過程，曾經使每個族群都付出慘重代價。但是，進入一九九〇年代之後，台灣開始進入一個大結合的時代。不再因為歷史記憶的不同而相互牽制，相互羈絆。畢竟，手中各擁有一張選票，便等於在這個社會裡，擁有同等分量的發言權。政黨輪替可能帶來一定程度的緊張關係，整個社會衝突都縮小到立法院或議會的空間裡進行。這種方式取代了傳統時代的械鬥，也取代了曾經有過的街頭衝突。我們共同創造出來的民主制度，也將變成各個族群的共同歷史記憶。

從思想檢查到思想解放

戰後台灣歷史的發展，是一段漫長的凌遲過程。特別是在荒涼的白色恐怖時期，有多少知識分子，有多少公教人員，無論本省外省都無辜遭到羅織，以叛亂罪名坐牢，甚至遭到槍決。在反共的名義下，人權受到蔑視，人身受到踐踏。特別是在台灣省警備總司令部的指揮下，不僅製造共產黨同路人的罪名，也羅織了無數所謂的台獨分子。那大概是戒嚴時期最公平的手段，本省和外省的族群都受到迫害。一黨獨大所帶來的禍害，不僅是生命尊嚴被剝奪，所有對自由主義的嚮往，也遭到封鎖。思想自由、言論自由、旅行自由、結社自由，是最基本的人權原則。但是在那個時代，卻是全民無可企及的理想願望。所謂白色恐怖是指看不見的恐懼氣氛，死神的威脅無時無刻存在於日常生活之間。多少錯案、冤案、假案不時發生於底層民眾的生活裡。這是在那樣的時代，國民黨宣稱自己是「自由中國」。

真正創辦《自由中國》的知識分子雷震，可以說是把自由主義思想傳播到台灣的重要知識分子。這份雜誌為那蒼白年代留下僅有的發言空間，雜誌的執筆者都是一時之選。他們以手中之筆向權力在握者進行批判，也為多少遭到政治迫害的公教人員發聲。他們不僅反對蔣中正連任總統，而且進一步在一九六〇年左右開始籌備組黨運動。他們夢想裡的「中國民主黨」，便是召募台籍的意見領袖，以及外省的理想主義者。希望能夠突破省籍界線，使真正的民主制度在海島上獲得具體實踐。這樣的夢想遭到蔣介石的親手鎮壓，國民黨以通匪之名逮捕了雷震，從而《自由中國》也一併遭到停刊。夢想中的組黨運動，同樣宣告胎死腹中。雖然是失敗的政治行動，卻為台灣社會帶來無窮的想像。至少本省籍與外省籍的理想主義者，確實存在著相互合作的可能。沒有經過這場組黨運動，也許就不能啟發一九七〇年代的黨外運動。特別是美麗島雜誌社的成員，無不奉雷震為精神領袖。《自由中國》的重要成員傅正，在一九八六年民主進步黨成立時，順理成章成為正式黨員。這是外省知識分子，企圖與本省意見領袖成立政黨的一個嘗試，為後來族群的大結合做了最好的示範。

白色恐怖給台灣社會帶來了巨大的傷害，本省外省的知識分子都同樣受到污名的指控。這是國民黨最公平的政策，凡是政治意見與黨中央不同，必然都遭到逮捕、審問、監禁、刑求，甚至槍殺。一九八七年宣布解嚴之後，潛藏在社會底層最黑暗的記憶，才慢慢揭露出來。他們所受的待遇，不僅是失去人身自由，還進一步受到抄家滅族。根據白色恐怖補償基金會所公布的資料，有八、二九六人因思想問題遭到逮捕，有一、〇六一人被槍決。這樣的數字自然很不可靠，但是已足夠反映那段蒼白歲月，台灣人權所受到的待遇。依據《動員戡亂時期檢肅流氓條例》，台灣省警備總司令部可以隨時任意逮捕百姓，甚至憲兵與警察也同時參與逮捕行動。那確實是一個草木皆兵的時代。在風聲鶴唳的氛圍裡，人民絲毫沒有生命尊嚴。基本上外省人大多被指控是親共者，台籍人士則大部分是主張台灣獨立。在一九五〇年代初期，有太多台籍知識分子也相信共產主義的理想，他們因加入地下共產黨而遭到逮捕。台灣作家呂赫若便是在二二八事件發生後，徹底感到失望，最後犧牲於鹿窟事件中。

歷史上白色恐怖的後遺症，就是使整個台灣社會的左翼批判精神徹底消滅。而在實施白色恐怖的同時，美國資本主義大量進駐台灣，使台灣知識分子的思考更加向右傾斜。美國在台灣所扮演的腳色，等於是取代了戰前的日本帝國主義。在整個殖民地時期，台灣總督府對於當時左派知識分子的鎮壓與逮捕，也是毫不留情。從台灣農民組合到台灣共產黨，大部分成員都有過被逮捕的經驗。帝國主義與資本主義的結盟，使得知識分子的批判空間大大限縮。但是，無可懷疑，左派的思想傳統仍然不絕如縷地潛藏於台灣社會。這說明了為什麼日本帝國主義投降之後，國民黨政權來台接收之際，左派思維仍然隱隱流動於台灣社會角落。左派批判精神之所以特別強悍有力，乃在於知識分子堅決站在社會底層的弱勢者這一邊。所謂弱勢指的是在社會沒有任何發言權的人群，其中包括農民、工人、女性、原住民，當然還包括了同志族群。為他們發聲，其實是為了追求公平與正義的空間。

戰後初期，有多少來自中國的左翼運動者來到台灣。這些具有批判精神的知識分子，在很大程度上顯然是魯迅的信徒。一九四六年在台北成立的台灣文化協進會，便容許官方與民間的知識分子相互合作。這個組織所發行的刊物《台灣文化》，其主編就是由前台共領導人之一的蘇新所擔任。他在這份刊物特地推出「魯迅逝世十周年特輯」，撰稿者包括許壽裳、陳煙橋、田漢、黃榮燦、雷石榆、謝似顏。他們都是來自中國的知識分子，其中有文學家、木刻家、劇作家、詩人，他們與台灣左派知識分子共同紀念魯迅，這是一件值得大書特書的事件。他們在紀念魯迅之際，同時也批判了陳儀政府的腐敗與落後。許壽裳雖然是台灣省編譯館的館長，卻是與魯迅同鄉。許壽裳、魯迅、陳儀、蔣介石，其實都是赴日讀書的中國留學生。在一定的意義上，都曾經接受過左翼思想的洗禮。但是蔣介石、陳儀掌握權力之後，思想與行為便急劇向右轉，積極向右派的資本主義靠攏。

二二八事件對知識分子的最大衝擊，便是使中國左派與台灣左派的合作機會，完全煙消雲散。從此確立了極右派的獨裁政權，支配整個戒嚴時期的台灣。左派思維的消失，使知識界喪失了批判能力，也喪失了迴旋的餘地。一九五〇年代對左翼知識分子的追捕，可謂不遺餘力。在一九七〇年代以前，稍有思考能力的知識分子，大約都是遵從自由主義。自由主義的言論有它一定的局限，只能在體制內做有限度的批評，卻無法改變客觀的政治條件。從《自由中國》到《文星》，拉出了一條艱難的自由主義路線。自由主義陣營的知識分子，都在思想檢查、雜誌查禁、書刊沒收的挑戰下匍匐前進。他們所建立起來的自由主義傳統，在文學上與政治上，最後都開花結果。在文學上，便是對現代主義運動帶來直接的衝擊。在政治上，則導出日後的黨外民主運動。現代主義美學，所要求的是心靈上的自由。黨外民主運動，所要求的是言論自由與結社自由。那樣的進程非常緩慢，卻避開了可能的政變、暴動或革命，使台灣社會走上和平演變的道路。

和平演變的改造

對於新世代而言，許多歷史記憶可能已經淡化，常常可以遇到年輕人抱怨，為什麼這個時代還要談二二八事件？為什麼已經民主化了，還要回頭檢討白色恐怖？他們的心情是可以理解，因為在順遂的生活中，不要再回到苦難的記憶裡。他們有很多人非常擔心，只要談到苦難，就表示這個社會還在記恨。事實上，生活在島上的住民，其實都是台灣歷史的產物。今天能夠到達如此和平的民主階段，中間確實經過太多崎嶇而難以承受的歷史挑戰。如果不是有那麼多人奉獻他們的生命與心力，台灣能否安然度過各種驚艷與驚險，亦未可知。歷史上受害的先人，其實是提早為後來的世代承擔無數的壓迫與損害。沒有他們的承擔，就沒有後來的和平。他們為後世子孫率先坐牢，也為穩定社會預支了自己的生命。經過了他們的抵禦與犧牲，才換取我們今天所享有的繁華盛世。

和平演變之所以成為可能，必須是這土地上的集體意志的共同決定。受害的先人透過思想傳播、文字表達，或訴諸改革行動，卻遭到當年權力在握者的無情迫害。他們奉獻自己的生命，留下了太多可貴的智慧，終於榮養了我們對於民主制度的認識。尤其經過一九七〇年代的草根民主運動，喚醒太多當時的心靈投入各種改革。女性運動、學生運動、農民運動、原住民運動、環保運動、同志運動，因此而被召喚，形成沛然莫之能禦的能量。這些運動使沒有發言權的弱勢族群，終於可以表達他們的集體意願，並且引導整個社會走向沒有歧視、沒有壓迫的境界。早年的民主運動者，一直被官方標籤為政治野心分子，所以才會釀造了一九七九年的美麗島事件。台灣民主政治的前行者與先覺者，他們拋家棄子走上街頭，並非是為了革命，而是希望能夠以最和平的方式，讓台灣走入健全的歷史階段。他們的行動，終於使遙遠的夢想變成具體可見。

曾經為了省籍問題而彼此懷抱著敵意與仇恨，終於在一九八〇年代的中產階級運動中逐漸化解。一九八〇年代也是台灣社會被捲入全球化浪潮的關鍵時期，各國資本主義源源不斷進入這小小海島，確實讓整個社會付出慘重代價。其中最為顯著的，便是工業污染弄髒了台灣百分之八十以上的河流。但是全球化浪潮也為台灣帶來了財富，終於造就一批龐大的中產階級。所謂中產階級，其實是夾在資產階級與無產階級之間，他們擁有一定的知識訓練，也擁有一定的改革意願。中產階級跨越了性別與族群，凝結出對民主政治的高度嚮往。因為有改革意願，自然就有組黨的慾欲。一九八六年九月二十八日，民主進步黨之所以能夠順利誕生，背後其實有一股巨大的中產階級支持者，使得組黨運動終於開花結果。

反對黨的出現，代表著台灣社會的各種不同政治要求有了一個匯集點。凡是有關女性、同志、原住民、環保、農民、工人的議題，都在民進黨的行動中表達出來。反對黨的成立，使台灣獨裁的政治權力慢慢稀釋。政黨一分為二，象徵著一個多元化時代就要展開。所謂多元化，無疑是在強調文化的差異性。許多社會運動不必然要團結在民進黨的旗幟下，但是在某些緊急時刻，民進黨的存在，確實緩和了國民黨獨斷獨行的威權。民進黨的誕生，使許多不可能的議題變成可能，例如：凍省政策、總統直選、廢除萬年國會、政黨輪替，都在世紀末與世紀初之交，具體實踐於台灣。這種改朝換代的歷史事實，等於顛覆了華人的歷史模式。回顧整個中國歷史傳統，一個新的朝代誕生之際，也正是許多人頭落地的時刻。那種造成哀鴻遍野的殘酷事實，在台灣完全宣告終止。這樣的和平演變，便是容許不同族群、不同性別、不同階級，能夠共同參與。

民主政治的誕生，容許每一個人公平地握有一張選票。在公民社會裡，每位個人所享有的權利，都是等高同寬。只要是屆齡的投票者，都可以決定未來領導者的人選。民主制度並非是最完美的設計，許多透過選舉運動的當選者，在進入行政機關或立法機關之後，便徹底忘記選民的付託。有些地方長官簡直就像土皇帝那樣，藉由各種土地徵收而累積個人財富。有些立法委員進入國會殿堂之後，從來不會實現自己在競選時的承諾，把選民當作一種工具。這種民主制度的弊病，最後點燃了公民運動的怒火。進入二十一世紀以後，公民運動浪潮開始在全島各地蔓延，迫使行政失當、決策錯誤、立法怠惰的弊病得到糾正。

最成功的公民運動，莫過於反國光石化的群眾行動。二〇一一年，全國的教授與學生全面表達反對意見，甚至還在中央政府的環保署前面搭帳棚過夜抗議。這項行動最後迫使總統馬英九公開宣布，終止這項戰後以來最大的投資計畫。反國光石化運動是台灣歷史的轉捩點，完全依賴公民運動的力量，成功阻擋了中央政府的一意孤行。跨過這項行動之後，公民運動已經成為補救民主政治弊病的具體行動。公民運動的最大特色，便是不分藍綠、不分本省外省、不分男性女性，以集體的力量跨越各種人為的藩籬。這是一九八〇年代以來，女性運動、學生運動、同志運動、原住民運動全部匯流在一起，只為一個單一議題發出抗議的聲音。這項抗議運動，事實上也彰顯了台灣社會的環保意識已經宣告成熟。

反國光石化運動的意義，帶出了另一個強烈的暗示，便是這塊土地的住民，不分性別、階級、族群，把這個海島視為安身立命之處。它使得土地的認同又向前推進一步。遠在一九七〇年代，台灣社會還停留在本土化運動的爭議之中。曾經被扭曲為台獨意識的本土化運動，在具體的公共政策實踐中，凝聚了許多不同政治意見者，而形成一股共同反對意識的洪流。毫無疑問，這是一項值得大書特書的公民運動。經過具體實踐，使許多無謂的爭論消失無蹤。

和解能夠變成可能，便是公民運動的具體實踐。超越了過去累積下來的偏見，也超越了藍綠對決的界線，使台灣歷史向前大大跨出一步。繼反國光石化運動之後，另一次規模龐大的群眾運動，見諸於「1985」團隊所號召的白衫軍運動。由於軍中發生了洪仲丘命案，國防部拒絕公布整個事件的始末，在網路上互不認識的發起人，以「1985」作為代號，呼籲所有關心軍中人權的人們，在二〇一三年八月三日走上街頭。那可能是最成功的一次公民運動，每位關心軍中人權的人士，無分男女老幼，在當天都穿上白汗衫，集體走向總統府的凱達格蘭大道。那是一次場面相當壯觀的和平示威，在黃昏時刻，二十餘萬人聚集在廣場上。從高空俯望，台北彷彿下了一場八月雪。他們靜坐在那裡，卻釋放出巨大的沉默力量。這個命名為「萬人白T凱道送仲丘」的行動，不僅震撼了總統府，也震撼了行政院，更震撼了國際社會。他們沒有口號，沒有標語，只是每個人手持一張白紙，上面列印著一隻眼睛。抗議的力量，就這樣蔓延開來。這項行動使行政院認錯，國防部也認錯。所謂「1985」，指的是國防部的電話號碼。

下一波的公民運動，見諸於二〇一四年的太陽花學運。從來沒有一次公民運動，是如此席捲全島。為了反對國民黨獨斷的服貿協定，甚至國民黨立委張慶忠在短短三十秒之內，便在立法院逕行通過不受監督的服貿協定。張慶忠後來被稱為「半分鐘」，為的是形容他對民主政治的褻瀆。太陽花學運發生於二〇一四年三月十八日，學生占領了立法院長達二十三天。這項運動使年輕世代的學生，包括大學生與中學生都參與其中。而且不分南北，不分東西，所有的青年都北上到立法院來參加抗議。國民黨能夠處理的方式，便是圍起拒馬，這反而更加鮮明地定義了三一八太陽花學運的格局。太陽花學運所暗示的，絕對不只是反對立法院的粗暴表決，而且也反對中國與台灣財團的攜手合作。讓立法院整個癱瘓，絕對不是來自學生的抗議，而是源自國民黨既得利益者的自私決定。經過這一場年輕世代的集體行動，台灣歷史便完全不一樣了。「天然獨」一詞的誕生，便是經過太陽花學運的洗禮，而宣告成立。

從反國光石化、白衫軍運動、太陽花學運，似乎拉出了一條鮮明的歷史軌跡。台灣的民主政治前途，不再被省籍議題、藍綠對決、性別差異、階級分立所阻撓。公民運動追求的最高目標，便是使公平與正義在台灣具體實踐。既然是談公平與正義，許多過去的省籍界線或性別差異，變成了微乎其微的問題。一個大開大闔的時代，在新世代的前面逐漸展現出來。公民社會的誕生，使和解變成可能，使過去的偏見與歧視，慢慢獲得淨化。放下不同的過去，朝向共同的未來，正是公民社會運動所要追求的。

第十章

雙元史觀的建構及其實踐

以加法看台灣歷史

當台灣社會愈來愈走向開放，追求民主的目標愈來愈穩定之際，歷史記憶的累積也隨著愈來愈豐富。自有歷史教育以來，我們的歷史解釋永遠停留在單一的漢人史觀。而這種漢人史觀，有很長一段時間受到黨國體制的支配。再加上戒嚴時期所灌輸的中華民族主義，使得漢人史觀更加鞏固。不僅如此，儒家思想的提倡，更加使得這種偏頗的史觀變本加厲。一言以蔽之，漢人史觀、民族主義、黨國體制、儒家思想，形成了一座銅牆鐵壁的堡壘，完全無可搖撼。歷史教材的制定，背後有如此雄厚的堡壘在支撐，自然而然就決定了受教者對世界的看法。正如前述的文字所提過，這些龐大的文化因素，滋養了男性中心論、漢人中心論、異性戀中心論。這些中心論結合起來，就形成了銳不可擋的傲慢我族中心論（ethno-centrism）。

這種單元價值觀念的傳播，不僅有利於威權體制的控制，更可以進一步製造各種偏見，使得專制獨裁得以遂行。史觀的建立並非只實踐於歷史書寫，而且可以透過黨國教育制度，延伸到所有的知識解釋權。從文學到社會學，從哲學到人類學，從史學到經濟學，都一面倒向我族中心論傾斜。以中國文學史為例，從一九五〇年以降，基本上都依賴偏頗的史觀來解釋。在文學史上要尋找女性作家，已經是非常困難的事。每當被問及文學史上的女性作家時，幾乎都有一個標準答案，那就是李清照。除此之外，必須鎖著眉頭去思索，不同時代女性作家的名字。一部文學史可以讓女性作家集體消失，那是非常粗暴的文學教育。在課堂上我曾經指出，我們所學的中國文學史，其實只是一部中國男性文學史。

同樣地，中國號稱是漢滿蒙回藏苗所組成的國家，但是在文學史上大約都只有漢人作家的名字。其他邊疆民族的作家，甚至進入歷史的資格都沒有。習慣了這種文學史觀，對於邊疆民族的文化與文學，自然而然就不可能懷有任何敬意。這樣的文學史，其實是一部中國男性漢人文學史。對於性別議題的處理，在文學史上大概只承認男歡女愛的愛情。對於男歡男愛或女歡女愛的作品，就完全排斥在文學史之外。我們所學的文學史，無疑是一部中國男性漢人異性戀文學史。接受這樣的文學教育，在學成之後所有的文化偏見就已經鑄成。受過高等教育的青年男女，在看待世界時，自然而然就歪了一邊。這是官方所期待的標準教育，凡是對漢人、男性、異性戀有利的知識，都成為文學史解釋不可分割的一部分。

史觀的建立及其實踐，絕非只是運用在歷史書寫而已，在很大的程度上，同樣的看法與見解也施行於日常生活之中。一位偏愛中心論的史觀者，不可能只是完成歷史書寫或歷史編纂而已。他也同樣以偏頗的態度，來看待周遭的人物與事物。在撰寫歷史的過程中，有意無意之間忽視女性的存在，輕視邊疆民族的文化，蔑視同志族群的生活，這樣的史觀也同樣施行於生活之中。因此討論歷史的建構，絕對不是囿限於對過去已經發生的一切，而是同樣表現了他對所賴以生存的社會之偏頗態度。

所有的歷史書寫都是在為統治者服務。過去皇朝的史官在纂修國史之際，不僅為當權者遮蔽錯誤，甚至進一步合理化最高權力者的言行。整個合理化的過程，便是讓不利於統治的各種文化因素，徹底從史料中消失，為的是彰顯特定的某種價值觀念。所謂二十五史，一言以蔽之，就在強調漢人、男性、異性戀的中心觀念。進入民國以後，歷史的編寫也都是在為特定的政黨服務。凡屬國民黨的歷史，都刻意建立正統觀的解釋，無法納入正統的範疇，便是屬於匪類。同樣的共產黨的歷史編寫，也是在合理化所有的革命事蹟，刻意貶抑國民黨的歷史，提升共產黨的解放意義。這種黑白分明的歷史書寫方式，無異於抹消歷史的複雜因素，從而使奪取權力的政黨完全合理化。具體而言，國共兩黨的歷史書寫，與過去皇朝時代的史觀毫無兩樣。

由官方來寫歷史，都是為了鞏固與合理化政權，而這樣的合理化過程夾帶著太多的傲慢與偏見。對於朝向民主化的台灣社會，這種史觀已經慢慢被棄擲。代之而起的歷史書寫，必須照顧到社會內部的文化差異性。在過去，我曾經提過以雙元史觀來替代單元史觀。質言之，便是嘗試把台灣史與民國史並置在一起。以國民黨歷史為正統的史觀，已經不合時宜。這種史觀無法概括不斷變動的民主台灣。如何把台灣的殖民史與中國的現代史匯通起來，是二十一世紀歷史書寫的重要思考。畢竟國民黨來台接收的過程中，發生太多的鎮壓、屠殺、歧視、貶抑的事實，使得台灣史隱而不彰。中華民國政權所賴以生存的立足點，唯台灣而已。尤其是一九四九之後，中華人民共和國已經在舊大陸建立起來，使得反攻復國的神話完全破滅。國民黨的在地化與本土化是無可抵擋的事實，土地、人民的內容改變了，客觀的事實也跟著改變，則歷史書寫的方向也不能不調整。

以中華民國作為法統來治理台灣，已經證明是一個荒謬的事實。任何一個土地上的人民，永遠是充滿了有機的能量。縱然發言權遭到封鎖，卻無法阻擋人民主觀意志的彰顯。通過早年無黨無派的地方人士之努力，民主種子已經深深根植在海島的土壤裡。無黨無派人士的政治願望相當低微，只希望地方自治的夢想能夠實現。懷抱著這樣的謙卑理想，他們付出了慘痛代價；如果不是被關，便是被羞辱至死。這種地方自治的思維，很早就已經在日治殖民時代次第萌芽。一九四七年二二八事件發生時，各地的菁英領袖所提出的「三十二條政治要求」，便表達了對地方自治的高度嚮往。沒有經過地方自治的草根階段，就不可能醞釀一九七〇年代的黨外民主運動。斑斑血跡所刻畫出來的鮮明道路，已經為台灣社會指出相當明白的民主方向，而這個方向正好與國民黨的威權體制背道而馳。

歷史正在改寫，人民的主觀意志已經使海島的航行，有了新的方位。大陸來台的流亡者，與海島上的定居者，開始進行一場前所未有的磨合過程。被排除在公家單位之外的在地百姓，已經知道政治制度沒有改變，他們的命運就無法改變。在地的士紳與知識分子，並未訴諸革命手段，也未嘗試以暴動或政變來改變政治條件。而是以最溫和的民主運動手段，來改造自己的命運。民主運動是一種包容的方式，容許不同族群、不同性別、不同階級，都加入這種漸進的改革運動。所謂民主，無非就是學習如何尊重不同的意願。這種和平的途徑，使得台灣社會避開了流血，也避開了可能的歧視態度。從一九七〇年代到一九九〇年代，二十餘年之間，隨著資本主義的高度發達，使民主運動的發展獲得溫床。

拒絕改革的國民黨，逐漸喪失它原有的支持者。有多少外省族群的民主信仰者，也不約而同加入了和平改革的陣營。威權體制是在排斥或消滅政治分歧者，民主體制則是在包容或尊重不同政治意見者。台灣歷史不再重演過去的歷史悲劇，避開了你死我活的零和遊戲。民主政治是一種加法，讓不同的思維方式，不同的價值觀念，不同的文化思考，可以共存共榮地營造共同的社會。這種政治上的加法，避開了保證相互毀滅的野蠻政治。進入一九八〇年代以後，不同的族群、性別、階級，逐漸看到彼此的差異性。恰恰就是容許差異的存在，整個社會也開始學習如何相互尊重，這才是台灣社會能夠到達民主境界的關鍵。

重新建構雙元史觀

中華民國史與台灣史如何銜接起來，是相當困難的一個挑戰。畢竟，在一九四五年之前，中華民國未曾擁有台灣。而一九四九年之後，中華民國又未曾擁有中國大陸。這種斷裂的歷史發展，使台灣史家面臨前所未有的困境。中華民國政府失去原來的土地之後，完全寄居在台灣島上。而所有的歷史教育，徹底抹消台灣住民曾經有過的努力，或完全否定台灣土地的存在，這是一種蠻橫無理的教育政策。歷史必須重新改寫，而且必須在整個政經結構徹底改變之後，嚴肅而認真地思考如何重寫歷史。面對這樣艱鉅的工作，國民黨當權者從來都是選擇逃避的態度，不願意誠實面對已經改變的現實與歷史。

重新改寫歷史的任務，絕對不能交付給握有龐大權力的國民黨，而應該期待民間具有獨立思考的歷史家著手去做。特別是在一九八七年解嚴之後，等於是國民黨對自己的政治權力進行自我解構，在過去長達三十八年的戒嚴期間，國民黨仍然在延續過去一黨獨大的歷史觀。對於它所治理下的台灣土地與人民，始終是保持疏離的態度。因此，改寫歷史的工作，就只能期待台灣本土的歷史家。這是相當艱鉅的一項任務，重新改寫歷史並非全盤否定中華民國的存在，如果要接受中華民國政府存在的事實，也不能只是以斷裂的方式來處理。國民黨在台灣的所作所為，其實是延續它過去在中國的統治事實。因此，如何讓中華民國史與台灣史容納在一起，就不能不以較為寬鬆的態度回顧過去的歷史事實。

雙元史觀的提出，正是要把兩條不同的歷史脈絡並置在一起。一八九五年，台灣淪為日本帝國的殖民地時，中華民國還未建立。必須延遲到十六年之後，亦即一九一一年，中華民國才在辛亥革命中誕生。殖民地的歷史發展在前二十年，台灣總督府積極進行各種調查的工作，為未來的現代化工程奠下基礎。日本帝國當權者一方面剿滅台灣本地的反抗運動，一方面則在規畫縱貫鐵路、消滅流行疾病、建立現代觀念，那是台灣社會被迫進入現代化的關鍵時期。在同樣的歷史階段，中國近代知識分子正在嘗試推翻滿清政府的運動。民國建立以後，也開始介紹西方的進步知識到古老的中國土地。兩種不同的政治取向，使兩條不同的歷史路線漸行漸遠。國民黨在一九二七年北伐成功時，才獲得處理軍閥割據的問題，但緊接著又面對了共產黨的崛起。國共兩黨的對決，仍然使中國處在分裂狀態。一九三七年，日本又發動軍事侵略，占領整個沿海地區的領土。

在同樣的歷史階段，台灣人的農民反抗運動宣告失敗。特別是一九一五年噍吧哖事件被徹底剷平之後，第一代的台灣知識分子才慢慢覺悟，武力手段無法推翻日本的殖民統治，而必須藉由知識的傳播，使台灣人擁有屬於自己的本土意識。從一九二〇年到一九三〇年，是台灣政治運動最為蓬勃發展的時期。從右派的台灣文化協會、台灣民眾黨、台灣地方自治聯盟，到左派的台灣農民組合、分裂後的新文協、台灣共產黨，都正好揭露一個事實，所有的政治團體都是以「台灣」自我命名。這種主體意識的建立，對整個歷史發展帶來巨大的影響。當所有的政治運動被總督府中止之後，台灣知識分子在一九三〇年代繼之以文學運動。不同歷史階段的發展軌跡，都指向同一個目標，便是讓整個社會從殖民地的權力枷鎖解中放出來。相對於中國版圖的巨大，台灣海島的規模確實特別渺小。但是，在知識啟蒙與主體意識的追求，完全不亞於中國土地上的政治運動。畢竟，島上住民是整個華人世界中最早嘗到現代化的滋味，也是最先領教了現代化運動所帶來的痛苦的一群人。

國民黨在一九四五年來台接收，其實是根據一九四三年《開羅宣言》的盟國約定。歷史從來是嘲弄的，特別給島上住民開了很大的玩笑。他們在殖民地時期被迫學習日語，也被迫接受現代化，來台接收的國民黨卻要求台灣人必須說國語，而且也必須接納國民黨的威權統治。歷史的誤會從此鑄成，開啟戰後近半世紀的悲劇。特別是一九四九年在內戰中失利的國民黨，被迫逃亡到台灣，一個龐大的文化磨合期於焉展開。國民黨一方面必須依賴台灣住民的協助，一方面卻又以歧視的態度來看待台灣歷史，完全無視長達五十年的殖民地發展過程，更無視截然不同的價值觀念、理想願望存在島上已久。

雙元史觀的提出，便是希望以雙重視野來思考兩條不同的歷史軌跡，如何在島上重新結合起來。在撰寫《台灣新文學史》時，我曾經以殖民時期（1895~1945）、再殖民時期（1945~1987）、後殖民時期（1987~）來解釋島上文學發展的流變。畢竟，國民黨在台灣所實施的戒嚴體制，在很大程度上，與日本的殖民統治有頗多相似之處。而且戰後所使用的許多政策，其實都是繼承台灣總督府而來。一九八七年宣布解嚴之後，使人民的主體力量得以聲張，也讓島上住民對民主制度的追求慢慢獲得實現。再殖民時期，國民黨是台灣歷史發展的主導力量。後殖民時期，是指台灣人民不分本省外省，不分男性女性、不分漢人原住民，都同樣對民主政治抱持高度的嚮往。恰恰就是民間所有的力量匯集在一起，使得解嚴之後民主政治的實踐得以逐步完成。

雙元史觀的實踐，容許不同的歷史軌跡同時存在，並且讓不同的歷史階段得以銜接起來。雙元史觀的建構，在於承認歷史發展的延續與斷裂，也在於承認不同族群有其源遠流長的發展背景。這樣的史觀並非是靜態的，而是動態地、有機地看待台灣歷史是如何轉型。提出雙元史觀的看法，也暗藏著一定程度的轉型史觀。具體而言，殖民史與民國史是如何結合在一起，在民主改革的今天，絕對不可輕易忽略過去。轉型史觀的具體意義，在於揭櫫台灣歷史發展的關鍵因素。這些因素包括了民主化、本土化、資本主義化。民主化，代表著台灣住民對於威權統治的抵抗與批判。本土化，則意味著土地上所有的住民，都能享有公平的政治制度。無論是早期移民或晚期移民，只要是服膺民主政治的價值與生活方式，最後都會匯入本土化的方向。資本主義化，則在於概括從殖民地時期到戰後中華民國時期的經濟生活方式。資本主義是戰前殖民體制與戰後戒嚴體制所引介進來，這條道路正好使台灣社會與中國共產統治劃清了界線。資本主義化的過程，滋養了台灣中產階級的誕生，從而也由這個階級去領導一九七〇年代以後的民主運動。從現代化到全球化的發展過程，中產階級所扮演的角色極為關鍵。

採取雙元史觀的態度，其實也是民主政治不可分割的一部分。所謂民主價值，在於強調島上每個個人的歷史記憶都應該得到尊重。雙元史觀一方面朝向過去，一方面也朝向未來。讓歷史上曾經發生過的文化活動，都公平地包容於歷史脈絡之中。成王敗寇的歷史觀，國族中心的中華民族史觀，歧視女性、原住民、同性戀的沙文主義史觀，都應該獲得重新整頓。在全新的民主政治階段，島上的任何一位個人，都受到台灣風土、氣候、地理環境的薰陶，漸漸成為這個社會的成員。每位個人，擁有各自的家庭記憶、語言背景、族群歷史、性別觀念、階級因素，最後都要在民主的大熔爐裡，結合成為命運共同體。

以雙元史觀建構台灣史

通史（comprehensive history）的觀念，是相對於斷代史（dynastic history）的書寫。斷代史只照顧到一個特定朝代或時代的歷史書寫，並不強調前後時代的連貫。斷代史只注重特定時期的歷史流動，無視於時間長流的承先啟後。連雅堂的《台灣通史》，記錄的是從明鄭到清朝的台灣歷史演變。雖然是一部通史，卻是以漢人史觀來概括這個海島的文化活動。確切而言，這是以漢人的觀點來解釋這個海島的開拓與發展。整部歷史對於原住民的記載，可謂微乎其微。因此連雅堂的通史觀念，只注重漢人移民的傳承，卻完全抹煞原住民在島上的所有記憶。這種偏頗的書寫，夾帶著漢人中心論，等於把原住民的歷史軌跡排斥在外。

通史的史學方法，不應該拘泥於過去漢人斷代史的觀念，也不應該受限於傳統的帝王史觀。《台灣通史》的書寫，基本上是依照傳統中國的二十五史體例所建構出來的歷史解釋，也就是從帝王本紀開始。《台灣通史》的前四卷包括〈開闢紀〉、〈建國紀〉、〈經營紀〉、〈獨立紀〉，都是以統治者為中心，反而島上住民的歷史全然被邊緣化。雖然是通史的內容，採取的卻是單元史觀，也就是從統治者的角度、漢人的立場、男性的視野，來編寫這個島嶼的歷史。這種書寫方式並不承認歷史的動力來自人民，連雅堂把這樣的歷史觀點顛倒過來，從政治控制與權力支配來考察歷史演變。在一定程度上，應該承認連雅堂寫史的功勞。然而，他所夾帶而來的偏頗立場，也相當嚴重影響後人對台灣史的看法。這種片面的史實建構，以及偏頗的歷史解釋，不應該繼續發生在已經民主化的台灣。

戰後的台灣歷史解釋，可能始於一九七一年葉榮鐘所撰寫的《台灣近代民族運動史》。這本書始於林獻堂與梁啟超的見面，並且決定了殖民地時期台灣民族運動的發展。葉榮鐘在書前的體例特別強調，台灣抗日運動是由資產階級所領導。這樣的歷史解釋，自然而然與他所參與的台灣文化協會息息相關，也與台灣民眾黨的建立，以及後來的台灣地方自治聯盟有著密切關係。換言之，葉榮鐘的史觀其實是站在右派的立場，反而對當時的農民運動、工人運動的歷史事實著墨不多。相形之下，台灣共產黨領導人之一的蕭來福，在戰後初期的一九四六年，以蕭友山的筆名，撰寫一部《台灣解放運動の回顧》，特別強調抗日運動是在左翼知識分子的領導下而進行的。這本書的歷史書寫，強調台灣農民組合、分裂後的台灣文化協會、台灣共產黨的重要性。毫無疑問，歷史書寫者都是以自己的政治立場，來建構歷史觀點。在思想開放的今天，重新閱讀這兩部史書時，可以體會到當年意識形態對立的實況。以偏頗的政治立場來代替全體台灣人的歷史，那樣的時代應該必須讓它完全過去。

當代的歷史書寫，已經不可能只是以統治者的立場來建構。那樣的書寫方式，其實是在為既得利益者服務。從而寫出來的史觀，無疑是一部偏見史。所有的文化偏見，往往帶來巨大的傷害。以這兩部台灣人所寫的史書為例，他們各取所需，並且抹消太多的歷史參與者。無論是右派或左派的史觀，往往都沒有偏離漢人中心論、男性中心論、異性戀中心論，這是因為閉鎖的觀點往往只是容納史家本身的世界觀與知識觀。對於不符自己立場的歷史發展，則採取視而不見的態度。史書一旦寫成，所呈現出來的世界便完全傾斜了。

同樣地，戰後國民黨所編寫的台灣史，則是從黨的立場來看待這個島嶼的發展。以黃大受所寫的《台灣史綱》為例，便是國民黨史觀的典型。這本書依據《台灣通史》的內容，編寫出一部黨化教育的教科書。在整個戒嚴時期，這本書壟斷了台灣歷史的解釋，其中有太多的偏見，還有更多的蒙蔽。確切而言，這部史書就是黨化教育的幫兇。他站在統治者的官方立場，灌輸太多中華民族主義的觀念，這是配合戒嚴體制的實施所建構起來的觀點。同樣是站在漢人、男性、異性戀的立場，來解釋台灣社會的流變。通過這樣的黨化教育，受教者看不見真實的台灣，也看不見具體的社會流動。

無論是民間所建構的史觀，或官方所建構的歷史教科書，都是採取單元史觀。其中雖然強調了島上人民的反抗運動，最後都是以一定的意識形態為依歸。藉由意識形態來替代整個世界，正是過去歷史教育的關鍵所在。凡是接受歷史教育愈高，在思考裡所累積的偏見就愈深。知識分子完成高等教育之後，對這個世界的看法自然而然就歪了一邊。在戒嚴時期，歷史教育的目的並非在釐清過去的真相，而是為了服膺儒家思想、民族主義、領袖崇拜、黨國體制。受到這種教育的宰制，都必然導致大中國沙文主義的思維方式。從而島上的弱勢者，就完全從歷史記憶裡被擦拭淨盡。

把歷史記憶當作教育工具的一環，只能培養出更多的權威崇拜者，絕對不可能照顧到長期被剝奪發言權的弱勢族群。在解嚴之後，知識論的建構也開始受到解放。今天回頭來看，更加可以明白歷史教育體制是何等細緻，又何等粗暴。最近所發生的鄭成功歷史定位的爭議，其實是過去威權時代歷史教育太過偏頗，以致鄭成功被形塑為民族英雄。凡是民族英雄，都毫不例外受到神格化，地位相當崇高，終於遮蔽了歷史真相。現在原住民團體逐步揭露明鄭時期的歷史真相，鄭成功為了鞏固他的政權，在島上對原住民進行大量屠殺。這樣的史實，從未出現在過去的歷史教科書。

漢人的歷史書寫，從來都是暴力的展現。漢人的史觀，都是依照統治者的主觀意志而建立起來。延宕三百多年之後，歷史上的不正義，終於在民主改革開放之後才揭露出來。這已經是遲來的正義。面對原住民的抗議，有關鄭成功歷史地位的評價，必須以嚴肅的態度來思考。以「反清復明」的口號來支撐鄭成功的歷史地位，顯然很難說服新世代的受教者。蔣介石的「反攻大陸」口號，已經證明是一種欺罔。這種政治口號，犧牲多少外省族群，也犧牲多少本省族群。一九五〇年代的政治支配尚且如此，則三百年前鄭成功的反清復明更加值得懷疑。這種漢人史觀或中國史觀，從來不會考慮到人民的感受，而都只是在強調領土的重要，更在強調政權的重要。容許政權的權威來支配島上住民，就是一種不正義的手段。同樣地，藉由收復失土的口號來欺壓百姓，羞辱原住民，本身就違背正義的原則與精神。

建構多元史觀的嘗試

一個新的時代正在展開，伴隨著蔡英文政府對原住民的公開道歉，我們不能不注意到歷史的整體性（totality）。今天台灣社會所成就的民主體制，絕對不只是依賴漢人公民的努力而已。原住民的參與以及新住民的融入，都使得島上住民所共同追求的民主制度得以實現。確切而言，一個國家的歷史可以和平順利發展，絕對不是仰賴特定族群的貢獻。只要是台灣社會的每一個成員，都各自盡了責任，使民主進程向前推進一步。前述所標舉的雙元史觀，只侷限於台灣與中國兩條歷史脈絡的融合。在未來的台灣歷史書寫過程中，史家可能會受到更多的要求，必須採取多元史觀，才有可能使歷史內容更趨完整。

在討論雙元史觀的建構時，僅集中於台灣殖民史如何與中國現代史進行整合，畢竟這是不易處理的難題。台灣社會長期停留在藍綠對決的困境，似乎很難掙脫意識形態的糾葛。但是身為台灣民主運動的參與者，應該都要培養能力去面對這個問題。台灣的歷史記憶從來都不是單軌的進行，而是以多軸的不規則形式在發展。每一條主軸所拉出來的族群記憶極為龐雜，絕對不可能以單一觀點來整編所有的歷史發展。在威權時代歷史教科書從來沒有發生爭議，這是因為在高度權力的控制下沒有人敢於挑戰教科書的編寫。經過長達三十八年的戒嚴統治，許多歷史記憶完全受到扭曲、遮蔽、竄改、添補。凡是受過這樣的歷史教育者，心裡都受到嚴重傷害。

如何匯通殖民史與民國史，是解嚴以後我們所共同面對的問題。但是台灣社會的發展太過迅速，雙元史觀的建立只是權宜之計，尚不足以概括島上所有住民的族群記憶。歷史的編纂與書寫，不能再以執政黨的史觀作為最高原則。一個政黨能夠取得執政位置，是經過全民的同意。固然有人在選舉中投反對票，那也是構成執政合法性的重要一環。勝選者可能需要對反對者表達更高的敬意，因為他們也選擇了和平的方式來決定政黨輪替。從這個觀點來看，歷史書寫就不可能以藍綠的意識形態來決定，而應該更包容、更寬容地尊重不同的政治立場。尤其在公民社會日益成熟的台灣，政治反對者的存在才有可能使民主體質更加健康。如果能夠理解這一點，歷史書寫的多元史觀就可順利成立。

所謂多元史觀，是指島上的族群各自擁有不同的歷史記憶。長期以來，以漢人統治者的觀點來書寫歷史，無疑是在貶抑原住民族與生俱來的歷史意識。如果要撰寫一部全新的台灣通史，史家就有義務去考察各個族群的記憶發展。更具體而言，這樣的通史應該建立在人民的基礎上。讓統治者的權力退潮，讓人民的視野上升，多元史觀的台灣通史才有可能成立。所謂包容（accommodation）就是企圖把歷史的各種因素，族群、性別、階級的差異性同時置放在歷史平台上。

多元史觀的建立，應該可以視為轉型正義不可分割的一部分。粗暴地讓歷史上的特定族群、特定性別、特定階級徹底消失，使個別不同的記憶全部遭到抹殺，這樣的史觀便是不正義的。面對海洋的島嶼台灣，永遠充滿了社會流動性（social mobility）。這種流動性並非只停留於空間的遷徙，在不同族群、不同階級、不同性別之間，也持續存在著交流與互動。尤其是婚姻的流動，存在於本省人與外省人之間、原住民與漢人之間、客家人與福佬人之間，最後形成了千絲萬縷的網絡。或甚至可以說，牽一髮而動全身。任何一位個人受到傷害，就有可能牽動整個族群的感情。歷史書寫的嚴重性，由此可見一斑。

我們已經見證歷史課綱的爭議，其敏感性甚至嚴重影響了政黨輪替。台灣的歷史課綱，竟然必須聽命於北京政權的指揮。在政黨輪替之際，北京發言人竟然也對台灣的歷史課綱說三道四。聽命於威權恫嚇與武力威脅所寫出來的歷史，絕對是背離人民的主觀意願。確切而言，歷史的意義代表的是公平與正義，也代表了主權的獨立性，更代表了人民的集體意志。如果歷史撰寫權拱手讓人，無疑是宣告放棄自己的主權地位，甚至也放棄做人的基本權利。沒有任何一本史書，從來是永恆不變。新的時代到來，文化內容就更龐雜而豐富。追求一個全新史觀的建立，是公民社會的一個基本要求。北京政權可以透過武力封鎖中國人民的發言權，但是對於開放的台灣公民社會，以政治力量干涉歷史書寫，就變得非常可笑。

台灣社會的現代化、民主化，有助於轉型正義史觀的建立。尤其在進入二十一世紀之後，未曾有過發言權的女性、同志、原住民，以至新住民，伴隨著公民社會的成熟，都應該對歷史書寫具有發言的權利。一部多元史觀的台灣史可能猶在遙遠，卻是一個可以欲求的目標。過去不正義的歷史書寫，可以讓島上的本省族群從歷史消失無蹤。同樣地，也可以讓女性、同志、原住民、農民、工人，完全不具歷史能見度。這種野蠻的史觀，這種封建落後的史觀，應該是一去不復返。公民社會的誕生，必然有助於轉型正義的落實。在迎接轉型正義時代的到來之際，任何一位公民都有義務來思考，如何形塑多元史觀的歷史書寫。

歷史從來都需要重新改寫，全新的社會發展與政治改革，再也無法接受過去充滿偏見與歧視的史書。以美國歷史為例，通過黑人民權運動的洗禮，使許多史家不能不重新思考歷史內容的整頓。以霍華德．金恩（Howard Zinn）為例，他所撰寫的《美國人民歷史》（*A People's History of the United States*）便是從印地安人的觀點，來看待哥倫布如何登陸美洲。也以黑人的觀點，重新解釋一八六〇年代的南北戰爭，以及一九六〇年代的黑人民權運動。霍華德．金恩的著作，已經被美國大學校園接受為歷史教科書。公民素養的培養，應該從歷史解釋作為起點。怎樣的歷史教育，養成怎樣的文化態度。怎樣的歷史書寫，決定受教者對族群與性別的看法。

台灣民主運動的進程，已經成熟到可以討論轉型正義的階段。這是一段漫長的歷史演進，有那麼多受害者遭到迫害、屠殺，也受到錯案、假案的冤獄。在黑暗的歷史長夜裡哀哀無告，他們的家人遭到槍決，或遭到錯誤的審判，甚至遭到羅織入罪，其內心的痛苦均無法釋放出來。當我們這個世代享有民主社會的投票權之際，絕對不能遺忘在黑暗角落哭泣的受害者。他們提早支付生命、自由、權利，其實都在促成公民社會的到來。如今生活在沒有迫害、沒有恐懼的社會裡，台灣社會已經累積足夠智慧來討論轉型正義。但是更為重要的是，錯誤的歷史記憶也應該獲得糾正。全新的歷史書寫，絕對是屬於轉型正義的一環。從雙元史觀到多元史觀的建構，或許是現階段台灣公民運動必須去追求的目標之一。回歸到台灣民間，才可以真正感受到歷史湧動的力量。台灣社會能夠脫離威權的戒嚴體制，追求開放的民主生活，是凝聚了多少社會底層的智慧與勇氣，才能享有今天的開放風氣。

過去的歷史書寫，很明顯是一面倒地向既得利益者傾斜。必須再次不憚其煩地說，所謂既得利益者（the establishment）包括了統治者、資本家、男性中心論者、異性戀者，以及漢人集團。這是過去沿襲許久的歷史書寫方式，只突出顯而易見的一面，卻讓整個歷史透視完全歪掉了。就像海德格所說，所有的真理都是遮蔽出來的。只要把不願看見的或不願肯定的人與事完全遮蔽起來，剩下來的歷史知識就被稱之為真理。這樣的真理，是以犧牲大多數人的權益而提煉出來。看不見的歷史，並不等於從不存在。恰恰相反，看不見的歷史，反而比起已經寫成的歷史還要龐大、還要豐富、還要深厚。我們對於大敘述的歷史書寫已經太過習慣，這種歷史講求的是帝王氣象、英雄人格、戰爭場面、無疆領土。這種歷史判斷看來非常偉大，卻無法感動社會底層的人民。

多元史觀強調的是細節描寫，把歷史上被遺忘的女性、同志、原住民的文化意義彰顯出來。怎樣讓歷史舞台上所有的演出者，縱然是渺小的人物，都可以暴露在聚光燈下，而不是遮蔽所有的演出者，單獨讓帝王或英雄人格照亮在聚光燈下。歷史從來都是複數的，所謂的線性發展（linear process）在於強調男性的單一觀點，而且強調歷史的連綿不斷。這種連綿不斷的歷史觀，無非在於強調男性的繼承權，我們稱之為父權（patriarch）。那樣的時代已經完全過去，進入二十一世紀時，台灣社會開始迎接公民運動的到來。參與這場運動的成員，無分本省外省、無分男性女性、無分異性戀與同性戀、無分階級界線，凡是對公平與正義的民主嚮往者，都參與了這個行列。到達這樣的階段時，社會的每個成員，其實也正在改寫台灣歷史。我們都已經接受公民運動的成果，難道還要停留在腐朽的、落後的單元史觀嗎？

第十一章

本土・在地化・民族主義

「本土」一詞曾經受到監禁

「本土」的觀念，曾經有過漫長的流浪時期。這個名詞，誕生於一九七〇年代的台灣。在那段風聲鶴唳的時代，「本土」不僅是高度禁忌，甚至「台灣」一詞也是受到當權者的禁止。《亞細亞的孤兒》作者吳濁流在一九六五年創辦《台灣文藝》時，長期不斷受到有關當局的關切。為了使這份文學刊物持續發行下去，吳濁流到處奔走向親朋好友募款，才得以延續。但是這份雜誌的命名，卻引起了當權者的注意。尤其是警總人員曾經當面質問他，為什麼要創辦《台灣文藝》。換言之，如果把「台灣」一詞拿掉，或許不致受到鷹犬的監視。吳濁流生前對此表達高度遺憾，總覺得台灣作家為自己的文學作品命名為台灣文藝，原就理所當然。但是在那非常的時代，作家的處境本來就很困難。而《台灣文藝》這份刊物，所受到的阻擾更加可以想像。

吳濁流所寫的《無花果》，便是在《台灣文藝》上連載。在這份季刊形式的雜誌，斷斷續續連載四年之後，才由台北的林白出版社正式編輯，付梓問世。未料，出版不久即受到查禁。吳濁流非常生氣，他說，單篇文章在連載時並未遭到任何干涉，為什麼結集成書就必須遭到查禁。警總人員告訴他，單篇連載不會有人注意，結集成書可以完整在市面上流通。為什麼被查禁？因為這本書是戰後台灣的讀書市場，第一本討論二二八事件的書寫。吳濁流生前對此事情耿耿於懷，他說，「台灣文藝」不能使用，而二二八事件也不能談，可見台灣的文學與歷史是高度的政治禁忌。這是吳濁流在一九七〇年代，參加龍族詩社的活動時，不時感嘆的一件憾事。《無花果》被查禁之後，吳濁流繼之以《台灣連翹》的書寫。原稿完成後，特別交代必須死後十年才能譯成中文出書。

吳濁流去世於一九七六年，《台灣連翹》的日文原稿付託給鍾肇政先生。這本回憶錄，終於在一九八六年譯成中文，正式問世。那時台灣還未解嚴，鍾肇政先生對吳濁流的承諾，果然相當盡責地做到。在戒嚴體制猶存之際，鍾肇政先生等於完成了吳濁流的遺願。二二八事件是台灣歷史重要的一環，所有在海島上生活過的住民，都不可能迴避如此重大的事件。台灣前輩作家敢於抵擋政治權力的干涉，讓《台灣文藝》傳承下去。這份勇氣在新世紀的今天，意義更加非凡。鍾肇政不僅接辦了《台灣文藝》，而且也翻譯了《台灣連翹》，讓後輩作家不能不致以最大敬意。確切而言，無論是《台灣文藝》或《台灣連翹》，都是屬於這塊土地的重要文化資產，與重要歷史記憶。穿越過那段時期的政治權力挑戰，「台灣」與「本土」終於獲得了延續下去的能量。

一九七〇年代，無論是國民黨或黨外人士，開始爭奪「本土」一詞的發言權。開始進行權力接班的蔣經國，在黨內開始啟用本省籍人士，並展開十大建設的工程。同時，也開始實施國民大會與立法院的增補額選舉。國民黨的這些措施可能已經遲到，但是本土力量的召喚，即使是權力在握的蔣經國，也不得不接受。在同樣的歷史階段，台灣社會也開始出現兩股正在崛起的力量。一是以台籍知識分子為主體的黨外運動，一是以台灣本土作家所主導的鄉土文學運動。現在回頭來看，一九七〇年代初期，官方與民間都在搶奪「本土」一詞的解釋權。戰後流浪許久的本土觀念，終於開始回歸到海島的土地。

本土、本土性、本土化，這些名詞的使用一時之間蔚為風氣。在鄉土文學的陣營裡，台灣作家開始習慣本土文學的使用。但是，經過長期的發展，本土價值開始漸漸高漲，而且膨脹到可以檢驗其他作家的思維方式。尤其是經過了一九七七年的鄉土文學論戰，又經過了一九七九的美麗島事件，本土的陣營因此而鞏固下來。進入一九八〇年代初期，台灣意識論戰爆發。從一九八二年到一九八三年，黨外新生代與夏潮集團，展開了台灣意識論戰的對決。整個論戰始末的文字，後來都收入了施敏輝主編的《台灣意識論戰選集》。正如前面的文字討論過，這場論戰是台灣統獨的決裂點。而且也是經過這樣的論戰，本土觀念也跟著確立下來。從一九七〇年代初期，蔣經國所主導的本土化運動，以及台灣民間黨外運動與鄉土文學所主導的另類本土化運動，似乎已經開始使台灣歷史航行的方位，逐漸向台灣主體靠攏。

伴隨著一九八七年的宣布解嚴，本土化運動的論述基本上已告齊備。尤其經過民進黨的成立，以及李登輝總統的繼任，本土思維因而更加成熟。但是隨著社會風氣的開放，本土派陣營逐漸把這樣的觀念，作為意識形態檢驗的標準。一個健康的本土觀念，應該保持開放的態度，而且可以兼容並蓄。當以本土意識形態用來檢驗他人的政治立場時，很有可能出現法西斯的危機。從歷史來看，「本土」遭到放逐已經非常長久。如果沒有經過民主運動與鄉土文學的洗禮，「本土」似乎就不可能回歸到台灣社會。終於回歸到海島的「本土」，如果能夠繼續保持開放的狀態，當有助於民主精神的提升。在同樣陣營裡，自我標榜是真正的本土，這種態度等於是把意識形態當作一種審判。

從歷史來看，最有資格自稱本土者，應該屬於原住民族。漢人來到台灣，接受這個海島風土的薰陶，而進入了一種「在地化」（indigenization）的過程。或者，就像人類學家陳其南所稱的「土著化」。他的專書《台灣的中國傳統社會》很早就已經指出，漢人移民為了適應海島的風土，開始接受了「土著化」的過程。這樣的觀點，等於反證了真正的土著是原住民，而漢人移民必須經過「土著化」，才有可能成為本土文化不可分割的一部分。因此，用「本土」一詞來檢驗別人的政治立場，完全忽視了台灣歷史的演變過程。用審判方式來取代批判態度，等於窄化了本土的真實意義。

「在地化」是必然過程

曾經有過一段時期，許多人曾經為了什麼是台灣文學的定義而焦慮許久。從文學史的書寫來看，可以發現葉石濤的《台灣文學史綱》，其實是繼承黃得時在戰爭時期所寫的〈台灣文學史序說〉，以及日文所寫的〈輓近の台灣文學運動史〉。而黃得時的文學史觀，則是繼承連雅堂的《台灣詩乘》。從《台灣詩乘》來看，連雅堂很早就把林爽文之變以後的古典詩稱之為「台灣詩」。因為本土的古典詩人，在林爽文起義後有了重大變化。清廷大量在台灣設立書院，教育台灣漢人移民的子弟。他們所表現出來的美學，開始以在地的眼光來看待周遭事物，截然不同於在此之前的宦遊詩。所謂宦遊詩，完全是由清廷從中國本土派來的官員所寫的作品。他們很少描寫在地風景，而總是集中於內在心情的描述。稍後出現的「台灣詩」風格丕變，在地風景都可以入詩。如果要追溯「本土」一詞的根源，「台灣詩」的誕生應該是「本土」的最早定義。

同理可證，一九四九年以後來台的外省作家，他們也開始接受台灣風土的影響，而逐漸讓自己的感情與台灣土地結合起來。范銘如教授曾經在她的論文〈台灣新故鄉〉指出，一九五〇年代的外省女性作家，在她們的小說與散文中大量讓台灣的景物融入作品裡。這種「在地化」的過程，其實也可以用來形容清朝的漢人移民。從歷史來看，本土不應該是屬於焦慮的字眼，而應該是一個開放而寬容的價值。因此，一九八〇年代的統獨論戰，其實是政治上的過渡儀式。如果對於本土具有信心的話，統派作家的文學作品無疑也是本土的一部分。畢竟，文學都是歷史的產物，台灣文學也正是台灣歷史的產物。縱然出現過統派的主張，那也是畸形的教育體制所延伸出來的現象。「在地化」是無可避免的一個過程，無論意識形態是統或獨，都應該視為本土不可分割的一部分。

所謂「在地化」的過程，即使到今天也未嘗停止。第一波的在地化過程，是一九四九年之前以至整個清朝時期，發生在早期漢人移民身上。第二波在地化過程，則發生在一九四九年外省族群的流亡浪潮。第三波在地化過程，應該是發生在一九八〇年代以後的新住民族群。凡是經過在地化的洗禮，自然而然就是屬於本土的構成內容。從台灣歷史與台灣社會的演變來看，本土從來都不是屬於本質的東西，而是經過時間的累積，以及政治環境的改變，本土的概念才慢慢建構起來。如果有人自稱自己的本土比別人還要本土，這是一種矯情的說法。台灣既然是屬於開放的海洋，所有的外來文化與外來族群，都是從四面八方湧進島上。經過在地化的過程，自然而然形成了本土的內容。因此，本土若是經過建構而形成，它就不可能是封閉的，而是一個開放的價值觀念。

一九八〇年代，為了本土文學一詞所發生的論戰，那是本土化運動的一個過程。當時，陳映真堅持把台灣文學稱為「在台灣的中國文學」，而與本土派形成針鋒相對的局面。這是因為他過於相信意識形態，也因為太過於依賴中國的一種發言。撇開論戰不談，陳映真所創作的小說，其實就是本土文學不可分割的一部分。他在一九八〇年代所呈現的小說藝術，大概可以分成兩條路線來看：一是重建一九五〇年代的白色恐怖經驗，一是針對當時跨國公司對台灣資本主義的影響。前者是為了重振左派的批判精神，後者則是對西方資本主義展開批判。在一定程度上，那是陳映真文學創作難得一見的黃金時期。對於他的意識形態或許不能接受，但是他所表達出來的人文關懷，則應該是屬於台灣本土的範疇。縱然，在形塑小說內容的過程，可能出現了教條僵化的一面。但他對蒼白年代知識分子所受的政治迫害的關注，應該是視為本土精神的一個延伸。

在本土化論戰臻於高峰之際，雙方都高舉鮮明的統獨旗幟。如果抽離雙方交鋒的歷史現場，應該可以更加明白辨識出雙方陣營的主張，其實都是台灣歷史的產物。無論陳映真承認或不承認，他的所有觀點與論述策略，絕對都是在台灣社會內部鍛造出來。在回憶這段論戰的過程，自始至終，必須承認陳映真對台灣文學運動的推展功不可沒。他絕對是屬於台灣作家無疑，也絕對是本土文學中的重要思考。如果以辯證的觀點來看，一正一反的對峙過程中，陳映真的所思所寫未嘗須臾偏離台灣社會的脈絡。當本土化浪潮逐漸成熟時，他所扮演的角色其實是給台灣作家一個警醒。到今天為止，身為他論敵之一的我，仍然視他為台灣文學的重鎮。在《台灣新文學史》裡，對陳映真文學的評價仍然相當高。如果否定他的文學存在，等於是否定台灣文學史的發展。歷史從來都是一條浩浩蕩蕩的長河，夾泥沙俱下。所有的愛恨都在這洪流裡浮沉，最後都匯入台灣的歷史大海。

具體而言，台灣本土的內容，不能只從單一的層面來看。畢竟，形成今天台灣社會的文學美學，及其批判價值觀，都不能離開本土的立場來看待。從一九五〇年代到一九八〇年代，是台灣社會裡各種意識形態諸神出沒之際。如果只是一面倒的文學討論，絕對不可能建構豐富而多元的本土內容。外省的與本省的、漢人的與原住民的、女性的與男性的、異性戀的與同志的、統派的與獨派的，都是台灣歷史發展過程中，必然浮現的文學生產。在兩元對立之間，或許出現過誤解與誤判，卻都不能否認這些都是構成本土文學的重要內容。只有在緊張對立的辯證過程中，才有可能使文學的面貌更加清晰。

如果把台灣本土文學這個總稱，視為母親的話，各種不同的文類與文學生產，應該都是母親的孩子。從這樣來看，意識形態的對決無論出現於性別對立、族群對立、階級對立，最後都要融入台灣本土文學的懷抱。一九八〇年代，台灣文學之所以變得特別精采，便是在各種對立中獲得並存的空間。沒有誰的意識形態比另一個意識形態還要高人一等，正如異性戀沒有比同性戀還優越，男性沒有比女性還優越，漢人並不比原住民還優越。本土就是一個大熔爐，無所不包、無所不在。

正如前述，本土的定義絕對不是本質性的東西，而是後來慢慢建構起來的一種存在。既然它是建構的，就一定是累積的。同樣地，也一定是開放的。如果有人宣稱，它天生就是本土，這種天縱英明的說法，顯然違背了文化發展的自然法則。每一位作家都是後天地認識了自己的生活環境，也是後天地處在客觀社會條件下，形成自己的價值觀念。更在後天的政治環境裡，形塑自己的美學。法國女性主義者西蒙・波娃（Simone de Beauvoir）說過，「沒有人生下來就是女人，而是慢慢成長為女人。」同樣的思維方式，也可以套用在本土文學的定義：「沒有人生下來就是本土，而是慢慢成長為本土。」這種建構的過程與歷史發展息息相關，更與政治環境有密切關係，也與社會發展的互動特別頻繁。

本土意識的形塑極為緩慢，在殖民地時代由於資本主義的高度發展，再加上縱貫鐵路的鋪設，台灣南北的住民才慢慢意識到都是屬於命運共同體。殖民權力的干涉與壓迫，是一種最平等的制度。每一位台灣人站在日本人前面，都一定受到歧視與貶抑。在長期的壓迫過程中，不同地區的台灣住民慢慢意識到彼此的殖民命運，是無法掙脫的。至少到一九二〇年代，當台灣社會現代化成熟之際，知識啟蒙運動才逐漸展開，從而也帶動了政治的反抗運動。正是處在這樣的被壓迫的歷史條件裡，南北台灣人才開始產生相互認同的過程。無論是客家人或是福佬人，無論是泉州人或是漳州人，他們慢慢放棄了清代社會的械鬥風氣，打破族群界線的藩籬，願意為自己命名為台灣人。

從歷史事實來看，台灣人的定義是被殖民權力壓迫出來的。再加上知識啟蒙運動的覺醒，他們開始專注關切自己的政治權利。一九二〇年代的政治運動團體，從右派的台灣文化協會，到左派的台灣共產黨，最後都是以台灣這塊土地為共同利益的依歸。台灣意識是不同族群之間的最大公約數，透過政治運動的批判與反抗，他們終於建立了強悍有力的台灣意識，以及頗具傳播力量的本土認同。殖民地時代的經驗，為我們做了最好的示範，本土不是先天的存在，而是經過後來的反抗與團結，慢慢修正，慢慢累積，本土觀念才因此而確立下來。

以開放態度面對本土化

回顧台灣歷史，本土觀念曾經遭到監禁，甚至遭到放逐。隨著整個社會的民主化，

「本土」一詞才終於回歸到我們島上的土地。但是回歸之後，就無需再把門關起來。而是更要打開所有的精神出口，讓本土再度走出去。從前是被關在外面，現在是具有信心走到外面。正好可以彰顯台灣社會如何從封鎖狀態，朝向公平開放的境界持續發展下去。本土絕對不是標籤，也絕不是意識形態，而是對這個海島上所生產的各種文化價值，做了最恰當最精準的定義。在開放的本土觀念下，無論是早期移民或晚期移民、無論是本省人或外省人、無論是漢人或原住民、無論是男性或女性、無論是同志或異性戀，只要能夠寫出他們深層靈魂的文學作品，自然而然都屬於本土不可分割的一部分。

當台灣開始進入後現代、後殖民的歷史階段，所有的價值觀念都能夠並置在一起。不僅容許彼此之間的差異性，也容許台灣文學內容的多元性。恰恰就是差異的，所以彼此都是平等的。恰恰都是多元的一部分，才構成了整個台灣文學的差異性。所謂「後」，指的是時間的後，也是空間的後。所有最新世代的文學作家誕生時，前面有太多的世代已經投入文學生產的行列。愈是後來的世代，愈能夠看見前世代的精采與厚實。最前面開闢的世代，可能沒有像新世代那麼幸運，可以看到多層次、多面向的風景。時間的後，其實就是歷史的縱深，愈新的世代愈能承接豐碩的文學遺產。後並不是遲到，而是可以站在時間的峰頂，透視整個風景的全面與豐富。空間的後，便是站在前人位置的後面。不僅可以看到前輩作家所看見的風景，甚至也可以讓前輩作家的作品，一併觀看。卞之琳有一首詩〈斷章〉，最能夠彰顯後結構主義的精髓：

你站在橋上看風景
看風景的人在樓上看你
明月裝飾了你的窗子
你裝飾了別人的夢

詩中的「你」站在橋上，最貼近風景。但是，後面的樓上卻可以看到「你」以及風景。這說明了所站的位置愈往後移，愈可以看見多重的風景。因此站在時間的下游，站在空間的後面，總是可以收覽更多重的景觀。因此「本土」一詞，持續往後來的世代發展之際，總是可以不斷填補更豐富的內容。正如前面說過，本土並不是本質性的，而是建構性的。正因為它是建構的，自然而然它就是開放的。凡是在台灣這塊土地上從事文學生產的工作，無非都是使本土文學累積的更為厚實而豐碩。由於本土是由不同世代、不同族群、不同性別、不同階級的作家所共同建構，許多異質的東西也會不斷滲透進來。稍稍具備人文精神的態度，總是能夠以開放立場面對本土內容的成長與伸展。

坊間總是以本土一詞審判別人，如果不是指控別人背叛本土，就是誣告別人不夠本土。這種居高臨下的唯我獨尊，正是誤解了本土的意義。確切地說民主運動的高度發展，島上住民都付出了一定的心力與貢獻。民主運動的追求，在於使本土一詞獲得解放。民主運動之所以能夠成立，是因為獲得了島上每個族群性別、階級的認同。也許有人對某種民主價值深表不滿，或是拒絕承認那樣的態度，也是構成民主價值的一部分。有人表示沉默，有人可能表現消極態度，也同樣都是屬於民主內容的一環。只要他生活在島上，就不可能與大多數人所選擇的民主生活方式脫節。當民主價值變成後現代、後殖民台灣的文化一部分時，伴隨著這種方式所延伸出來的文學、藝術美學，就自然而然構成了本土的內容。

本土化與民主化其實是無可分割的連體嬰，缺一不可。本土化是民主化的根鬚，民主化是本土化的開花結果。一個愈本土的社會，愈能彰顯民主的價值。當民主運動臻於成熟階段，再也不會有人借用本土來審判別人。如果有這樣的現象存在，等於表示台灣的民主精神已經出了問題。從文化的觀點來看，民主的枝葉愈茂盛，根植在本土的土壤裡就愈深。隨意濫用本土一詞，四處去尋找敵人，就嚴重違背追求民主的初衷。多少年來在台灣社會的角落，不時可以看到傲慢的本土主義者。他們像乩童那樣，四處張貼符咒，四處對不同意識形態者貼上標籤。這種披著民主外衣的本土意識論者，反而對真正的民主價值傷害最大。

從歷史演變來看，本土一詞的誕生，可謂相當遲晚。至少在整個日治時代，知識分子都是以台灣或台灣人一詞，作為一種自我認同。在那段時期，台灣或台灣人所具有的政治批判力道，絕對非常旺盛。因為在台灣與台灣人的對立面，存在著帝國與殖民統治者。為了表示不願與殖民者有任何妥協，他們以根植島嶼作為自我定位。具體而言，殖民地時代所強調的台灣意識或台灣認同，都在於彰顯自我與帝國之間的鮮明差異。在那個特殊的時代，台灣的內容非常清楚，就是被統治者、被壓迫者、被剝削者。

最有資格自稱本土的無疑是原住民族群，後來的移民者陸續加入了本土的範圍裡。渡海來台的漢人，最初帶著傲慢的中華沙文主義到達這個海島。早期移民的先人，透過誆騙、欺侮、歧視、掠奪的過程，逐漸在西部平原占領廣大的土地。日本殖民者也是透過歧視、掠奪的手段，從漢人地主手中劃歸國有。這種強權的占領與豪取，變成台灣社會開拓時的一種模式。今天我們也無法忘懷，原住民的土地仍然受到商人與資本家的侵占。而他們的文化也持續受到漢人的歧視，從權力支配的觀點來看，原住民仍然是屬於內部殖民的一環。如果要定義開放式的本土，就不應該存在族群歧視的事實。當漢人建構本土意識之際，就不應該無視本土內部的不公平現象。真正的本土，絕對是族群之間享有平等地位，只要有不平等現象的存在，本土的定義就殘缺不全。

在民主政治追求的過程中，我們確實見證了公民社會時代的到來。然而公民社會的主要精神，也無非在於強調公平與正義。如果公平與正義只實施於特定族群的內部，對於原住民或新住民卻吝於分享公平與正義，面對這樣的事實，我們必須承認台灣距離公民社會還正遙遠。確切而言，本土的內容應該與公民社會的定義等高同寬。從歷史的發展來看，本土的內容持續在加寬加大，最主要的原因是移民的浪潮從來沒有中斷過。即使在戒嚴時期，仍然出現許多來自中國的偷渡客。我們可以確認四百年前，到達台灣的漢人，已經預告日後連綿不斷的移民浪潮。所以在檢視台灣社會的發展過程中，必須保持辯證的觀點來看待本土一詞，也必須以動態的觀點來注視本土的內容。

海島台灣有它特殊的地理位置，縱然是一個孤島，卻透過水域與東亞鄰國持續保持互動的關係。這也是我們再三強調的，本土絕對沒有本質性的定義，它的定義一直都是從建構而來。既然是建構的，不同時期的移民者都可以自稱是本土的一部分。某些本土論者酷嗜審判別人，也擅長排斥別人，宣稱自己是比本土還本土。這是一種文化幼兒症，也是一種精神侏儒。刻意把本土形塑成封閉狀態，正意味著對台灣歷史的發展毫無所知。把本土之門打開，是一九七〇年代以後台灣民主運動所努力的目標。真正的民主，是容許島上所有住民納入本土的範疇裡。民主越健全，本土內容就越豐富。關起門來的本土論者，終將注定是歷史的孤兒。

從族群意識到生命共同體

台灣自有文字歷史以來，就是一個移民的社會。這樣的移民活動，到今天也未嘗稍止。新的族群不斷加入台灣社會裡，也帶來新的語言、新的價值觀念、新的文化取向。

這說明了台灣的生命力一直都處在活躍的狀態，不能以固定定義去規範變動不居的內容。從原住民到新住民，各種價值往往以並置（juxtaposition）的形式，共存在海島的歷史發展過程中。族群文化之間的差異，永遠都在豐富我們的文化遺產。因為我們之間各自擁有文化特質，反而是構了最精彩的民主生活。如果不能接受差異的事實，就有可能導出族群之間的歧視。而歧視，卻是對民主生活造成最大的傷害。民主生活方式，讓我們學習接受文化差異的存在。因為是差異的，所以是平等的。這是民主價值的精髓。

我們都為自己的族群文化感到驕傲，也為台灣擁有那麼多不同族群文化而充滿信心。我們終於能夠擺脫早期漢人社會的械鬥文化，是因為我們共同擁有過抵抗殖民統治的經驗。在面對更強大的壓迫者，各個族群開始學習如何和平相處。慢慢脫離原始的族群意識，而逐漸建構命運共同體的台灣意識。歷史為我們鋪陳了相當鮮明的軌跡，在殖民地時代，我們的先人嘗試過和平的議會運動，也嘗試過激進的革命運動，縱然兩條路線都沒有成功，卻鍛造了蓬勃發展的台灣意識。這樣的意識內容核心，便是對外來強權進行無盡止的精神抵抗。械鬥文化的消失，使台灣文化朝向更高團結的目標前進。這種意識，為後來的地方自治運動與民主運動奠下基礎。只要對台灣歷史稍有了解，就可以明白沒有誰比誰可以自稱是唯一真正的台灣人。具體來說，台灣意識絕非只囿限於福佬人之間，也絕非囿限於漢人之間，而是島上所有族群都在台灣意識的內容裡。正如前述，台灣意識是在漫長的時間流變中點點滴滴建構起來。每當面對強權的威脅時，這樣的意識也愈來愈鞏固。我們對內自稱族群意識（ethnic consciousness），對外則勇敢宣稱是國族意識（national consciousness）。這種演變從戰前到戰後，已經構成了一道不可輕侮的精神防線。

從歷史來看，台灣與中國之間的聯繫，一直都是斷裂的。鄭成功驅逐荷蘭人時，他已經離開中國了。滿清擁有台灣時，實施嚴厲的海禁政策，大陸與海島之間存在著巨大的鴻溝。尤其偷渡來台的漢人，每一個都是非法移民。精確地說，我們都是非法移民的後代。即使偷渡成功，清廷也規定「不得與番婦通婚」。但是，我們的先人終於還是選擇與原住民婦女通婚。確切而言，我們都是非法婚姻的後代。從統治者的眼光來看，台灣移民都是非法歷史的產物。這種非正統、非典型的族群結構，恰恰就是台灣文化生成的核心精神。沒有誰比誰的血液還高貴，沒有誰比誰的階級還崇高。我們生來就是平等的，正是站在平等的位置，我們才清楚看見彼此的文化差異。

使族群文化可以到達平起平坐的境界，顯然必須通過民主運動的手段，讓社會裡的每個成員都擁有發言權，才有可能共同追求公平與正義。縱然已經到達政黨輪替的歷史階段，坦白說，在許多人的無意識世界裡，仍然存在著族群偏見。到今天為止，原住民對於台灣歷史教育，還是存著高度的戒心。因為漢人史觀依然支配著所有的教科書。如果島上漢人無法接受北京對台灣歷史課綱的干涉與指導，則原住民族群也無法接受漢人史觀的氾濫。例如，吳鳳故事已經從教科書剔除，但是鄭成功的崇高地位，也深深傷害了原住民的感情。這位被遵奉為民族英雄的鄭成功，在短短統治期間屠殺了無數原住民。以原住民的血來崇拜民族英雄，確實已經不符現階段的民主台灣。

如何建構一個可以讓島上所有族群都能接受的史觀，正是現在歷史教育的最大課題。尤其經歷了太陽花運動之後，台灣社會的價值觀已經完全不一樣了。當整個台灣跨入公民社會的階段，轉型正義的議題也跟著浮上檯面。當我們朗朗上口討論轉型正義（transitional justice）之際，絕對不可能只是停留在政治議題的層面。具體而言，歷史解釋也應該納入轉型正義的範疇中。一個國家的歷史記憶，不能只是為某一個特定族群服務，而應該採取開放的態度，讓所有族群的歷史記憶都可以彙整起來。這牽涉到文化價值的議題，不能一部分族群的記憶受到彰顯，另一部分族群的歷史反而被遮蔽。

曾經聽到這樣的論調，原住民是屬於少數族群，怎麼可以與多數的漢人相提並論？這樣的說法極為傲慢，非常違背轉型正義的原則。文化議題不是屬於統計學的範圍，不在人數的多寡，而在於文化內容的豐富而多元。原住民在台灣社會裡，從清代到日本殖民，到戰後戒嚴時期，都一直處在被邊緣化的位置。無可否認，在一九七〇年代以後，原住民運動對於威權體制的反抗與批判，毫不稍遜於漢人的民主運動。可以這麼說，沒有原住民族群介入民主運動，就不可能匯集了島上住民的所有反對力量。當政黨輪替的事實發生後，使台灣社會終於可以進入轉型正義的歷史階段，卻遺忘了原住民曾經扮演的介入角色。

同樣地，一九八〇年代之後，新住民次第到達台灣這個海島，無論是外勞、外傭、外配的角色，對於台灣社會的穩定與進步，也發揮了相當積極的作用。他們可能是沉默的族群，不斷受到雇主的欺侮或歧視。然而，他們挾帶而來的社會生產力卻是無法估算。許多中產階級能夠專心投入經濟發展與成長的工作，正是因為有新住民的協助，而免於後顧之憂。同樣地，在台灣結婚生子的外配，也為許多家庭帶來穩定的生活。他們在看不見的角落，默默幫助台灣社會持續發展。尤其他們也帶來了自己的族群文化，在衣食住行、在宗教信仰，使原來的台灣文化變得更加多彩多姿。這種多元文化的呈現，為島上的民主生活注入了豐饒的想像力。這種想像力，無形之中也帶來文化的創造力。看待文化的態度，從來都是加法，而不是減法。堅持把不同政治理念者排斥在本土之外，這種做法已經背叛了民主精神，當然也背叛公民社會。

我們必須承認經過了太陽花學運之後，不僅生命共同體的理念宣告成熟，而且台灣民族主義也因而誕生。這樣的民族主義與本土理念，可以完全互通。由於感受到崛起的強國對台灣社會構成威脅，在最短期間內年輕一代的心靈，急速成熟。這些年輕世代，比起所有的前世代都還更敏感。特別是面臨黯淡前途之際，他們已經注意到一個清貧時代就要降臨。這種強烈的危機感，無須經過任何政黨的宣傳，也無須經過政治運動的培養，彼此之間自然而然產生一種命運連帶感。這樣的民族主義，其實是從本土的觀念出發，並且也可以分享命運共同體的迫切感。過去黨國教育所宣傳的民族主義，是由上而下進行思想灌輸。如今民間釀造出來的民族主義，則是由下而上自然發展。當我們迎接一個民族主義時代的到來，可能比任何時期還更需要培養互相尊重、互相分享的態度。

尤其在二〇一六年完成了第三次政黨輪替，這個海島也同時迎接一個重大的歷史跨越儀式。剩下來的工作便是使公民社會所追求的公平與正義，真正落實於台灣。

後記

當前人文學的危機

出版這冊《我的家國閱讀：當代台灣人文精神》時，其實心情相當凝重。尤其，整個台灣學界不斷強調技術轉移與產學合作之際，我們社會的人文思考相當顯著地受到邊緣化。什麼是人文精神？以及什麼是人文學科？在整個新政府的決策中，已經完全消失殆盡。當造假論文事件層出不窮發生時，主其事者不僅可以遁逃所有的譴責，反而恬然要求學生去上倫理課程。一個領導人，可以護航造假的研究長達十年，而且還經過了兩次政黨輪替，竟然不必負起任何倫理責任。只因為這樣的學者主持所謂生技醫學，在產學合作與技術轉移上擁有雄厚的發言權。這種學術上的墮落，其實就是台灣人文精神的泯滅。

人文精神的發揚，絕對不是依賴學院紅牆裡的研究就可獲致。最重要的是，如何把學術當作一種志業，並且也重視學術如何在自己的社會裡發揮作用。人文精神不是期刊論文，當然也不是研究計畫，而是一種知識的實踐。以為上了倫理課就已經做到了倫理要求，這正好彰顯人文精神的匱乏。如果把研究計畫的重要性折算成為研究經費，又可以轉換成為生產技術，這反而是對人文精神的最大傷害。所謂人文精神，絕對不是僅僅屬於文學院的課題。凡是與教育體制或科學研究相關的實踐，都應該納入人文精神的範疇。

我決心寫出這樣一本書時，其實是經過五年以上的醞釀。最早在台北的敏隆講堂以「人文精神」作為專題演講時，所受到的回應極為熱烈。又過一年，我在政治大學台文所正式開授一門「當代台灣人文精神」的專題，使得對這個議題的思考更為成熟。二〇一三年，由東華大學華文系主辦的「眾聲喧『華』」國際學術研討會，邀請我做專題演講，題目就是這本書的書名。演講結束後，王德威教授鼓勵我，把這個專題寫成一本專書，我終於答應。又過四年，我才完成全書的撰寫。

這麼多年以來，身為台灣文學的研究者，我並不全然關閉於研究室內。面對學生時，我常常會宣稱自己不是一個有潔癖的學術工作者。因為，在學術思考之餘，我對於台灣社會的演變，以及對於人權的尊崇，一直是我日常生活的主題。我所發展出來的學術性格，可能不是那麼純粹，也不是那麼高尚。於我而言，真正的學術應該與社會演變緊密結合在一起。這並不意味，學術可以漫不經心，也可以不講求專業精神。恰恰相反，學術不僅應該是非常專業，而且也必須嚴肅看待。必須承認，在校園裡，少數的認真研究工作者，我應該也是其中一位。這當然不是自我誇張，但是身為專業的研究者，必須完成學術上的工作之後，才有餘力去關心社會生態。二十餘年的學術生涯讓我更加明白，我在周末所參與的公民運動，包括反國光石化、反核、白衫軍運動、同志運動、太陽花學運，往往使我的學術研究更加具體而豐富。

耗費十一年的時間寫出《台灣新文學史》時，我更加確認，社會運動對於文學思考，往往帶來正面的影響。走在街頭的遊行行列時，我發現台灣作家所呈現的社會議題，都與這些運動息息相關。我的文學史觀，特別強調性別、階級、族群的議題，其實是街頭遊行時獲得了會通的契機。所謂會通（comprehension），便是把不同領域的知識與學問完整結合起來。無論是撰寫文學史，或是書寫學術論文，我在公民運動中獲得的靈感，最後都注入我研究室所寫的文字中。坐在文學院的三樓窗口，往往面對一株鳳凰樹。隨著季節的變化，我可以看見這棵陪伴我寂寞時刻的植物，從枯枝到盛放狀態，似乎也象徵著我的思考如何從枯竭轉化成開枝散葉。我從來不認為學術論文或專書只是為了積點，或是純粹為了升等。當我在寫任何學術議題之際，我會聯想到，這樣的文字是否可以干涉我所賴以生存的社會。

我曾經度過漫長而孤獨的流亡歲月，也曾經非常絕望地在另一個海岸回望故鄉。如果我從來不關心台灣政治，或從來不寫批判當權者的文字，應該很早就已經回到我眷念的土地。但是，我無法接受扮演永遠被權力干涉的角色，在那蒼白的年代，我反而更要以筆來干涉政治。如今再次回顧我的海外歲月，幸好我說出內心真實的語言，幸好寫出了對威權統治者的強烈批判。那些文字恰好可以為我年少時期的生命，做了最好的詮釋。也是在那種批判精神的基礎上，回到台灣之後，我繼續延伸到自己的學術研究，也延伸到我的文學創作。

前後五年的時間，從醞釀到授課，從靜態思維到具體書寫，也是一段漫長的心路歷程。終於能夠使這本書具體呈現，不僅是對自己的學術生涯有一個交代，也是對自己的文學追求做了精確定義。二〇〇〇年，到政治大學任教時，在校園裡曾經引起紛紛議論。許多人認為，這是不可能的事情。一個深藍的校園可能接受綠色的教授嗎？我以行動破除這樣的疑惑，也以具體的研究成果來翻轉外面的刻板印象。我所開授的課程，以及出版的專書，都可以為十餘年來自己在政大的處境做了最好的澄清。我從來不喜歡活在偏見裡，而且也不喜歡把偏見散播給學生。所謂學術，就是要對自己的思考與行動負責。多年來的學術專書與文學作品，不僅重新定義我個人的生命，也讓我的學生重新看待台灣這個社會。這本書很像學術，也不像學術。任何對它的歸類或定義，可能都沒有精確答案。但是，這種不能定義的產物，其實就是我的行事風格。

首先，我必須感謝政治大學給我一個非常穩定而開放的環境，也要感謝台灣文學研究所的所有同事，才有可能那麼多年以來，使我的思考產生激盪。尤其是台文所所長范銘如，感謝她願意為我這本書寫序。我也要感謝哈佛大學的王德威教授，如果不是他的鼓勵，可能這本書還停留在最初演講稿的狀態。我更感謝《文訊》雜誌的封德屏與杜秀卿，不僅為我開闢專欄，而且負責催稿，使這本書的文字得以順利誕生。麥田出版社的編輯林秀梅也不斷督促，才有這本書的成果。也感謝我的助理洪瑋其、陳雨柔、吳宗佑。以及內人瑞穗，兩個孩子宜謙、宜群，兩個孫兒尚慕、依禮的精神陪伴。

二〇一七年四月二十日　政大台灣文學研究所

參考書目

第一章　面對台灣歷史傷口：一個歷史與文學的角度

1. 薩依德（Edward Said）著、單德興譯，《知識分子論》（*Representations of the Intellectual*）。台北：麥田，二〇〇四。
2. 蕭阿勤，《重構台灣：當代民族主義的文化政治》。台北：聯經，二〇一二。
3. 南方朔，《中國自由主義的最後堡壘》。台北：四季，一九七九。
4. 余英時，《歷史與思想》。台北：聯經，一九七六。
5. 林柏維，《台灣文化協會滄桑》。台北：台原，一九九七。
6. 薩依德（Edward Said）著、朱生堅譯，《人文主義與民主批評》（*Humanism and Democratic Criticism*）。北京：新星，二〇〇六。

第二章　中國意識與台灣意識的對決

1.竹內好著、孫歌編譯，《近代的超克》（近代の超克）。北京：三聯，二〇〇五。
2.吳密察，《台灣近代史研究》。台北：稻香出版社，一九九〇。
3.北岡伸著、魏建雄譯，《後藤新平傳：外交與卓見》（後藤新平——外交とヴィジョン）。台北：台灣商務，二〇〇五。
4.陳紹馨，《台灣的社會變遷與人口變遷》。台北：聯經，一九五七。
5.鄭梓，《光復元年：戰後的歷史傳播圖像》。台北：三民，二〇一三。
6.賴澤涵等，《二二八事件研究報告》。台北：時報，一九九四。
7.林孝庭，《台海．冷戰．蔣介石：解密檔案中消失的台灣史1948-1988》。台北：聯經，二〇一五。
8.文馨瑩，《經濟奇蹟的背後：台灣美援經驗的政經分析（1951-1965）》。台北：自立晚報，一九九〇。
9.施敏輝（陳芳明）編，《台灣意識論戰選集》。加州：台灣出版社，一九八五。
10.尉天驄編，《鄉土文學討論集》。台北：遠景，一九七八。
11.蕭新煌，《變遷中台灣社會的中產階級》。台北：三民，一九八九。

12. 陳其南，《台灣的傳統中國社會》。台北：允晨，一九八七。

13. 李國祁，《中國現代化的區域研究——閩浙台地區》。台北：中研院近史所，一九七八。

第三章　殖民地與崇洋媚外的根源——帝國中心論的觀察

1. 陳芳明，《和平演變在台灣》。台北：前衛，一九九三。

2. 陳芳明，《左翼台灣》。台北，麥田，一九九八。

3. 陳芳明，《殖民地台灣》。台北，麥田，一九九八。

4. 陳芳明，《台灣人的歷史與意識》。台北，敦理，一九九八。

5. 陳芳明，《探索台灣史觀》。台北，自立晚報，一九九二。

6. 韋伯（Max Weber）著、于曉譯，《新教倫理與資本主義精神》（*The Protestant Ethic and the Spirit of Capitalism*）。台北：左岸文化，二〇〇八。

7. 竹內好著、孫歌編譯，《近代的超克》（近代の超克）。北京：三聯書店，二〇〇五。

8. 法農（Franz Fanon）著、陳瑞樺譯，《黑皮膚，白面具》（*Peau Noire, Masques Blancs*）。台北：心靈工坊，二〇〇七。

9.司馬遼太郎著、李金松譯，《台灣紀行》。台北：台灣東販，一九九五。
10.錢理群，《毛澤東時代和後毛澤東時代（1949-2009）》。台北：聯經，二〇一二。
11.葉榮鐘等，《台灣民族運動史》。台北：自立晚報，一九七一。
12.王育德，《台灣：苦悶的歷史》。台北：自立晚報，一九九三。
13.郭紀舟，《70年代台灣左翼運動》。台北：海峽學術，一九九九。

第四章　民主運動解放了什麼：七〇年代的反思

1.郭紀舟，《七〇年代台灣左翼運動》。台北：海峽學術，一九九九。
2.彭歌，《不談人性，何有文學》。台北：聯合報社，一九七八。
3.葉石濤，《沒有土地，哪有文學》。台北：遠景，一九七八。
4.彭品光，《當前文學問題總批判》。台北：青溪，一九七八。
5.財團法人施明德文教基金會，《反抗的意志：1977-1979美麗島民主運動影像史》。台北：時報，二〇一四。
6.台灣文教基金會，《暴力與詩歌：高雄事件與美麗島大審》。台北：時報，一九九九。
7.廖為民，《我的黨外青春：黨外雜誌的故事》。台北：允晨，二〇一五。

8.廖為民，《台灣禁書的故事》。台北：允晨，二〇一七。
9.小熊英二著、陳威志譯，《如何改變社會：反抗運動的實踐與創造》（社会を変えるには）。台北：時報，二〇一五。
10.尉天驄，《鄉土文學討論集》。台北：遠景，一九七八。
11.蕭阿勤，《回歸現實：台灣1970年代的戰後世代與文化變遷》。台北：中央研究院社會研究所，二〇一〇。
12.蕭阿勤，《重構台灣：當代民族主義的文化政治》。台北：聯經，二〇一二。

第五章　誰先解嚴：文學或政治？

1.陳芳明，《殖民地摩登》。台北：麥田，二〇〇四。
2.許信良，《台灣社會力的分析》。台北：寰宇，一九七二。
3.黃宣範，《語言．社會與族群意識：台灣語言社會學的研究》。台北：一九九三。
4.詹明信（Fredric Jameson）著、吳美真譯，《後現代主義或晚期資本主義的文化邏輯》（*Postmodernism or The Cultural Logic of Late Capitalism*）。台北：時報，一九九八。
5.葉石濤，《台灣文學史綱》。高雄：文學界，一九八七。

第六章　女性文學的意義：從人權立場出發

1.李元貞，《眾女成城：台灣婦運回憶錄》（上、下）。台北：女書文化，二〇一四。

2.李元貞，《女性詩學：台灣現代女詩人集體研究（1951-2000）》。台北：女書文化，二〇〇〇。

3.邱貴芬，《（不）同國女人聒噪：當代台灣女作家訪談》。台北：元尊文化，一九九八。

4.邱貴芬，《仲介台灣．女人：後殖民女性主義的台灣閱讀》。台北：元尊文化，一九九七。

5.邱貴芬，《後殖民及其外》。台北，麥田，二〇〇五。

6.邱貴芬，《「看見台灣」：台灣新紀錄片研究》。台北：台大出版中心，二〇一六。

7.張小虹，《後現代／女人：權力、慾望與性別表演》。台北：聯合文學，二〇〇六。

8.張小虹，《性別越界：女性主義文學理論與批評》。台北：聯合文學，一九九五。

9.張小虹，《慾望新地圖：性別．同志學》。台北：聯合文學，二〇〇六。

10.西蒙．波娃（Simone de Beauvoir）著、邱瑞鑾譯，《第二性》（*Le Deuxieme Sexe*）。台北：貓頭鷹，二〇一三。

11. 江文瑜編，《阿媽的故事》。台北：玉山社，一九九五。
12. 江文瑜編，《阿母的故事》。台北：玉山社，二〇〇四。

第七章 原住民文化的窺探：內部殖民的拆解

1. 陳耀昌，《島嶼DNA》。台北：印刻，二〇一五。
2. 孫大川，《久久酒一次》。台北：山海文化，二〇一〇。
3. 孫大川，《山海世界：台灣原住民心靈世界的摹寫》。台北：聯合文學，二〇一〇。
4. 孫大川，《夾縫中的族群建構：台灣原住民的語言、文化與政治》。台北：聯合文學，二〇一〇。
5. 孫大川編，《台灣原住民漢語文學選集》（詩歌、評論、散文、小說共七冊）。台北：印刻，二〇〇三。
6. 浦忠成，《台灣原住民文學史綱》。台北：里仁書局，二〇〇九。
7. 浦忠成，《台灣原住民的神話與文學》。台北：臺原，一九九九。
8. 伊能嘉矩，《台灣踏查日記》。台北：遠流，一九九六。
9. 伊能嘉矩，《台灣文化志》（上、中、下）。台北：台灣書房，二〇一一。

10. 瓦歷斯．諾幹，《伊能再踏查》。台中：晨星，一九九九。

第八章　同志文學與台灣民主

1. 詹姆斯．米勒（James Miller）著、高毅譯，《傅柯的生死愛慾》（*The Passion of Michel Foucault*）。台北：時報，一九九五。
2. 紀大偉，《酷兒啟示錄》。台北：元尊文化，一九九七。
3. 紀大偉，《晚安巴比倫：網路世代的性慾、異議與政治閱讀》。台北：探索文化，一九九八。
4. 紀大偉、許佑生、張娟芬著，《揚起彩虹旗：我的同志運動經驗1990-2001》。台北：心靈工坊，二〇〇二。
5. 紀大偉，《正面與背影：台灣同志文學簡史》。國立台灣文學館，二〇一二。
6. 紀大偉，《同志文學史：台灣的發明》。台北：聯經，二〇一七。
7. 朱偉誠，《台灣同志小說選》。台北：二魚文化，二〇〇五。
8. 白先勇，《樹猶如此》。台北：聯合文學，二〇〇二。
9. 符立中，《白先勇與符立中對談：從台北人到紐約客》。台北：九歌，二〇一〇。

10.朱偉誠，《批判的性政治》。台北：台灣社會研究雜誌社，二〇〇八。

第九章　和解為什麼可能

1.陳光興，《去帝國：亞洲作為方法》。台北：行人，二〇〇六。
2.呂蒼一、胡淑雯等著，《無法送達的遺書：記那些在恐怖年代失落的人》。台北：衛城，二〇一五。
3.璐蒂・泰鐸（Ruti G. Teitel）著、鄭純宜譯，《變遷中的正義》（*Transitional Justice*）。台北：商周，二〇〇一。
4.行政院二二八研究小組，《沒有寬恕就沒有未來》。台北：左岸，二〇〇五。
5.薛化元，《二二八事件歷史責任歸屬研究報告》。台北：財團法人二二八事件紀念基金會，二〇〇六。
6.花亦芬，《在歷史的傷口上重生：德國走過的轉型正義之路》。台北：先覺，二〇一六。
7.小熊英二著、陳威志譯，《如何改變社會：反抗運動的實踐與創造》（社会を変えるには）。台北：時報，二〇一五。

8. 財團法人施明德文化基金會，《反抗的意志：1977-1979 美麗島民主運動影像史》。台北：時報，二〇一四。

第十章 雙元史觀的建構及其實踐

1. 葉石濤，《台灣文學史綱》。高雄：文學界，一九八七。
2. 陳芳明編，《中華民國發展史：文學與藝術卷》。台北：政治大學人文中心，二〇一一。
3. 陳芳明，《台灣新文學史》。台北：聯經，二〇一一。
4. 游勝冠，《台灣文學本土論的興起與發展》。台北：群學，二〇〇九。
5. 鄭炯明編，《點亮台灣的火炬：葉石濤文學會議論文集》。高雄：春暉，一九九九。
6. 楊照，《霧與畫：戰後台灣文學史論》。台北：麥田，二〇一〇。

第十一章 本土・在地化・民族主義

1. 許悔之編，《從我們的眼睛看見島嶼天光：太陽花運動，我來，我看見》。台北：有鹿文化，二〇一四。

2.蔡淇華，《寫給年輕：野百合父親寫給太陽花女兒的40封信》。台北：四也，二〇一五。
3.吳叡人、林秀幸編，《照破：太陽花運動的振幅、縱深與視域》。台北：左岸，二〇一六。
4.王明理，《故鄉的太陽花》。台北：玉山社，二〇一五。
5.洪貞玲編，《我是公民也是媒體：太陽花與新媒體實踐》。台北：網路與書，二〇一五。
6.何榮幸，《學運世代：從野百合到太陽花》。台北：時報，二〇一四。

國家圖書館出版品預行編目資料

我的家國閱讀：當代台灣人文精神／陳芳明著.
-- 初版. -- 臺北市：麥田出版：家庭傳媒城邦分公司發行, 2017.05
面；　公分. --（陳芳明作品集；8）
ISBN 978-986-344-451-0（平裝）
1. 臺灣文學　2. 當代文學　3. 文學評論
863.2　　106005612

陳芳明作品集 08

我的家國閱讀：當代台灣人文精神

作　　者／陳芳明
校　　對／吳　菡
責任編輯／林怡君　林秀梅

國際版權／吳玲緯　蔡傳宜
行　　銷／艾青荷　蘇莞婷　黃家瑜
業　　務／李再星　陳玫潾　陳美燕　枏幸君
編輯總監／劉麗真
總 經 理／陳逸瑛
發 行 人／凃玉雲
出　　版／麥田出版
10483臺北市民生東路二段141號5樓
電話：(886)2-2500-7696　傳真：(886)2-2500-1967
發　　行／英屬蓋曼群島商家庭傳媒股份有限公司城邦分公司
10483臺北市民生東路二段141號11樓
客服服務專線：(886) 2-2500-7718、2500-7719
24小時傳真服務：(886) 2-2500-1990、2500-1991
服務時間：週一至週五09:30-12:00・13:30-17:00
郵撥帳號：19863813　戶名：書虫股份有限公司
讀者服務信箱E-mail：service@readingclub.com.tw
麥田網址／https://www.facebook.com/RyeField.Cite/
香港發行所／城邦（香港）出版集團有限公司
香港灣仔駱克道193號東超商業中心1樓
電話：(852)2508-6231　傳真：(852)2578-9337
E-mail：hkcite@biznetvigator.com
馬新發行所／城邦（馬新）出版集團【Cite(M) Sdn. Bhd. (458372U)】
41, Jalan Radin Anum, Bandar Baru Sri Petaling, 57000 Kuala Lumpur, Malaysia.
電話：(603)9057-8822　傳真：(603)9057-6622
電郵：cite@cite.com.my

封面設計／廖勁智
印　　刷／前進彩藝有限公司

■2017年5月10日　初版一刷
Printed in Taiwan.

定價：360元

ISBN 978-986-344-451-0